ミステリ読者のための連城三紀彦全作品ガイド

浅木原 忍
Asagihara Shinobu

論創社

ミステリ読者のための連城三紀彦全作品ガイド　目次

《凡例》

『』……長編タイトル、書籍タイトル
「」……短編タイトル
〈〉……雑誌・新聞名
《》……シリーズ名、叢書名、その他ジャンル・分類

まえがき

連城三紀彦という作家について、あなたはどのようなイメージをお持ちだろうか。ミステリ作家か、それとも恋愛小説家か。あるいはミステリから恋愛小説に転向した作家、もしくは中期に恋愛小説に移行したが晩年にはミステリに戻ってきた作家——大抵はそんなところであろう。あるいは連城三紀彦についてまだまっさらな状態の方も本書をお読みかもしれないし、今更どうこう言われるまでもない、という長年の連城ファンもおられるだろう。

が、ともかく、ここではまず軽く、連城三紀彦の経歴をおさらいしておきたい。

連城三紀彦は一九四八年一月十一日、愛知県名古屋市生まれ。早稲田大学政治経済学部卒。若い頃から映画に親しみ、脚本の勉強のためフランスに留学した経験を持つ。七八年、短編「変調二人羽織」で第三回幻影城新人賞に入選、作家デビューを果たした。以降、〈幻影城〉誌に短編ミステリを発表、七九年に処女長編『暗色コメディ』を刊行し単行本デビューする。

雑誌〈幻影城〉は僅か五年と短命に終わったものの、泡坂妻夫、栗本薫、田中芳樹、竹本健治といった錚々たる面々を輩出した探偵小説専門誌である。松本清張に始まる社会派ミステリの時代に、本格ミステリの灯を消すまいとした雑誌であったが、発行元倒産により七九年に廃刊。連城も〈幻影城〉の廃刊後は中間小説誌に活躍の場を移すことになる。綾辻行人のデビューによる新本格ムーヴメントの勃興にはあと十年弱を待たねばならなかった。

その間、連城は八一年に短編「戻り川心中」で日本推理作家協会賞を受賞。八四年には『宵待草夜情』で吉川英治文学新人賞を、そして『恋文』で直木賞を受賞する。これ以降、連城は作品の中心を恋愛小説に移し、大衆的人気作家となった——とされている。

八〇年代後半から九〇年代にかけて、連城は新聞・雑誌連載の長編や、中間小説誌に短編を次々と発表、多数の著書を刊行した。九六年には長編『隠れ菊』で柴田錬三郎賞を受賞している。しかし、時代と価値観の移り変わりとともにその人気にもやがて陰りが見え始める。

二十一世紀に入ると、連城は肉親の介護に追われ、作品発表が激減する。その中でも〇二年の『白光』『人間動物園』から本格的にミステリ界にカムバックし、意欲的な長編を刊行、ミステリファンを喜ばせた。が、やがて自らも病魔に蝕まれ、二〇一三年十月十九日、胃癌のため世を去った。六十五歳。早すぎる死であった。


以上が、一般的に知られる連城三紀彦の作家的経歴であり、このイメージがおそらく生前から、没後の現在もなお、連城三紀彦という作家に対する印象を固定してしまっている感は否めない。すなわち、ミステリ作家としてデビューしながら、ミステリを捨てて恋愛・大衆小説作家になる道を選んだ作家である——という誤ったイメージと、ミステリに復帰したのが〇二年であるという誤った認識である。

誤った、とここではどちらも敢えて断言してしまおう。連城作品の解説でもたびたび書かれることであり、連城読者には自明のことではあるが、ここでも改めて、声を大にして言いたい。一般に連城三紀彦が恋愛小説に転向したと見なされる八〇年代後半から九〇年代の作品群も、優れたミステリ作品が多数埋もれており、一見恋愛小説に見える作品にも、極めてミステリ的な技巧が凝らされた、ミステリ読者も読み逃すべからざる傑作が多数あるのだ、と。そしてその作品群全体を概観すれば、連城が完全にミステリを離れた時期は存在せず、八〇年代後半に恋愛小説が増えるのは事実だが、実際は九〇年代には完全にミステリに戻ってきていたのだ、と。

だが、それらは悲しむべきことに、前述のイメージもあってか多くのミステリ読者に読み逃され、正当な評価を得られず、現在はほとんどが品切れ・絶版となってしまっている。現在入手可能な作品は初期と晩年の、一般的にミステリを発表したと見なされている時期の作品にほぼ限られるのだ。その生涯に遺した作品数に比して、入手困難な作品の多さは、特に最近になってファンになった読者にとっては、あまりにも歯がゆい。

連城三紀彦の恋愛小説は、色々な意味で昭和の恋愛小説であるというのは否定しない。男女観や結婚観などが古びていることは否めないし、夫婦の愛憎を軸にした、じっとりとした日本的な湿度の不倫話は、軽妙で洒落たものが好まれる平成の世には、時代遅れなものと見なされるのも、やむないところかもしれない。

だが、その作品群の根幹を為すミステリ・スピリットは、決して色褪せることはない。大胆極まりない逆説と構図の反転、驚天動地のホワイダニット。それらを支える、あまりにも過激すぎる奇想。

それらを流麗な美文によって作品世界に取り込み、極度の人工性を隠蔽する類い希な小説技巧。連城三紀彦という、唯一無二の天才が遺した数多くの傑作群は、今なお余人には到達し得ぬ境地に至ったミステリの至芸として、燦然と輝いている。それは初期と晩年の傑作群に限らず、忘れられた中期の作品群もまた、それらと同等の輝きを放っているのだ。その輝きが周知されず、多くの読者に気付かれずにいるというだけで――。

さて、本書はそんな連城三紀彦が、二〇一六年までに刊行した（没後の刊行を含む）全六十三作（＋α）にわたる小説作品を、主にミステリを好む読者へと向けて紹介することを目的としている。また単行本未収録作品についても、確認されているもの全てを紹介する。

連城作品は恋愛小説とミステリが不可分に絡み合っているため、特に中期の作品は恋愛小説なのかミステリであるのかの区別が非常につけにくい。ミステリは読みたいが、恋愛小説には興味がない、という読者にとって、それが連城作品に手を出しづらい要因のひとつであろう。

そのため、本書では筆者の独断と偏見により、ミステリ度の高い、ミステリ読者向けと判定した作品をより重点的に紹介するよう努めた。具体的に言えば、ミステリ読者向けの作品は二ページ以上、ミステリ度の低い作品は一ページという形で区分している（若干の例外あり）。なお筆者も全作品が傑作とは思わないし、どう考えてもミステリ読者には勧めがたい作品もあるので、全作品に対して好意的な評を書いているわけではない点、ご了承願いたい。

なお、本書は二〇一五年十一月に同人誌として発行し、第16回本格ミステリ大賞評論・研究部門を受賞した『ミステリ読者のための連城三紀彦全作品ガイド【増補改訂版】』の、さらなる増補改訂版である。

再び作品レビューを全体的に見直し、加筆修正を施した。刊行情報も、二〇一六年十一月時点で最新のものに修正している。同人誌版の発行以降に新たに数編の単行本未収録作品を発見したため、そのレビューも新たに書き下ろした。エッセイ等についての言及やデータも増補改訂している。

また、総体としての連城三紀彦論と、『処刑までの十章』論を書き下ろし、各作品の初出誌などの書誌情報を大幅に追加した。そのため、同人誌版からまたしても大幅にボリュームが増えている。

同人誌版では連城作品を評する際の決まり文句に寄りかかり、これまでの類型的な連城作品評を追認するに留まっていた部分を改め、筆者なりの連城三紀彦観を提示するよう努めた。同人誌版をお持ちの方は、読み比べてみてほしい。

筆者は二〇〇三年頃からミステリを読み始めたメフィスト賞世代であり、連城作品の大半を没後に読んだ新参者の連城読者である。出会うのが遅すぎたファンからの、精一杯のファンレターが本書だ。ミステリ度の認識や作品の評価に異論反論はあろうかと思うが、本書が（かつての筆者のような）これから連城作品を読もうという読者のためのひとつの道標となれば、これに勝ることはない。

【連城作品を読み解くキーワード】

◇疑似歴史小説（プスド・ヒストリカル・ノベル）

『落日の門』の帯に冠されたジャンル。本書においては、歴史的事実を背景に用いた、もしくは架空の歴史的事件を設定した作品群を指す用語として使用する。連城は資料を駆使し史実に従うタイプではなく、歴史に材を取った作品でもそれらは物語のための舞台装置に過ぎないことが大半である。むしろ架空の人物や事件を、あたかも実際にあったかのようにもっともらしく書くことを得意とした。長編では『敗北への凱旋』『花塵』『女王』など、短編では「菊の塵」「戻り川心中」「夕萩心中」「能師の妻」「花虐の賦」などが代表的な作例。

なお〝疑似〟を意味する単語「pseudo」の発音は英語では「スードウ」だが、『落日の門』のオビではフランス語読みの「プスド」と表記されているので、本書ではそれに従う。

◇異形の愛

連城作品に頻出する、不倫・浮気、同性愛、近親相姦などをまとめて〝異形の愛〟と呼んだのは米澤穂信（『連城三紀彦レジェンド』収録の「花衣の客」解説）。読者の常識の埒外にある愛の形というテーマを、連城はほぼ生涯を通じて書き続けたと言ってよく、その異形性は時にミステリとしての驚天動地のどんでん返しに結実し、時に恋愛小説としての哀切に結実する。

◇再演

千街晶之が指摘した、連城作品に異様な頻度で出現するモチーフ。全く同じ事件を二度起こす、親の人生を子供にそのままなぞらせる……等、過去に起こった事象を再現する、というシチュエーションを連城は手を変え品を変え何度も書き続けた。特に再演モチーフの強い作品として、『私という名の変奏曲』『花堕ちる』『褐色の祭り』『終章からの女』『女王』などがある。また作品内での再演だけに留まらず、たとえば『私という名の変奏曲』のテーマを『どこまでも殺されて』で変奏してみせたように、同じテーマ、同じ趣向を形を変えて別作品で再演することも非常に多い。

◇操り／顔のない死体

いずれも表だって語られることの少ない、連城ミステリの隠れ構成要素。連城作品の登場人物は、嘘や演技によって他者の認識に介入し、その行動や思考を操る。また、顔のない死体テーマの様々なバリエーションが、連城ミステリの多くで意外性の根幹を為している。どちらもその性質上、そのテーマであること自体がネタバレの作品も多いため、レビューではあまり言及せず、作家論の方で詳しく扱っている。ともかく連城三紀彦がこの二つのテーマにこだわり続けたミステリ作家であるという視点は心の隅に留めておいてほしい。

第一部　全作品レビュー

第一章　綺羅星のごとく（七八年〜八四年）

連城三紀彦のデビューは一九七八年、三十歳のときであった。七九年に〈幻影城〉が廃刊となるまでは同誌に精力的に短編を発表、廃刊後は〈オール讀物〉〈小説現代〉〈小説新潮〉といった中間小説誌に活躍の場を移行する。〈小説新潮〉発表作を集めた『恋文』で直木賞を受賞したのは八四年。デビュー七年目、十冊目の著書での直木賞受賞は、大衆小説作家として連城三紀彦を見た場合、非常に順調な歩みであるといえよう。

一般に、連城三紀彦は『恋文』で直木賞を獲って以降、恋愛小説に転向したと見なされている。それが適切な評価であるか否かはここではさておき、八四年までの作品群に対し、八五年以降、恋愛小説の比重が高い作品の数が急増するのは事実である。

よって本書でも、『恋文』で直木賞を受賞した八四年までを、連城三紀彦が一般にミステリ作家と見なされ、ミステリの比重の高い作品が中心だった初期として区分することにしたい。

この時期の連城作品は、まさに綺羅星の如き傑作が並んでいる。三大傑作短編集と名高い『戻り川心中』『夜よ鼠たちのために』『宵待草夜情』を筆頭に、『変調二人羽織』『密やかな喪服』『運命の八分休符』『少女』『瓦斯灯』そして直木賞受賞作『恋文』。長編でも処女長編『暗色コメディ』に二大傑作『敗北への凱旋』『私という名の変奏曲』が顔を並べ、タイトルを見るだけでくらくらするほどだ。後の作品を読んでから戻ってくると、若書きという印象を受ける部分もあるものの、デビュー直後から既に連城三紀彦がとてつもない高みにいたことをまざまざと見せつける作品が揃う。『戻り川心中』は八五年の『東西ミステリーベスト100』で、刊行から五年しか経っていないにもかかわらず、錚々たる古典名作と肩を並べて9位に入っているのだから、その評価の高さは推して知るべしだ。

しかし、『恋文』以降、一般に連城三紀彦が恋愛小説に転向したと見なされた結果、特に九〇年代以降の連城ミステリの扱いは不遇の一言となり、その不遇の煽りを受けた結果、名高い初期のこれらの傑作群すら、長年に渡り入手困難な時代が続いてしまった。一四年以降の再評価の機運により、特に評価の高い『私という名の変奏曲』『夜よ鼠たちのために』『宵待草夜情』が復刊され、『瓦斯灯』も「花衣の客」「親愛なるエス君へ」の傑作二作が『連城三紀彦レジェンド』で読めるようになったため、現在は一時期に比べれば相当に恵まれた状況にある。しかし未だ『運命の八分休符』と『敗北への凱旋』が入手困難なのはやはり、ミステリ界の大きな損失と言わねばならない。

ともあれ、デビューから直木賞受賞までの連城作品は、ミステリ読者ならば決して読み逃してはならない、珠玉にして至高の傑作揃いである。新品で手に入る作品は無論のこと、絶版の作品も入手に苦労してでも読むだけの価値は十二分にあり、お釣りがくるのは保証する。

たくさん読むのは大変だという人も、せめてこの時期の傑作群は読んでいただきたい。至福の読書体験が待っている。

01『暗色コメディ』（一九七九年、幻影城ノベルス→一九八二年、CBSソニー出版→一九八五年、新潮文庫→二〇〇三年、文春文庫）【長編（初出…単行本書き下ろし）】【品切れ】【電書有】

◆あらすじ

主婦の古谷羊子は、デパートでもうひとりの自分を目撃した。画家の碧川宏は、自殺しようと飛込んだトラックが自分に衝突した瞬間に消失した。葬儀屋の鞍田惣吉は、妻から自分が一週間前に交通事故死したと告げられた。外科医の高橋充弘は、妻が別人にすり替わっていることに気付いた――。精神病院の患者たちの周囲で次々と起こる奇妙な事件。精神科医の波島維新と森河明、婦長の在家弘子の三人は、それらの事件と謎に翻弄されるが……。

◆解題

本作は、連城三紀彦の処女長編であり、単行本デビュー作である。幻影城が倒産直前、最後に刊行した書き下ろし長編でもある本作は、精神病院を中心に、妄想や狂気としか思えない謎が次々と提示されていく眩惑的な本格ミステリだ。

先のあらすじにも記した、冒頭で提示される四つの謎も既に相当に強烈だが、本編に入るとますます不可解な謎がどんどんと積み重なっていく。患者の命を狙う謎の男、噴火する火山の消失、エレベーターから消えた女、自分の影に殺されると怯える女……。緑色のインクのような効果的な小道具と、狂気に囚われた登場人物たちの心理描写が相まって、中盤まではほとんど不条理小説か幻想ホラーか、到底ミステリとして収拾がつくとは思えない展開が続く。

後半、それらの幻想と狂気はひとつひとつ解体されていき、やがて全てがひとつへと繋がっていく。極めて不可解な謎を大量にばらまきながら、それをひとつにまとめて本格ミステリとして落とすという意欲的な構成は、島田荘司のデビュー以前に書かれた作品であるにも関わらず、島田の提唱した本格ミステリ理論を先んじて実践したかのようだ。

ただ、盛りだくさんな趣向ゆえに、さすがに最終的な謎解きに完全に納得しきることは難しい。かなり駆け足に説明される終章での解決は、相当な偶然の要素が導入されることもあって、膝を打つような爽快感に欠け、前半で提示された幻想のほとんどが解体されてしまったことに対する空漠とした印象の方が強く残る。そのため、読後には真相の印象は薄れ、前半の幻想と狂気のイメージが強く読者の中に残り続けることになる。

そういうわけで、本作は解決の魅力の欠如という点でミステリとして傑作と言うのは個人的には躊躇するが、若かりし連城三紀彦の、とびきり奇妙な本格ミステリを書こう、という情熱の感じられる愛すべき作品である。次々と奇怪な謎を提示して読者を驚かせる筋運びは、後のどんでん返しを積み重ねていく作風の萌芽とみることもできる。また事件の背後に男女の愛憎関係が隠れていることや、離婚した元夫婦である波島と弘子の関係性も、後の連城三紀彦らしい部分といえる。その他にも、一通り連城作品を読み終えてから読み返してみると、その後の作品で変奏された要素をいくつも見つけ出すことができるだろう。

デビュー作にその作家の全てがある、というクリシェがあるが、奇想をまず提示してそれを現実に回収するという意味で、非常に島田荘司的な本格ミステリである本作は、その後の常識を奇想で粉砕せんとする連城ミステリの中では、作風的には傍流に位置する。同様の路線の作品は『私という名の変奏曲』『どこまでも殺されて』『女王』などが代表的なところか。それゆえ処女長編であるが、本作から連城ミステリに入門するのはあまり勧めない。しかしファンになったら忘れず押さえておきたい一作だ。島田荘司ファンには特に強くオススメしたい。

また、本作の構成は、伊坂幸太郎『ラッシュライフ』（新潮文庫）に強い影響を与えたそうなので、伊坂ファンは読み比べてみるのも一興かもしれない。


以下は読了した人向けの余談。本作は七九年に幻影城ノベルスで書き下ろし刊行された直後に、幻影城の倒産によりすぐ絶版となってしまった、そのため八二年にＣＢＳソニー出版からソフトカバーで再刊されたのだが、その際に加筆修正が為されている。

具体的に言うと、序章での碧川宏の飛び込んだトラックが消失した謎の解明が、幻影城版とＣＢＳ版とで全く異なっている（以降の新潮文庫版、文春文庫版はいずれもＣＢＳ版準拠）。トリックそのものが完全に差し替えられているのだが、これは幻影城版の消失トリックは海外作品に前例があったため、連城が再刊にあたってトリックを差し替えたのだそうだ（これに伴い、序章の当該シーンにも加筆修正が為されている）。連城は『運命の八分休符』でも表題作の電話トリックに山村美紗による前例があることをあとがきで断っており、トリックの重複に関しては潔癖であったようである。

幸い幻影城ノベルス版もそう入手困難ではない（Ａｍａｚｏｎのマーケットプレイスでは数百円で購入可能）ので、気になる人は読み比べてみてほしい。

02『戻り川心中』（一九八〇年、講談社→一九八三年、講談社文庫→一九九八年、ハルキ文庫→二〇〇六年、光文社文庫）【短編集】【入手可】【電書有】

収録作…「藤の香」「桔梗の宿」「桐の柩」「白蓮の寺」「戻り川心中」

◆解題

連城三紀彦の代表作にして、日本ミステリ史上に燦然と輝く伝説的連作《花葬》シリーズ。そのうちの五作を収録した、連城三紀彦の第一短編集が本書である。二冊目の著書にして既に比類なき高みに至った、いずれも国産ミステリ短編のオールタイムベスト上位を伺う傑作が揃った奇跡の一冊だ（二〇一四年にツイッター上で行われたオールタイムベスト投票では、「戻り川心中」が2位、「桔梗の宿」が9位、「桐の柩」が28位、「藤の香」が91位にランクインした）。なお、シリーズと言っても個々の話は完全に独立しており、明治から昭和初頭が舞台であることと、花がテーマであるという以上の関連性は無い。

シリーズの第一作にあたる巻頭の**「藤の香」**（初出…〈幻影城〉一九七八年八月号）は、大正の末に色街で起きた連続殺人事件の話。顔を砕かれた身元不明の死体が続けて発見される。三つ目の事件をきっかけに、代書屋の男が容疑者として浮上するが……。〝色街には、通夜の燈がございます。〟という印象的な書き出しから、代書屋の隣家の男の口を借りて事件が語られる。代書屋が疑われるきっかけとなった手掛かりに対する反転も鮮やかだが（ただしこれ自体は横溝正史の有名作品に前例がある）、最後には〝色街の代書屋〟という設定が見事に哀切な真相に結実する。本作だけでも無駄のない精緻な構成と文学的香気を両立したミステリ史に残る傑作だが、この後の収録作はさらなる高みに手を伸ばす。

続く「桔梗の宿」（初出…〈幻影城〉一九七九年一月号）も色街の殺人事件の話で、こちらは昭和初期。桔梗の花を握った絞殺死体が見つかり、冴えない新人刑事は先輩刑事とともに、被害者が殺される直前に上がっていた娼家へと向かうが……。新本格作家のとある短編や、ある作家のデビュー作など、同じパターンの真相を扱った作品は多くあるが、このパターンの真相を広めたのはこの作品だろう（本作の前にも戦前の短編に前例があるが、その作品の知名度が上がったのは本書の刊行以後と思われる）。本作の原型は作中でも言及されており、あの話の連城流の変奏として受け取りたい。また、非常にポピュラーな恋愛ものシチュエーションの思いがけない変奏でもある。今読むとそういった一種のパターンの組み合わせでできた作品とも取れるが、桔梗の花に託された詩情のかきたてる哀切が、本作をミステリとしても恋愛小説としても歴史に残る傑作に仕立て上げている。結末の切なさからかシリーズ中でも特に人気の作品で、『連城三紀彦レジェンド』にも小野不由美の選により再録された。

「桐の柩」（初出…〈幻影城〉一九七九年五月号）は大戦前のやくざの話。潰れかけた組のやくざ・貫田に拾われた次雄は、右手の指が小指しか残っていない貫田の手となって仕えるが、やがて貫田から奇妙な行為を求められ、さらには殺人を依頼される……。この設定でなければ成立しないトリックが鮮やかな傑作で、特に本格ファンに人気が高い一作。また、連城三紀彦の筆は〝暴力団員〟になる前の〝やくざ〟の生きる任俠の世界を、この上なく艶やかに描き出す。次雄と貫田の関係性には、その後の傑作「白蘭」や『流れ星と遊んだころ』にも通じる同性愛的な耽美性の萌芽も感じられる。

幼い頃に目撃した、母親が人を殺した場面の記憶に悩まされる語り手がその真実を探る「白蓮の寺」（初出…〈幻影城〉一九七九年六月号）は、本書の中でも「戻り川心中」と並ぶ超弩級のホワイダニットが炸裂する傑作。

母が殺した被害者は誰なのか……という謎を出発点に、全く予想だにしないところへと読者を引っ張っていく。恐るべき真相を、巧みな伏線と語りの魔術で納得させる連城の技巧が冴え渡る。綾辻行人は本作に触発されて「四〇九号室の患者」（『フリークス』収録）を書いて、連城に読んでもらい感想を伝えられたという。綾辻作品に多い記憶テーマは本作が源流にあるらしい。

そして表題作**「戻り川心中」**（初出…〈小説現代〉一九八〇年四月号）は、二度の心中未遂を歌にして遺し自害した天才歌人・苑田岳葉の死の真相を巡る、日本推理作家協会賞にも輝いた国産ミステリ史上にその名を轟かせる名作中の名作。歌集を手掛かりに苑田岳葉の情死行の真実を探る、ある種の歴史ミステリ風の構成だが、この真相に驚かない読者はまずいないだろう。架空の歌人・苑田岳葉を〝天才歌人〟と称し、その短歌を自作して作中に引用するという、暴挙とさえ言える行為によって支えられた本作のミステリ史上に残る真相は、同時に現在でも通用する××論（ネタバレ伏せ）であり、かつ、連城三紀彦という作家の目指したミステリの境地さえも垣間見せる。

ミステリに文学性は必要か、という有名な論争がある。戦前に木々高太郎と甲賀三郎の間で勃発し、その後もミステリに対して〝人間を描けているべきか〟というような議論はしばしば繰り返されてきた。推理小説は知的遊戯としての論理パズルであれば良いのか、小説という体裁を取る以上文学性を持ち込むべきなのか。

そもそも本格ミステリというものは、その魅力の根幹である謎の不可解性や斬新なトリック、解決の論理性や意外性を追求するほど、プロットや設定、登場人物の行動や心理が人工的になるというジレンマを抱えている。現実には複雑な密室トリックやアリバイトリックを弄して人を殺す犯罪者はいないし、暗号のようなダイイングメッセージを遺す被害者もいない。人間は論理的ではない行動をとるし、他人の行動を分単位で記憶していたりはしない。本格ミステリの歴史とは、その本質的な人工性をどう処理するか、という問題意識の歴史であるとも言える。横溝正史は因習に支配された田舎の共同体という舞台を発明し、松本清張は事件の背景に現実的・社会的な問題を導入することでそれを解決しようとした。綾辻行人に始まる新本格は、逆に作品全体を人工性で満たすことで細部の人工性が成立する世界を作るという処理であったとも言えるだろうし、それは近年の異世界本格やライトミステリの流行に繋がっていくと言えるだろう。

では、連城三紀彦はその問題にどう対処したのか。その答えが即ち、本書の光文社文庫版の解説での千街晶之の言にいわく――〝著者の作品はしばしば文学的と評されるけれども、その文学性の正体とは、探偵小説としての仕掛けを補強する、作中のトリックよりも更に一回り大きなトリックに他ならないのかも知れない〟――この視座である。

連城ミステリにおいて真相として明かされる動機は、時として冷徹なまでの論理性に支配されており、同時に常識的なコストパフォーマンスを無視した、およそ非現実的なものが少なくない。また、ひたすら二転三転を繰り返す物語にも本来現実性はない。しかし連城三紀彦は、そんな真相や展開に、流麗優美にして情緒豊かな文章の力をもって説得力を与えてしまう。人工性の極みに達した異様な作品世界を構築していながら、その文体が生む雰囲気作りによって文学的に〝人間を描いて〟いるように見せてしまうのが連城ミステリなのである。

では連城作品に我々が感じる〝文学性〟は、文体によって謀られた錯覚に過ぎないのか？　それもまた否である。連城作品で描かれる動機の異様さ、犯罪の壮絶さは現実的に考えればあり得ないような極端なものであるが、その極端さにこそ我々が現実には果たせない想いが託されている。コストパフォーマンスを無視し、ただひとつの目的、願いのために罪を犯し、命を賭すことは、非現実的であるからこそ読む者の胸を打つのだ。それは論理的であるからこそ我々を納得させ、かつその論理によって非論理的なまでの異様な執念が浮かび上がるところに、我々読者は〝人間〟を感じる。我々は連城作品に、自分の中にある感情の、ある種の究極を見るのだ。情緒が論理で解体された先に浮かび上がる、真の動機を為した感情の究極――そして、それに対して我々が感じる憧憬。それこそが連城作品の〝文学性〟なのであり、そしてそれを感じさせること自体が、プロットや動機の人工性を読者の目から隠蔽するのである。もちろん、そんな妄執はあり得ない、デフォルメされた作り物に過ぎない、とする立場もあろうが、しかし作り物でなければ描けないものもある。虚構性を極めた先に浮かび上がるもの、それこそが連城ミステリの美であり、文学性であり、〝人間〟なのである。

そう、本書はミステリ文学性論争に対する、〝文学性そのものがトリック〟であり、〝トリックそのものが文学性〟という最終解答なのだ。故に、連城ミステリは文学的に人間を描いたミステリであるという認識も、人工性の極みに達した作り物のミステリであるという認識も、どちらも正しい。相反するその両方を内包するのが連城ミステリなのだから。

人工的な知的遊戯が、優美な文体という衣裳を纏い、感情の究極と切り結ぶことで到達した、本書はまさにミステリの至芸である。ミステリファンならずとも必読の大傑作と言い切ることに何の躊躇いもない。読まずには死ねない一冊である。

《花葬》シリーズは当初〈幻影城〉誌上で全七編の連作として構想され、「戻り川心中」は「菖蒲の舟」というタイトルの予定であった。しかし「藤の香」「菊の塵」「桔梗の宿」「桐の柩」「白蓮の寺」と五編まで発表したところで〈幻影城〉が廃刊となったため、講談社の〈小説現代〉に掲載誌を移し、全十編の構想となったが、「戻り川心中」（菖蒲）、「花緋文字」（椿）、「夕萩心中」（萩）と八編まで発表されたところで打ち止めとなる（残る二編は桜と梅だったらしい）。最終的には晩年に『幻影城の時代 完全版』（二〇〇八年、講談社BOX）のために書き下ろされた「夜の自画像」（朝顔）を含めて全九編となった。残り四編のうち「菊の塵」「花緋文字」「夕萩心中」の三編は『夕萩心中』で読める。「夜の自画像」は個人短編集未収録だが、アンソロジー『Bluff 騙し合いの夜』（講談社文庫）に収録されており、新品で入手可能なので、是非手に取ってほしい。

また、〈幻影城〉誌上でタイトルが予告されたまま発表されなかった「桜の舞」は、『宵待草夜情』収録の「能師の妻」になったとされている。『宵待草夜情』は本書の流れを汲み、本書に匹敵、あるいは凌駕する傑作集なので必読。《花葬》シリーズの雰囲気が気に入った人には、他にも『敗北への凱旋』『瓦斯灯』『落日の門』などを強くオススメしたい。

なお本書のハルキ文庫版は、『夕萩心中』収録の三編を併録し、《花葬》シリーズ八編がまとめて発表順に一冊で読める完全版というべきバージョンである（巽昌章の名解説も必読）。古書店で見かけたら是非確保しておきたい。

03『変調二人羽織』（一九八一年、講談社→一九八四年、講談社文庫→一九九八年、ハルキ文庫→二〇一〇年、光文社文庫）［短編集］［入手可］［電書有］

収録作…「変調二人羽織」「ある東京の扉」「六花の印」「メビウスの環」「依子の日記」

◆解題

本書は第三回幻影城新人賞に入選し、連城三紀彦の作家デビュー作となった表題作を含む、初期短編五編を収める。刊行順では『戻り川心中』が先になったが、実質的には本書が連城三紀彦の処女短編集にあたる。

巻頭の表題作「**変調二人羽織**」（初出…〈幻影城〉一九七八年一月号）は、二人羽織を演じている最中に怪死した落語家の謎をめぐる本格ミステリ。〝誤って薄墨でも滴り落ちたかのようにゆっくりと夜へと滲み始めた空を、その鶴は、寒風に揺れる一片の雪にも似て、白く、柔らかく、然しあくまで潔癖なひと筋の直線をひきながら、聽て何処へともなく飛び去ったのだと言う――〟これがデビュー作の書き出しなのだから恐れ入る。東京の空を舞う鶴の幻想的なイメージと、二転三転するプロットの妙。真相より手前の推理の方が魅力的という問題も含めて、連城の作風の萌芽が様々に感じられる。

続く「**ある東京の扉**」（初出…〈幻影城〉一九七八年三月号）は、東京全体をひとつの密室に見立てたアリバイトリックのネタを、売れない作家が雑誌の編集長に売り込む話。連城ミステリとしてはコミカルな異色作で、後の連城らしさは薄いものの、鮮やかなオチが効いている。

この二編は秀作なりにまだ手探りで書いているという印象も残るが、三編目からは連城の本領が遺憾なく発揮される。「**六花の印**」（初出…〈幻影城〉一九七八年五月号）は拳銃を持った婦人を乗せた明治の人力車夫と、同じく拳銃を持った主人を乗せた現代の運転手――ふたつの酷似した物語がカットバック形式で描かれる。拳銃自殺をほのめかす婦人、妻の愛人を殺しに行こうとしている男……過去と現在が絡み合いながら、とてつもない緊迫感を孕んで進むストーリーに、最後には思いがけない真相が待ち構える。初期連城の作風の方向性を決定付けた記念碑的傑作だ。

「**メビウスの環**」（初出…〈幻影城〉一九七八年八月号）は、名女優の妻から自分を殺そうとしていると疑われる、二流俳優の夫の話。夫に記憶のないうちに、妻の首には絞めた痣が残り、妻は夫を隔離しようとする……。不可解な状況のままサスペンスが徐々に高まっていく構成もさることながら、ラストの二段オチには驚くほかない。一種のリドル・ストーリーめいた余韻も残すこれまた傑作。

ここまでの四編は〈幻影城〉初出だが、最後の「**依子の日記**」は〈オール讀物〉初出（一九八〇年二月号）。山奥で静かに暮らす作家と妻の元に一人の女が現れ、ふたりを脅迫する。ふたりはその女を殺すことを決意するが……。ミステリを読み慣れた人なら作品の形式を見ただけで何がくるかおおよその予想がつくだろうが、それでもなお鮮やかに読者を引っかけにかかる傑作だ。『連城三紀彦レジェンド』にも再録されたので、現在はそちらでも読める。

処女短編集にして既に傑作集の風格を漂わせる本書は、同時に連城節の萌芽と生育を感じさせる作品集でもある。無論のこと必読の一冊だ。

なお、本書のハルキ文庫版は『密やかな喪服』から「白い花」「消えた新幹線」「密やかな喪服」「黒髪」の四編を追加収録しているが、現在新品で手に入る光文社文庫版には収録されていないので注意されたい。

04『密やかな喪服』（一九八二年、講談社→一九八五年、講談社文庫）［短編集］［品切れ］

収録作…「白い花」「消えた新幹線」「代役」「ベイ・シティに死す」「密やかな喪服」「ひらかれた闇」「黒髪」

◆解題

七編を収録する本書は、良く言えばバラエティ豊かな作品を収めた短編集、あえて悪く言えば他の短編集からあぶれた作品を寄せ集めたという印象の一冊ということになるが、あくまでそれは他の連城作品と比較すればの話。トリッキーな構成、鮮やかな逆説、仰天必至のホワイダニットといった連城ミステリの原石の味わいが詰まった初期作品集である。

巻頭の「白い花」（初出…〈オール讀物〉一九八〇年十月号）は、どういうミステリか、ということ自体がネタバレになる小品。作中で用いられるトリックそのものよりも、法月綸太郎が〝解決編だけの探偵小説？〟と評した構成と、花を作中で効果的に描いた《花葬》シリーズに連なる短編小説としての技巧を味わいたい。

続く「消えた新幹線」（初出…〈幻影城〉一九七八年八月号）は、タイトル通り連城作品では希少な鉄道ミステリ。新幹線の中に〝森の石松〟が現れる冒頭から展開されるコミカルでライトな味わいと、冴えない探偵役と美女の恋というシチュエーションは『運命の八分休符』の原型だろう。

「代役」（初出…〈小説推理〉一九八一年六月号）は本書の中でもベストを「黒髪」と争う逸品。妻殺しのため、自分と似た男を替え玉としてアリバイ工作に利用する俳優の話だが、読者の予想の二手三手と上を行き、もはや奇想としか言いようのない真相を露《あらわ》にする。呆れるほど複雑なプロットを僅か50ページ弱の中で書ききり、あれよあれよと読者を翻弄する傑作だ。

「ベイ・シティに死す」（初出…〈小説現代〉一九八一年十一月号）は自分を嵌めた女と元手下にやくざが復讐を目論むハードボイルド調の短編だが、根幹にあるのは三角関係という連城ミステリ。「桐の柩」のような不器用な極道の生き様と、二発の銃弾の理由をめぐる真相の鮮やかな転換が光る秀作である。

表題作「密やかな喪服」（初出…〈小説現代〉一九八一年一月号）は、「喪服を用意しておかないと……」という妻の呟きに端を発する夫婦サスペンスであり、〝死に瀕した人間を殺す理由〟をめぐるホワイダニットもの。雑誌初出時の本作のタイトルがある意味盛大にネタバレなので、是非読んでから調べてみてほしい。

「ひらかれた闇」（初出…〈ルパン〉一九八一年秋季号）は教師殺害事件と不良学生殺害事件が絡み合う学園ミステリ。連城作品としては相当な異色作で、今となっては描かれる若者・不良像があまりにも古臭いが、とんでもないホワイダニットには唖然とするほかない。

巻末の「黒髪」（初出…〈問題小説〉一九八二年二月号）は連城不倫ミステリの先駆けというべき傑作。十五年後の再会の約束とともに、愛人から病床の妻へ飲ませてあげてと渡された薬。それはただの薬だったのか、それとも毒薬だったのか――という疑念がラストの鮮やかなどんでん返しに結実する。

なお、本書の収録作はハルキ文庫版『変調二人羽織』に「白い花」「消えた新幹線」「密やかな喪服」「黒髪」の四編が、『夜よ鼠たちのために』に「代役」「ベイ・シティに死す」「ひらかれた闇」の三編が分割収録されており、光文社文庫版『変調』にはその四編は収録されず、ハルキ文庫版を元にした宝島社文庫版『夜よ』で三編だけが新品で読めるという中途半端な状態にある。「黒髪」「消えた新幹線」は現在新品で入手できるアンソロジーに再録されているので（本書「アンソロジーで連城作品を読む」参照）、本書やハルキ版『変調』が手に入らない場合はそちらもチェックされたい。

05『運命の八分休符』（一九八三年、文藝春秋↓一九八六年、文春文庫）［連作短編］［品切れ］

収録作…「運命の八分休符」「邪悪な羊」「観客はただ一人」「紙の鳥は青ざめて」「濡れた衣裳」

◆解題

連城三紀彦はその生涯にわたって、複数冊に渡って登場するシリーズキャラクターというものをついに持たなかった。そもそも、連城ミステリにおいては典型的な名探偵の登場する作品そのものが滅多にない。そんな連城作品において、唯一のシリーズ探偵と呼べる存在——田沢軍平が活躍する連作ミステリが本書である。

田沢軍平は若くして薄い髪に分厚い眼鏡を掛けたどんぐりまなこ、大学卒業後も定職につかずぶらぶらしている二十五歳の冴えない青年（「桔梗の宿」の語り手を思い出させる）。そんな彼が、五人の美女（？）とのゆきずりの恋と事件に巻き込まれる、というのが本書のフォーマットだ。

裏表紙のあらすじにも〝ユーモア・ミステリー〟の言葉がある通り、連城作品らしからぬ軽めのタッチで、コミカルな展開も見せる作品だが、中身まで軽量級かと思ったら大間違い。大胆な逆説と構図の反転が冴えに冴える、まさに連城印の傑作五編が本書には収められている。

巻頭の表題作「運命の八分休符」（初出…〈オール讀物〉一九八〇年一月号）は、珍しく典型的な家電トリックを用いたアリバイ崩しもの。人気モデル・波木装子のボディーガードをしている軍平は、装子からトップモデル殺害事件の容疑者にされていることを打ち明けられる。最有力容疑者のデザイナーには二分間の鉄壁のアリバイがあるというのだが……。本書の中ではまず軽いジャブという感じの作品だが、推理の中核を担う逆説の見せ方と、作品全体に敷衍されるベートーヴェン〝運命〟のモチーフの使い方は紛れもなく一流の技。何より恋愛小説としてのラストシーンの鮮やかさが光る。

いよいよ連城の本領が発揮され始める第二話「**邪悪な羊**」（初出…〈オール讀物〉一九八一年三月号）は、連城誘拐ミステリ全ての原型とも言うべき奇想誘拐ミステリの傑作。高校時代に実らなかった恋の相手・祥子と再会した軍平は、奇妙な誘拐事件に関わり合うことに……。連城三紀彦初の誘拐ミステリにして、いきなり誘拐ミステリの常識を覆す驚愕の反転が炸裂する。連城誘拐ミステリは全てが傑作だが、いずれも根幹のアイデアという点では本作の変奏なのかもしれない。

第三話「**観客はただ一人**」（初出…〈オール讀物〉一九八二年四月号）は、舞台上での女優射殺事件。野良猫のような女優の卵・宵子と知り合った軍平は、名女優・蘭子の一晩きりの一人芝居を見に行くことになるが、そのクライマックスで蘭子が何者かに射殺される……。豪快な巴投げのような反転に唖然とするしかない、本書のベストを争う傑作だ。本作のアイデアは後の九〇年代のとある傑作短編でも再演されているので、読み比べるのも一興。また数多くの男たちの間を渡り歩いた女優・蘭子の造形は、後の『私という名の変奏曲』の美織レイ子の原型とみて間違いないだろう。

夫に蒸発された人妻・晶子とともに、その夫と駆け落ち相手の行方を捜す第四話「**紙の鳥は青ざめて**」（初出…〈小説推理〉一九八二年十二月号）もまた、奇想というべき思いがけない反転に愕然とさせられる。失踪した人間を探すというありふれた仕立てのミステリも、連城の手に掛かれば容易く読者の常識は覆されてしまう。鳥籠の中の紙の鳥というモチーフが真相の伏線となり、同時に恋愛小説としての切なさに結実する傑作だ。本作のアイデアも、後のとある長編の原型と言えるかもしれない。

最後の第五話「濡れた衣裳」（初出…〈オール讀物〉一九八三年二月号）はクラブでのホステス襲撃事件。連城作品としては珍しいフーダニットもの……と見せかけて、これまた意外性を極めた構図が明らかになる。ガラスの真珠に託された思いが残すラストの余韻が、切ない恋愛小説として一冊を締めくくる。

本書では流麗な美文で説得力を持たせたホワイダニットの意外性よりも、読者に、すなわち探偵役の軍平に見えていた事件の構図、その反転の意外性に核を置いている。普段の連城作品と雰囲気は違えど、読者の度肝を抜く奇想と、冴え渡る反転の演出の技巧は、まさに連城三紀彦でなければ書き得ないものばかりだ。

本書は連城作品の中でも貴重な、非常にミステリらしいフォーマットに則った正統派のミステリである。そして同時に、フラグを折り続ける冴えない青年の恋愛小説としての楽しみと切なさにも満ちた贅沢な一冊だ。一見連城らしからぬ軽い作風のためか、初期作品の中ではいささか不当に軽んじられている節があるが、『夜よ鼠たちのために』などと並べても全く遜色ない傑作集である。特にあの美文調が苦手で敬遠している人には是非本書を手に取ってほしい。北村薫や法月綸太郎が本書を高く評価しているので、本格ファンにも強くオススメできるだろう。早急な復刊・再評価が待たれる。

なお、連城三紀彦のユーモア・ミステリは、他に「ある東京の扉」（『変調二人羽織』収録）や「陽だまり課事件簿」（『夕萩心中』収録）、「小さな異邦人」（同題短編集収録）などがある。

06『夜よ鼠たちのために』（一九八三年、ジョイ・ノベルス→一九八六年、新潮文庫→一九九八年、ハルキ文庫→二〇一四年、宝島社文庫）［短編集］［入手可］

収録作…「二つの顔」「過去からの声」「化石の鍵」「奇妙な依頼」「夜よ鼠たちのために」「二重生活」

◆解題

連城三紀彦の初期三大傑作短編集として『戻り川心中』『宵待草夜情』と並び称される本書は、『このミステリーがすごい！2014年版』の企画〈復刊希望！幻の名作ベストテン〉で第一位に輝き、二〇一四年九月に宝島社文庫からめでたく復刊と相成った。本書はミステリ作家・連城三紀彦の魅力が詰まった、連城初心者にまず第一に勧めたい傑作短編集である。

本書の収録作に共通するのは〝反転の美学〟。プロットの意外性を核にした、呆れるほどトリッキーな短編六編（ハルキ文庫・宝島社文庫版は九編）が収められている。

巻頭の「**二つの顔**」（初出…〈週刊小説〉一九八一年七月三日号）から、自宅の寝室で殺して庭に埋めたはずの妻の死体が、新宿のラブホテルに出現するという極めて魅力的な謎が読者を引きつける。ありがちなオチの方向に進むかと思わせておいての、ラストで明かされる真相が強烈だ。おそらくこの短編はセバスチアン・ジャプリゾの長編『新車のなかの女』（一九六八年、創元推理文庫）が元ネタだろう（創元推理文庫版では九九年の復刊版から連城が解説を書いており、二〇一五年に出た新訳版にも再録されている）。

「**過去からの声**」（初出…〈週刊小説〉一九八一年十月九日号）は得意の誘拐もの（総数は少ないが、連城誘拐ミステリは全てが傑作である）。刑事をやめた青年から、先輩刑事へと宛てられた手紙の中で、普通の誘拐事件と思われた事件の意外な構図が明らかにされる。三十年経っても全く色褪せない独創的なアイデアを短編の分量で鮮やかに書ききる、誘拐ミステリの歴史に残る傑作だ。なお、本作は八〇年九月にＮＨＫＦＭ「ふたりの部屋」で放送された連城作のラジオドラマ「子守唄では眠られない」を原型としているようだ。

「**化石の鍵**」（初出…〈週刊小説〉一九八二年一月二十九日号）は密室での身体の不自由な少女への殺人未遂事件。連城作品では非常に希少な密室ものである。トリックとしては凝ったものではないが、それを事件の構図そのものの反転として描くことで驚きを演出する技巧が冴える。化石の蝶が舞うイメージも美しい。

「**奇妙な依頼**」（初出…〈週刊小説〉一九八二年六月四日号）は、普通の浮気調査と思われた依頼を発端に、状況が次から次へとひっくり返る極めてトリッキーな傑作。二転三転四転五転、と目まぐるしい反転の果てに、鮮やかな大ネタがラストで炸裂する。連城ミステリの味わいに満ちた短編だ。

　そして何より読者の度肝を抜く大傑作が表題作「**夜よ鼠たちのために**」（初出…〈週刊小説〉一九八二年十月二十二日号）。医者とその娘婿が、白衣を着せられ首に針金を巻き付けられた姿で殺害される。それは妻を病院に殺された男の壮絶な復讐劇だった……。本作は「白蓮の寺」「戻り川心中」「花虐の賦」『敗北への凱旋』『終章からの女』といった傑作と並ぶ、とてつもないホワイダニットの奇想が炸裂するが、とびきり鮮やかな構図の反転が、そのホワイダニットの意外性と見事に融合する。驚天動地の動機そのものがミスリードを成立させる核となり、二段構えの驚愕で読者を唖然とさせる、連城三紀彦のミステリ作家としての技巧の頂点を極めた壮絶な傑作だ。あまりにも過激すぎる発想ゆえに、ジョイ・ノベルス版および新潮文庫版では真相に関して作者自ら注釈をつけているほどである。

「**二重生活**」（初出…〈週刊小説〉一九八三年二月二十五日号）はこれまた得意の浮気もの。四人の男女の四角関係が、最後に意表を突いた構図を露《あらわ》にし、それによって戦慄のラストへとなだれ込む。呆気にとられたまま辿り着くラストシーンが、いわく言い難い読後感を残す傑作である。

以上の傑作六編に加え、現在新品で入手できる宝島社文庫版（と、その底本であるハルキ文庫版）では『密やかな喪服』から、呆れるほど複雑なプロットを短編で書ききった「代役」、やくざの哀愁溢れる復讐譚「ベイ・シティに死す」、驚天動地の動機が読者を唖然とさせる学園ミステリ「ひらかれた闇」の三編を追加収録している。いずれも傑作・秀作であるので、『密やかな喪服』を未読の方はこちらも合わせて楽しまれたい。

本書は連城三紀彦の現代ミステリ短編集の中でも、最高級の品質レベルを誇る、世評の高さに恥じない傑作短編集である。「連城三紀彦ってどんな作家？　何から読めばいい？」という人は、現在なら講談社文庫の『連城三紀彦レジェンド』から入り、気に入ったら光文社文庫の『戻り川心中』と本書の宝島社文庫版を買うというルートが一番だろう。

なお現行の宝島社文庫版には解説がないため、他の連城作品へのガイドの役割を為していないのが残念なところ。本項でも具体的なガイドは他レビューと重複するので避けるが、とりあえずもっと明るい話の方がいい、という人には『運命の八分休符』を、もうちょっと読みやすいのがいい、という人には『顔のない肖像画』をそれぞれ強くオススメする。

何にせよ本書が連城作品をまだ知らぬ多くの読者の手に渡り、連城入門の一冊として、また国産ミステリ短編集を代表する傑作集として、永く読み継がれていくことを願いたい。

07『宵待草夜情』〔一九八三年、新潮社→一九八六年、新潮文庫→一九九八年、ハルキ文庫→二〇一五年、ハルキ文庫〕【新装版】【短編集】【入手可】

収録作…「能師の妻」「野辺の露」「宵待草夜情」「花虐の賦」「未完の盛装」

◆解題

連城ミステリの至芸、ここにあり。第五回吉川英治文学新人賞に輝いた本書は、いずれ劣らぬ連城三紀彦全作品のベストを争う傑作が顔を並べた、『戻り川心中』『夜よ鼠たちのために』と並び称される驚天動地の傑作集である。本書に収められた五つの物語を紡ぎ出すのは、明治から戦後の時代に生きた五人の女の恐るべき情念だ。

第一話「**能師の妻**」〔初出…〈別冊文藝春秋〉一九八一年夏号〕は、本来は「桜の舞」の題で《花葬》シリーズの一編として書かれる予定だった作品。深沢篠という能師の妻が、義理の子である藤生貢をバラバラにして桜の樹の下に埋め、自らも姿を消したという明治の事件が描かれる。類い希な能の技量を持ちながら内面に底知れぬ空疎を抱えた貢に、能の名曲『井筒』を舞わせるため、虐待のごとき稽古をつける篠。そのふたりの関係性は、芸の世界でしか生きられない人間の壮絶さとともに、谷崎潤一郎のごときサディズムとマゾヒズムの耽美を漂わせる。ミステリとしての眼目は、死体解体のホワイダニット。美しき伏線に支えられた二段重ねの真相には驚倒するほかない。

第二話「**野辺の露**」〔初出…〈小説新潮〉一九八二年九月号〕は、兄の妻と姦通して不義の子を為してしまい、兄から勘当され二十年間ひっそりと生きてきた弟が、その兄嫁へ送った手紙によって全編が構成されている。兄の子として育てられる息子を遠くから見守りながら、彼女への思慕を忘れるために生きてきた彼だったが、その子の起こした事件をきっかけに、真実を明らかにすることを決意する……。30ページ強と、本書の収録作の中では最も短いが、真相の切れ味と強烈さでは本書でも一、二を争う。全連城作品の中でも、これほど残酷な真相はなかなか無い。鬼畜度では「花緋文字」と双璧であろう。鈴虫を用いた美しい情交の場面など、不義の愛を描いた恋愛小説としての美しさそのものが、愕然とするしかない真相を鮮やかに引き立て、読者に凄絶な印象を残す。

第三話「**宵待草夜情**」（初出…〈小説新潮スペシャル〉一九八一年秋号）は、ある理由で筆を折り、結核を患って余命短いことを悟った絵描きが、カフェの女給・鈴子と出会う話。かつて同じ病で夫を亡くしたという鈴子は、「血は悲しい色」だと語る……。鈴子の抱えた秘密を巡って発生した殺人事件の真相は、今ではそう珍しい発想のものではないし、多少の疑問もなくはないが（××で気付くのでは?）、連城三紀彦の筆はそれをあまりにも色鮮やかに描きあげる。恋愛小説としての美しく印象的な場面が、ことごとく真相への伏線となり、読者の胸を震わせる。ミステリとしての真相に（あくまで他作品と比べれば）若干の弱さを抱えても、それを伏線の技巧と恋愛小説としての美の不可分な融合によって悠々と傑作にまで引き上げる、連城三紀彦の筆さばきに感嘆の一作。

そして本書の白眉にして全連城短編の最高傑作の座を窺うのが、第四話「**花虐の賦**」（初出…〈小説新潮〉一九八二年一月号）。大正末期の小劇団で、劇団の絶頂期に謎の自殺を遂げた劇作家・絹川幹蔵と、その四十九日に後追い自殺を遂げた女優・川路鴇子の愛の裏に隠されていた真実とは……。成功の最中にあった人間がなぜ自殺したのか、というホワイダニットを軸に、夫と子を捨てて絹川の元に走り、絹川の人形として生きた鴇子の一種異様な愛が語られるが、ひとつの事実が明らかになった瞬間、啞然呆然の真相が姿を現す。このホワイダニットの発想だけでも常人には生涯到達し得ぬ領域の代物だが、連城三紀彦の小説技巧はその異形としか言い様のない発想を、女の情念と男の覚悟を書き尽くした完璧な短編小説として仕立て上げてしまう。本作と対を為す「戻り川心中」と並び、国産ホワイダニットミステリ全てを集めても本作に匹敵するものはまずあるまい。ミステリとしての天地がひっくり返るような驚きが、ここに描かれた異形の愛を、読者の心に深く深く刻みつける。連城三紀彦の天才性と職人性の全てが詰まった、オールタイムベストに大文字で列記されるべき奇跡のような大傑作である。

最後の第五話「**未完の盛装**」（初出…〈別冊小説現代〉一九八二年冬号）は戦後の話。終戦直後、復員してすぐ寝付いた夫を邪魔に思う妻が、愛人から渡された薬で夫を毒殺しようとする。十五年後、弁護士の赤坂の元に男が現れ、過去の殺人をネタに脅迫されているので何とかしてほしい、という相談を持ちかける……。明治から昭和初期を舞台にした他四編とは雰囲気が異なり、本書の中では異彩を放つ本作は、むしろ後の九〇年代連城ミステリを思わせる傑作。十五年前の殺人と、それを巡る現在の脅迫事件を巡って二重三重の反転が決まる複雑なプロットが、短編の分量の中で炸裂する。よくもこれだけ詰め込んだものだ、と唖然とするほかないが、詰め込まれたトリックと真相の魅力は他四編に勝るとも劣らない。

以上五編、その多くが恐るべき悪女の物語であるという意味で、本書は後に連城作品の主流となる悪女ものの嚆矢でもあり、『戻り川心中』から連なる恋愛ミステリの辿り着いた極地でもある。その豊穣は『戻り川心中』すらも凌駕しうる。是非とも二読三読し、ミステリとしての驚愕にのけぞり、そして恋愛小説としての美しさを堪能し尽くしてほしい。

全連城作品の中でも屈指の傑作がそろい踏みした本書は、『戻り川心中』と肩を並べて国産ミステリ史上に銘記されるべき傑作集であり、国産ミステリ短編集の最高峰たる一冊だが、長らく新品では入手困難な時期が続き、未だ正当な評価を得られているとは言い難い。『恋文』と同年に賞を獲ったことで、連城三紀彦の経歴をまとめる際に『恋文』と並べて非ミステリの恋愛小説のように紹介されてしまうことが多いためか、あるいは皆『戻り川心中』の印象が強すぎて同系統の本書を脇に置いてしまうのか。いずれにしても『本格ミステリ・ベスト100 1975▼1994』（一九九七年、探偵小説研究会編著）や『東西ミステリーベスト100』（二〇一三年、文春文庫）などのランキングでも本書が影も形もないのは、収録作の質から考えれば不可解としか言いようがない。本書が黙殺されてきたのは、国産ミステリの歴史におけるあまりにも重大な失策であると言い切ってしまおう。

一五年五月にハルキ文庫から満を持して復刊された（正確には傑作推理コレクションの新装版で、泡坂妻夫の解説もそのままの同一内容なので、傑作推理コレクション版を所持している人は注意）ので、未読の人は何を差し置いても手に取って欲しい。国産ミステリの歴史の中に、野辺の露のごとくひっそりと埋もれていた傑作を、あなたはここに発見するだろう。

08『敗北への凱旋』（一九八三年、講談社ノベルス→一九八六年、講談社文庫→一九九九年、ハルキ文庫→二〇〇七年、講談社ノベルス）［長編（初出…〈臨時増刊小説現代〉一九八一年六月発行）］［品切れ］

◆あらすじ

昭和二十三年十二月二十四日、横浜の安宿で右腕のない男、津上芳男が射殺された。二日後、日本人の娼婦が殺され、中国人の女・玲蘭による三角関係のもつれの果ての殺人と断定されるが、捜査の過程で津上の正体は元軍人で元ピアニストの寺田武史という男だと判明する。犯人の玲蘭は崖から身を投げ、死体は発見されぬまま事件は終結した。

二十数年後、作家の柚木はひょんなことから寺田武史の生涯に興味を持ち調べ始める。寺田が部下の指に遺したピアノの運指と、二枚の楽譜の謎。寺田はそれで何を伝えようとしていたのか？　柚木が寺田を題材にした小説を書き始めると、彼の元に奇妙な手紙が届く――。

◆解題

トリッキーなミステリ作家、抒情性豊かな恋愛小説家。連城三紀彦という作家は、主にその二つの面から語られる。だがもうひとつ、忘れてはならない連城三紀彦の作家としての側面がある。それは、疑似歴史小説家という側面だ。「戻り川心中」の苑田岳葉、「夕萩心中」の但馬夫妻と御萩慎之介、「能師の妻」の藤生貢と深沢篠のように、架空の人物をあたかも実在したかのように描き、そこに秘められた謎を歴史ミステリのごとく解き明かすという趣向は、特に初期の連城三紀彦が好んで用いたスタイルである（このスタイルの元ネタは松本清張の短編「装飾評伝」であるらしい）。

その連城三紀彦の疑似歴史小説家としての側面が最も強く表れたのが、『私という名の変奏曲』と並んで初期長編を代表する傑作と名高い第二長編『敗北への凱旋』である。

本作の本格ミステリ的な眼目は、二枚の楽譜とピアノの運指に隠された暗号。そう、本作は連城ミステリでは唯一（?）の暗号ミステリなのである。その暗号の解読難度はとてつもなく高く、読者は口を揃えて解読不能と白旗を揚げる。作中ではそれがわりと（カリスマ的名探偵でもない一般人の登場人物によって）あっさり解き明かされてしまうため、暗号解読に主眼を置いて読むと釈然としない感は残るかもしれない。

ではなぜ本作は傑作と呼ばれるのか。それは、本作の本質が疑似歴史ミステリとしての側面にあるが故だ。題材となるのは日本人の誰もが知る歴史的事実、太平洋戦争。類い希なピアノの才を持ちながら軍人となり、戦争で右腕を失い戦後は裏社会に身を落として殺された男・寺田武史の生涯と謎を追うという、架空の人物に託した歴史ミステリ的趣向は、やがてもうひとりの架空人物・鞘間重毅の物語と絡み合い、壮大にして恐るべき真相を露《あらわ》にする。この真相の衝撃は、単にその壮大さだけではなく、架空の人物の物語が、現実の歴史に侵食し、歴史的事実そのものを曲げることなく、その事実の持つ意味を変えてしまうという衝撃である。史実の隙間に虚構を忍ばせ、その虚構をいかにももっともらしく語ることで、読者の持つ歴史観を、その認識・常識を揺るがす、本作はまさしく疑似歴史ミステリの傑作なのだ。

そして本作の壮大無比な真相は、講談社ノベルス復刻版の解説で米澤穂信が指摘している通り、先に述べた暗号の解読不能性にさえ説得力を与えてしまう。これほどまでに複雑な暗号で隠さなければならなかった本作の真相は、まさにそれに値するだけのスケールをもっている。なぜ暗号が作られねばならなかったのか――驚天動地の真相が、同時に暗号ミステリとしてのホワイの解答にもなっているという点で、本作は暗号ミステリとしても傑作として昇華されるのである。

また本作は、あまりそういう文脈では語られないが、私見では《花葬》シリーズの流れをダイレクトに汲んだ長編である。終戦の日、廃墟の東京に夾竹桃が降る冒頭の美しさは「夕萩心中」の冒頭の幻想性を彷彿とさせるし、小説家が語り手となって自ら小説に書いてる過去の出来事の真相を追うという構図は「戻り川心中」と同一だ。また本作の真相はある意味で某作のトリックをさらに壮大にしたものとも言えるだろう。作品全体を見渡しても、夾竹桃、未央柳、菊といった花たちが物語を彩る点や、それによって様々な形の〝敗戦〟という滅びの美を描き出す筆遣い、そして何より驚天動地のホワイダニットにこそ主眼を置いているという点で、本作は《花葬》シリーズの長編として扱っても全く違和感はない。とりわけ「戻り川心中」「菊の塵」「夕萩心中」が好きな人は本作は絶対の必読であろう。

本作は九九年にハルキ文庫の《連城三紀彦傑作推理コレクション》の一冊として、〇七年には講談社ノベルス二十五周年企画の《綾辻・有栖川復刊セレクション》の一冊として二度復刊されているが、現在はどちらも入手困難。連城長編を代表する傑作であるだけに、三度目の復刊が待ち望まれる。また、ニコニコ動画に作中の楽譜2をVOCALOIDで演奏した動画（sm1930127）があるので、気になる人は聴いてみよう。

09『少女』（一九八四年、光文社→一九八八年、光文社文庫→二〇〇一年、光文社文庫［新装版］）［短編集］［品切れ］［電書有］

収録作…「熱い闇」「少女」「ひと夏の肌」「盗まれた情事」「金色の髪」

◆解題

連城三紀彦の流麗な文体が、官能描写に使われたらどのような作品が仕上がるのか。本書はそのひとつの解答であり、連城作品では希少な官能サスペンス五編を収めた短編集である。

巻頭の「熱い闇」（初出…〈小説宝石〉一九八二年十一月号）は官能小説家の担当になった女性編集者の話。週刊誌連載の原稿を取りに行くと、その原稿に書かれていたのは、彼女が前夜恋人と交わした実際の情事をなぞるような濡れ場だった……という話が、次第にのっぴきならないサスペンスへと転調していく。遠く離れたホテルの一室で作家の書いていた原稿と、自分の恋人との情事がなぜ重なり合うのか、という謎を巡るミステリとしても読めるが、それよりも危険な情事にのめり込んだ語り手の心理描写がぐいぐいと読ませる。

表題作「少女」（初出…〈小説宝石〉一九八四年六月号）は、援助交際を持ちかけられた少女から盗み取った二万円が、強盗事件で奪われた金だった――というミステリ。少女はなぜ郵便局強盗の奪った金を手にしていたのか、という謎が、最終的には意外な構図の反転に着地する。連城ミステリの反転劇としては（少なくとも現代の視点から見ると）比較的穏当な部類の作品なので、連城マニアにとっては衝撃度は低めだが、初心者にはとっつきやすいかもしれない。

「ひと夏の肌」（初出…〈小説宝石〉一九八三年十一月号）は、八十日分の記憶を失った男が、その間の自分の足跡を求める中で、断片的に甦る記憶の中の女と出会う話。ホラー系のアンソロジーに二度採録されているように、真相の性質的にミステリとは言い難いが、ラストシーンは鮮烈に印象に残る。

不能の夫に代わって妻を抱くという奇妙なアルバイトをすることになった医師の話「**盗まれた情事**」（初出…〈小説宝石〉一九八二年初夏特別号）は、本書の中で最もミステリ色が強い。スワッピングものの官能小説だと思って読んでいると、中盤から意表を突いた展開が待ち受ける。中盤以降の展開は何を書いてもネタバレだが、非常にひねくれた××××ものの傑作である。

最後の「**金色の髪**」（初出…〈小説宝石〉一九八三年二月号）は、パリで夫婦交換を題材にした映画を撮影する、これまたスワッピングもの。カメラマンの語り手がフランス人の人妻クレールにのめりこみ、やがてその夫に殺意を抱く……という話だが、連城三紀彦の騙しのテクニックが冴え渡る。このパターンの騙し技は初期から九〇年代まで連城は形を変えつつ何度も書いているが、毎回驚かされてしまうのが連城の技巧の真骨頂だろう。

本書は直木賞受賞作『恋文』とほぼ同時に刊行されたが、連城いわく〝ポルノ小説と童話を同時に一回出してみたい〟（〈婦人公論〉一九八五年十一月臨時増刊号　冨士真奈美×連城三紀彦「特別対談 男と女のミステリー」より）ということだったらしい。ミステリとしての意外性にのみ着目すれば、本書は連城の短編集ではさほど目立つ存在ではないが、官能描写をはじめとした文章の味わいで十分お釣りがくる。表題作が〇一年に映画化された際に出た新装版（品切れ）が電子書籍として入手可能なので、そちらででも読んでみてほしい。なお旧版にあった解説（宮島秀司）が内容の都合から新装版では無くなっているので、古書で購入する場合はそこも留意されたい。

10『恋文』（『恋文・私の叔父さん』）（一九八四年、新潮社→一九八七年、新潮文庫→二〇一二年、新潮文庫〔改題新装版〕）［短編集］［入手可］［電書有］

収録作…「恋文」「紅き唇」「十三年目の子守唄」「ピエロ」「私の叔父さん」

◆解題

連城三紀彦の世間一般的な代表作は、やはり直木賞を受賞した本書ということになろう。一般に連城は本書のような恋愛小説の作家であり、事実このあと連城作品は恋愛小説方面の比重を高めていく。連城にとって、様々な意味で分岐点となったのが本書であったことは疑いない。

では、本書はミステリ読者にとっては読む必要のない作品なのか。答えは断固として否である。むしろ、連城三紀彦の恋愛小説を読まず嫌いしているミステリ読者こそ、まさに本書を読むべきなのだ。なぜなら本書は、極めて上質な恋愛小説でありながら、紛れもなく連城三紀彦のミステリ・スピリットが発揮された傑作集だからである。

巻頭の表題作「恋文」（初出…〈小説新潮〉一九八三年八月号）は、夫に突然出て行かれた妻の話。夫は結婚前に付き合っていた女が余命半年と聞き、半年間だけその女の傍にいたいと言う……。ミステリ的には表題の〝恋文〟が指すものの意外性が軸。本来〝恋文〟とは対極にあるものが、どんなラブレターよりも雄弁な〝恋文〟に反転する、そこにミステリ作家としての連城の魂が光る。瀬戸内寂聴は連城との対談で本作を評して〝この世にはあり得ないような、非常に美しい無償の愛〟と語ったが、刊行当時から現在に至るまで「夫を許す妻の行動が許せない」「こんな都合のいい女は現実にいない」という批判も多くつきまとう本作は、常識的な価値観からはみ出した愛という意味で、これもまた〝異形の愛〟だったのかもしれない。
「**紅き唇**」（初出…〈小説新潮〉一九八三年四月号）は、結婚三ヶ月で亡くなった妻の母親と同居する男の話。再婚を考えている相手と義母の確執と、義母の語る口紅の思い出が、鮮やかな真相に結実する。ホワイダニット・ミステリとしても連城作品の上位を伺う傑作だ。パチンコをこれほど叙情的に書いた恋愛小説もないだろう。本作は連城三紀彦の実母をモデルとしており、義母の過去の話は、ほぼ連城の両親の間に実際にあったことであるらしい。そのため、エッセイ集の『恋文のおんなたち』や『一瞬の虹』を読んでから読むとなおさら染み入るものがある。

ある日突然母親が、自分よりも若い再婚相手を連れてきたことに戸惑う男の話「**十三年目の子守唄**」（初出…〈小説新潮〉一九八三年十月号）は、本書の中でも最もミステリ色が強い一編。血のつながりのない複雑な家族関係の中から、全く予想外の真相が明らかになる。あっという間に家族の中に入り込んでしまった年下の父親の隠れた思いが胸を打つ好編。

「**ピエロ**」（初出…〈小説新潮〉一九八四年三月号）は美容院を営む妻に尽くすおどけた夫の話。ピエロになって人の心を摑む才能に長けた男の心理が、ホワイダニットとして最後に明らかになった瞬間の苦味が胸に残る。「恋文」が男にとって理想的すぎる妻の話だとすれば、こちらは女にとって理想的すぎる夫の話という意味で「恋文」と対を成す作品であるとともに、連城の男性観と女性観がこの二編に端的に表れていると言えるかもしれない。

掉尾を飾る「**私の叔父さん**」（初出…〈小説新潮〉一九八四年二月号）は、死んだ姪との恋を引きずるカメラマンの話。その姪の娘の妊娠が発覚し、彼の子供だと言い出す……。五枚の写真に隠された真実が明らかになったとき、語り手が下す逆説的な決断が、ミステリと恋愛小説の幸福な結婚を示す、連城恋愛小説を代表する傑作である。なんてことのないメロドラマを名作に仕立て上げる伏線とプロットの妙技を堪能してほしい。なお本作が一二年に映画化されたのに伴い、本書が現在のタイトルに改題された。

以上五編、本書はミステリの技巧を駆使することによって、恋愛小説として読者の胸を強く打つことに成功した、連城恋愛小説集でも最高峰の傑作集である。文庫版に寄せられた荒井晴彦の解説は、連城の恋愛小説がミステリの構造を持つ意味を、論理的にではなく直感的に見事に指摘している。評論家には書けない名解説だ（ただしネタバレ注意。なお荒井晴彦は九五年のテレビドラマ版「私の叔父さん」で脚本を担当している）。

初期の連城作品では唯一、刊行から現在まで常時新品で入手可能な状態にあり続けている本書だが、読めばそれも納得できるはずだ。この後の連城恋愛小説はやがて嘘に嘘を、演技に演技を塗り固めていく方向へと進んでいったが、本書の収録作は基本的に非常にストレートな純愛の話であり、それが現在でも新たな読者に受け入れられているゆえんであろう。

ともかくミステリ読者も読まず嫌いせず、是非一読していただきたい。

11 『私という名の変奏曲』

（一九八四年、双葉社↓一九八六年、フタバノベルズ↓一九八八年、双葉文庫↓一九九一年、新潮文庫↓一九九九年、ハルキ文庫↓二〇一四年、文春文庫）

［長編（初出…〈小説推理〉一九八四年二～三月号）］［入手可］［電書有］

◆あらすじ

世界的名声を誇るファッションモデル、美織レイ子がマンションの一室で死体となって発見された。死因は青酸化合物による中毒死。レイ子は仕事で繋がりのあった七人の男女の弱味を握り脅迫していた。彼女を毒殺したのは、その中の誰かひとりである——だが、その七人は、全員が「自分がレイ子をこの手で殺した」と信じていたのだ……。

◆解題

西澤保彦の代表作に『七回死んだ男』（講談社文庫）という長編がある。そちらはタイムループ設定を持ち込んだSFミステリだが、この『私という名の変奏曲』にはもちろんSF設定は存在しない。本作は『七回死んだ男』ならぬ〝七回殺された女〟という、実に魅力的な謎が読者を引きつけて放さない、連城の全長編の最高傑作に挙げる者も多い代表作中の代表作である。

レイ子が〝犯人〟を操り、自分を毒殺させようとする場面から物語は始まる。その後、レイ子の死を受けて、次々と異なる人間がレイ子殺害の犯人として登場し始める。もちろん、一人の人間を七度殺すことなどできるはずがない。だが、七人の容疑者は全員が確かにレイ子をその手で殺害しているのだ——。

この、犯人が自白するほどに深まっていく幻想的な謎に対し、本作は連城作品としては珍しく、鮮やかなハウダニットのトリックを用意している。その意味で本作もまた、『暗色コメディ』と同様に島田理論を実践したような、極めて人工的な本格ミステリだ。美織レイ子の設定や作中の愛憎のドラマ自体、この強烈無比な謎を産み出すトリックを成立させるためだけに組み立てられていると言っていい。トリックに関しては、序盤から伏線は堂々と張られているので、ミステリを読み慣れた人ならば中盤でおおよそを見抜くこともできるだろう。またはっきり言ってしまえば、トリック自体は現実的に考えると、その実現性に関して大きな問題点があり、その点は既に多くの読者が指摘している。

しかし本作には、その人工性の極みのような謎とトリックを、この作品世界の中においてはあり得るものとして成立させ、ひとりの悪女を巡る愛憎のドラマとして描いてしまう文体の力がある。そして、現実的に考えれば絶対にあり得ない、完全な作り物であるからこそ、そうでなければ成立しない魅惑的な謎と鮮やかな解決が強く読者の印象に残るのだ。

実に四度に渡って文庫化されている本作は、著者の没後の二〇一四年に文春文庫から復刊され、現在は新品で入手可能である。極めてトリッキーな作品だが、連城長編としては構造そのものは非常にシンプルで、軸になるのはただひとつの事件であるし、最大の謎は明快なトリックで解明される。故に、これだけひねくれた作品でありながら、連城三紀彦の長編ではある意味最もストレートな本格ミステリとも言える。そういう意味で、連城初心者にもお勧めしやすい貴重な長編だ。その超絶技巧を心ゆくまで堪能していただきたい。

本作の〝七回殺された人物〟というモチーフは、その後、長編『どこまでも殺されて』において変奏されている。雰囲気もモチーフの処理も全く異なる作品なので、是非読み比べていただきたい。また本作の構造は晩年のある長編にて、さらなる超絶技巧をもって再演されることになる。

以下余談。本作は二〇一五年十月にフジテレビで単発ドラマ化された（意外にも初の映像化である）。〝犯人〟の回想と心理描写を中心に進む原作を刑事ドラマに仕立て直し、全編を通して警察視点から事件を追う構成に変更されている。原作から〝犯人〟が一人減り（デザイナーの稲木が削除され、稲木の要素はカメラマンの北川に割り振られた）、それぞれの〝犯人〟が警察に脅迫内容を突き止められて自白する形になっている。他にレイ子の年齢や一部の登場人物とレイ子の関係性などが改変されているものの、全体としてはトリックも含め概ね原作を踏襲した作りになっている。

映像化することで、原作では文体の力で誤魔化される犯行計画やトリックの実現性の苦しさが浮き彫りになる部分はあるし（特に原作ではさらっと流されている水槽の問題は、映像化で初めてその苦しさが可視化された感のある意外な発見だった）、刑事ドラマ仕立てにして二時間半に圧縮した都合上、レイ子を巡る個々の愛憎劇の印象が薄くなる感もある。とはいえ全体としては健闘した部類であろうし、何より刑事ドラマにしたことで、思わぬところで原作にはない、非常に連城的な意表を突いた逆説が現れる。これには連城ファンとして素直に感心した。この逆説だけでも、本作を映像化した価値があったと言えよう。

なお本作については、最後に残される謎について後の「『私という名の変奏曲』推理」にて検討しているので、そちらも読了後に参照されたい。

12『瓦斯灯』（一九八四年、講談社→一九八七年、講談社文庫）［短編集］［品切れ］

収録作…「瓦斯灯」「花衣の客」「炎」「火箭」「親愛なるエス君へ」

◆解題

八〇年代前半を締めくくる本書は、恋愛ミステリを中心に五編を収録する短編集。本書は初期のミステリ路線と、この後の恋愛小説路線へのちょうど分水嶺にあると言えるだろう。

巻頭の表題作「**瓦斯灯**」（初出…〈小説現代〉一九八三年十一月号）は、おそらく明治の頃の話。親の失った大金の埋め合わせに、相思相愛だった幼なじみの安蔵を裏切って商家に嫁いだ峯は、夫が殺人で収監されたため下町に戻り、安蔵と再会する。十七年の時間を埋めるように、ふたりはよりを戻し始めるが……。峯が商家に嫁ぐ原因になった事件をめぐるミステリ的な趣向もあるものの、どちらかといえば恋愛小説としての哀切が強く胸に染み入る一編だ。

「**花衣の客**」（初出…〈別冊婦人公論〉一九八三年春号）は、本書の中で最も連城ミステリの味わいが強い作品。二十二年前、母と心中未遂を起こした男・飯倉が死を目前にし、自分が母の死んだ歳になったとき、紫津は彼とともに死のうとする……。過去の出来事の持つ意味が、たったひとつの真実によってがらりとその様相を変えてしまう、その反転はあまりにも強烈かつ残酷だ。あらゆる描写に仕込まれたダブルミーニングが解決によって鮮烈に立ち上がる、初期作品を代表すると言っていい傑作である。

「**炎**」（初出…〈月刊カドカワ〉一九八三年九月号）は出征を前にした男と娼婦の話。男の持つ懐中時計を利用して、娼婦は何かを企んでいるようなのだが……。本書の中では小品という感じの作品だが、ラストシーンのはっとするような美しさが胸を打つ。

「火箭」（初出…〈別冊婦人公論〉一九八四年冬号）は急逝した大画家の遺作をめぐる話。最高傑作になると画家自ら公言していた遺作は、しかし見る者を戸惑わせるものだった……。遺作の謎が真相に結実する、苦い結末が印象的な佳品。本作のアイデアもまた、後のいくつかの作品で再演されている。

ここまでの四編は連城作品らしい作品群だが、巻末に置かれた「親愛なるエス君へ」（初出…〈オール讀物〉一九八三年十二月号）は連城短編の中でも指折りの異色作。本作は何者かが〝エス君〟へと宛てた手紙として書かれているが、この〝エス君〟が何者かは明言こそされないものの冒頭から明らかなので書いてしまうと、佐川一政のことである。――そう、一九八一年、パリで発生した猟奇事件〝パリ人肉事件〟の犯人だ。本作はカニバリズム、人肉食を題材にした短編なのである。題材の強烈さもさることながら、語り手の人肉食への渇望をあくまで落ち着いた筆致で綴ることで、単なる猟奇趣味に留まらない迫力を醸し出す。ミステリとしての企みは、むしろ連城作品としては解ってしまえばストレートすぎるぐらいなのだが、そのシンプルさ故に衝撃度は非常に高い。題材との合わせ技で強烈な印象を残す、全連城短編のベスト上位を伺う傑作である。

以上、本書もまた読み逃す手はない傑作を収める作品集だ。特に「花衣の客」「親愛なるエス君へ」の二編のためだけにも本書は必読である。現在は二編とも『連城三紀彦レジェンド』に再録されたためそちらで読めるが、他三編も捨て置くには惜しい作品。古書店で見かけたら忘れず確保しておこう。

第二章　流行作家への道（八五年〜八九年）

八四年に『恋文』で直木賞を受賞して以降、連城三紀彦は第一線の人気作家へと躍り出ることになる。ただしそれは、『恋文』の系譜に連なる恋愛小説の作家として、であった。

講談社文庫版『戻り川心中』（八三年刊）のあとがきで、連城三紀彦は〝今の僕は当時ほどミステリという言葉を絶対的なものとは信じることができず、犯罪や事件が起こらなくとも小説が書けるのではないか、その方が自分を素直に表現できるのではないかと考えています〟と記している。そして事実、八〇年代後半の連城作品は、明らかにミステリよりも恋愛小説の比重が高い作品が多い。連城は直木賞を獲ってからミステリを離れた、という一般的な印象を形成したのが、この時期の作品群であろうことは、当時を知らぬ筆者にも容易に推察できる。当時のミステリ読者が路線変更に失望しただろうことも。

しかしそもそも、連城は読者として文学とミステリを一切峻別しておらず、ミステリという形式自体にもさほど強い愛着のある書き手ではなかった。後の作家論で詳しく分析するが、様々な要因が絡まり合ってミステリを書くことに行き詰まりを感じ、その形式から一度自由になろうとしたのが、この八〇年代後半の恋愛小説群であったのだろう。そして結果的に、この八〇年代後半の作品群は、連城三紀彦がミステリへと回帰する九〇年代の作品群へ向けたステップとなったのだ。

では、この時期の連城作品は現在のミステリ読者が読んだとき、全く評価に値しないのか？

もちろん、そんなことはない。たとえばこの時期の恋愛小説色が強い作品にも、連城恋愛短編の最高傑作「白蘭」を筆頭に、ミステリ読者をも唸らせる傑作・秀作が多数書かれている。

また、ミステリの比重が高い作品も、この時期にも連城は着実に書き継いでいた。オイディプス王の悲劇を下敷きにした長編『青き犠牲《いけにえ》』、見逃せぬミステリの秀作を収める作品集『離婚しない女』、〝再演〟モチーフと異様な奇想が〝異形の愛〟をあぶり出す長編『花堕ちる』、異色の国際謀略ミステリ『黄昏のベルリン』、そして連城流恋愛サスペンス長編の代表作『飾り火』……。これらは決して忘れ去られてしまうべきものではない。

この時期の連城作品は、確かに初期の傑作群に熱狂したミステリ読者にはやや物足りなく映るかもしれない。だが、この時期の作品群は、九〇年代の傑作群のために必要なステップであり、連城三紀彦という作家の足跡を辿る上で避けて通れないものである。

それらが、九〇年代の作品群の不遇の遠因となってしまっているのが、何とも世知辛い話ではあるのだが……。

13『夕萩心中』（一九八五年、講談社→一九八八年、講談社文庫→二〇〇七年、光文社文庫）［短編集］［入手可］［電書有］

収録作…「花緋文字」「夕萩心中」「菊の塵」「陽だまり課事件簿（全三話）」

◆解題

本書は『戻り川心中』に続く《花葬》シリーズの三編に、ユーモア・ミステリ「陽だまり課事件簿」全三話を併録する作品集である。〈小説現代〉で書かれていた《花葬》が全十編の予定から八編で中断したため、同じく掲載誌〈出会い〉という月刊誌で、現在経済界倶楽部で同名の会報が出ているため、その前身の雑誌である可能性が高いが、詳細未確認）の休刊で全五話予定が三話で終了となった「陽だまり課事件簿」とともに、全く雰囲気の違う二種類の連作があとがきに曰く〝背中合わせで〟共存する形になった一冊だ。

「**花緋文字**」（初出…〈小説現代〉一九八〇年九月号）は生き別れになった血の繋がらない兄妹の再会から始まる悲劇。芸者になっていた妹は、兄の親友である水沢と急速に接近していくが、水沢には婚約者がいた……。本作には連城ミステリ史上、最も鬼畜と言っていい犯人が登場する。その所業はまさに畜生の極みであり、全てを木っ端微塵に粉砕する真相には呆然とする他ない。だが、そんな犯人の所業と動機さえも、どこか哀切な詩情を漂わせた美しきものとして書いてしまう、その技巧にこそ戦慄せざるを得ない、シリーズ中でも屈指の衝撃作であり、傑作だ。『宵待草夜情』収録の「野辺の露」は本作と対を為す作品と言えるかもしれない。また、本作は非常に現代ミステリ的な問題意識を内包しており、同時に連城三紀彦という作家について考える上で最も重要な作品なのだが、それに関しては後の作家論で詳しく分析する。
「夕萩心中」（初出…〈小説現代〉一九八二年六月号）は政府重鎮の妻と若い書生の情死事件を幼い頃に目撃した語り手が、いくつかの疑問を手掛かりにその真相を推理する。政府高官の暗殺に端を発した社会主義者の弾圧事件〝賊子事件〟（モデルは大逆事件か?）と絡めて論じられる、情死した書生の日記「夕萩の記」に隠された秘密とは……。架空の人物と歴史的事件を設定し、それが男女の愛憎のドラマと絡み合うことで、二重三重の驚くべき真相を明らかにする——という意味で、本作はむしろ『敗北への凱旋』や『落日の門』に連なる疑似歴史小説という側面が強い。心中、作中作の謎、歴史ミステリ仕立てという構造は「戻り川心中」と共通で、「花虐の賦」とは別の意味で「戻り川心中」と対を成す作品だろう。幾重ものトリックが仕掛けられた、《花葬》シリーズの中でも最もミステリとして凝り凝りの傑作である。ただ私見ではその凝りぶりにこそ、連城が本作をもって《花葬》を中断せざるを得なくなった要因が潜んでいるように思われるのだが……これもまた後の作家論で触れる。

最後の**「菊の塵」**（初出…〈幻影城〉一九七八年十月号）は、発表順では「藤の香」に続くシリーズ二作目にあたる。明治四十二年、腰の骨を折って不具となっていた軍人が軍刀で首を突いて自殺した。大学生の川島は軍人の妻のセツに対して疑念を抱くが……。本作はホワイダニット重視の《花葬》シリーズの中では珍しく、別種のトリック（どういうトリックかは語るとネタバレ）が中心になっており、連城作品では珍しいハウダニットの傑作だが、それ故に他とは毛色が若干異なる印象も受ける（『戻り川心中』から漏れたのもそのあたりが原因だろうか）。歴史的事実が事件に密接に関わっているという意味で、「夕萩心中」と並び、連城の疑似歴史小説の嚆矢として受け取りたい。また本作の大胆極まりないトリックが為した現象は、後の長編『女王』でまた別の形で再演される。

この優美にして戦慄の《花葬》三編に対し、併録の「陽だまり課事件簿」（初出…〈出会い〉一九八三年一〜十月号）は一八〇度雰囲気の異なるユーモア・ミステリで、何も知らずに読むとあまりの雰囲気の違いに面食らうだろう。大手新聞社の窓際部署に属する四人が巻き込まれた事件をコミカルに描いた連作で、よりにもよって《花葬》と併録されてしまったがために必要以上に〝いらない子〟扱いされてしまいがちな作品だが、こちらもこちらで味のある作品だ。二七〇件の密告電話を巡る「白い密告」は意外な逆説を軸にした佳作だし、「鳥は足音もなく」もなかなか優れたホワイダニットものである。ただ、やはりこの二種の連作を一冊にまとめた判断には、本のまとまりという意味で甚だ疑問は残るが……。

何にしても、本書は《花葬》の三編だけでも当然ながら必読である。《花葬》の余韻を味わいたい場合は、続けてすぐに「陽だまり課事件簿」にはいかず、少し間を空けてから読む方がいいだろう。本書の《花葬》三編は、ハルキ文庫版『戻り川心中』にも収録されているので、そちらが手に入ればそちらで読んでもいい。

「夕萩心中」「菊の塵」が気に入った人は『敗北への凱旋』『落日の門』の二作は必読。また「陽だまり課事件簿」が気に入った人には『運命の八分休符』を強くオススメしたい。

14 『日曜日と九つの短篇』（『棚の隅』）（一九八五年、文藝春秋→一九八八年、文春文庫→二〇〇七年、コスミック出版［改題］）［短編集］［品切れ］

収録作…「日曜日」「裏町」「改札口」「敷居ぎわ」「母の手紙」「街角」「形見わけ」「棚の隅」「一夜」「青葉」

◆解題

連城三紀彦が文藝春秋社の中間小説誌〈オール讀物〉〈別冊文藝春秋〉で主に書いていたのが、文庫にして20ページほどの恋愛短編である。のちの『恋愛小説館』『新・恋愛小説館』がその代表例だが、本書はその一連の恋愛小説集の最初の作品集にあたる。前述の二誌と〈小説新潮〉に発表された作品を合わせて十編収録している。

初刊時に表題に選ばれた**「日曜日」**（初出…〈オール讀物〉一九八四年十月号）が直木賞受賞第一作として発表された作品であるように、『恋文』からの流れの中にある恋愛短編集だが、『恋文』よりもさらにミステリ的な趣向は控えめで、市井の人々の人生の一面を切り取った普通小説の趣が強い。その中で、元やくざと酒場のママが若いやくざと店員の恋を心配する**「裏町」**（初出…〈小説新潮〉一九八四年四月号）、息子の嫁をいびり倒した母親が真意を手紙で伝える**「母の手紙」**（初出…〈小説新潮〉一九八四年九月号、『連城三紀彦レジェンド』に再録）の二編は連城的な構図の反転が決まる連城ミステリ路線の秀作。冴えない中年男女の恋を描く**「改札口」**（初出…〈小説新潮〉一九八四年七月号）や、別れた元妻が店の売れ残りを買って行く**「棚の隅」**（初出…〈小説新潮〉一九八五年三月号）のようなしみじみとした作品の上手さも味わい深い。

なお、本書は〇七年に収録の一編「棚の隅」が映画化されたのに伴い、『棚の隅』と改題され単行本として再刊されたが、そちらも現在は入手困難となっている（再刊版には書き下ろしのあとがきがある）。旧題の文庫版の方が古書店でも比較的手に入れやすいだろう。

『恋文のおんなたち』（一九八五年、名古屋タイムズ社→一九八八年、文春文庫）［エッセイ・短編］［品切れ］

収録作…「秋の風鈴」「冬のコスモス」「春の手袋」「夏の陽炎」「運命のいたずら」

◆解題

本書はエッセイ・対談集であり、本来はここで紹介する本ではない。ではなぜここに一ページを割いているかというと、本書には〈季刊ＳＵＮ・ＳＵＮ〉初出の掌編五編が併録されているからである。連城三紀彦の小説のコンプリートを目指す場合、うっかり見落としがちな一冊であるため、ここに特記しておきたい。

収録の掌編の中では、「**冬のコスモス**」（初出…一九八四年冬号）が捨てがたい佳品。結婚二年目の息子夫婦の喧嘩の理由は、息子が女を作ったことらしい……と心配する姑の話。連城作品らしい構図の反転がさらりと決まる秀作だ。他にも、何事も帳簿の数字でしか見ようとしない夫の真意「**秋の風鈴**」（初出…一九八四年秋号）、夫の浮気を密告する電話が掛かってくる「**夏の陽炎**」（初出…一九八五年夏号）など、連城らしい恋愛掌編が並ぶ。のちの『一夜の櫛』『背中合わせ』などが好きなら、読み逃さぬようにしたい。

エッセイの方は、連城三紀彦の育った家庭環境など、連城作品を形成する下地が垣間見えるほか、連城ミステリのようなオチのつく話もある。泡坂妻夫『妖女のねむり』、落合恵子『Ａ列車で行こう』や、黒澤明の映画『乱』の感想なども収録。他、林真理子、奥田瑛二との対談も収められており、連城三紀彦の人柄や素顔にも興味が出たらチェックしておきたい一冊だ。

15『残紅《ざんこう》』（一九八五年、講談社→一九八九年、講談社文庫）［長編（初出…〈小説現代〉一九八五年六～九月号）］［品切れ］

◆解題

本作は、奔放な生涯を送った実在の歌人・原阿佐緒をモデルにした、連城三紀彦にとって初の純粋な恋愛長編である。ミステリ要素はほぼ全く無く、女流歌人・麻緒がその半生を回想するという体裁で、幼少期から四人目の男との別れまでが描かれる。恋愛小説、あるいは戦前の女性の半生記として読めば、鬼燈を用いた淫靡な情交場面や、あるいは目を患った父との触れあいなど、随所に映像的な美しい描写が際立つ、仄暗くも優美な佳作として楽しめるだろう。

また連城作品の中での位置づけで言えば、本作は後の『牡牛の柔らかな肉』や『花塵』のような悪女ものの長編へと繋がる習作という意味合いが強い。特に『花塵』は直接に本作の発展形と呼んでいいだろう。単体ではミステリ読者には勧めがたいが、九〇年代長編群へのステップとして手に取ってみるのもいいかもしれない。

そしてまたあるいは、本作は後の問題作『ため息の時間』、そして晩年の未刊行長編『悲体』へと繋がる疑似私小説でもある。あとがきに連城自身が〝結局、実在の女流歌人を借りて、自分自身を描いただけなのではないか〟と記している通り、エッセイや前述の二作と併読することによって、本作は時代恋愛小説でも、悪女ものの習作でもない、第三の顔を露《あらわ》にするのだ。

連城長編の中でもおそらく一番地味な、存在感の薄い作品だが、本作は読者がどう読むかによって様々な表情を見せる。一読よりも、二読三読で味わいの深まる隠れた佳品である。

16『青き犠牲《いけにえ》』（一九八六年、文藝春秋→一九八九年、文春文庫→二〇一五年、光文社文庫）［長編（初出…〈オール讀物〉一九八六年一月号）］［入手可］［電書有］

◆あらすじ

高校三年生の前島順子は、ボーイフレンドの杉原鉄男の様子がおかしいことを気に病んでいた。著名な彫刻家の父と、美貌の母を持つ少年に何があったのか。図書室で『ギリシャ悲劇集』を読みふける彼に降りかかった家庭の悲劇とは。そして彼が十八歳になった雨の夜、ついに事件が起こる。彼はオイディプス王と同じ運命を背負ってしまったのか——？

◆解題

オイディプス王とは、ギリシャ悲劇のひとつである。自らの出生の秘密を知らなかったが故に、父を殺し母と交わるという運命を避けようとした結果、知らぬうちに実父を殺し実母を娶ってしまった悲劇の王の物語で、エディプス・コンプレックスの語源となった。

本作では作中にも『ギリシャ悲劇集』が登場し、オイディプス王の悲劇の現代版であることは早い段階から明示される。となれば作中で何が起こるかは自明であり、それでミステリが成立するのかと読者は訝しむことになる。が、もちろん本作はただオイディプス王の悲劇を現代に置き換えただけの話ではない。

二〇〇ページ強と、かなり短めの長編である本作は、前半二章で事件の発生と発覚までを描き、後半二章で真相が明かされるという構造になっている。全体的に動きの少ない話であるため、ケレン味には乏しいものの、後半二章で事件の様相が次々と入れ替わっていく様は、僅か一〇〇ページとは思えない密度を誇っている。

何しろ短い話なので、これ以上は何を書いてもネタバレになってしまうのだが、本作は作品全体の構造が、仕掛けられたトリックを覆い隠す煙幕になっている。真相そのものはわかってみれば決して驚天動地なものではないけれども、そこに辿り着く前に次々と明らかにされていく事実が、読者の意識を巧みにそこから逸らしていく。オイディプス王の悲劇をベースに、現代を舞台にそれをどこまで複雑にこねくり回せるかということに挑んだ本作は、後の九〇年代連城長編ミステリに特徴的な、細かいどんでん返しを積み重ねていく万華鏡的作劇のプロトタイプとも言えるだろう。

また、後の作品との関連性を見ると、モチーフ的に本作の直系に位置するのは『花堕ちる』『褐色の祭り』だろう。さらに本作で描かれた家庭の悲劇、ねじれた血縁というモチーフは、『女王』や『白光』に受け継がれていき、悪女ものとしての側面は〝平成悪女三部作〟を初めとした九〇年代作品の数々へ繋がっていく。また前半の学園ミステリ・青春小説的な人物配置は『どこまでも殺されて』で再演されている。いずれも是非あわせて読まれたい。

プロトタイプだからといって後の作品に対し質で劣っているかと言えば、決してそんなことはない。本作もまた連城三紀彦らしさの凝縮されたミステリ長編の秀作である。長らく品切れであったが、二〇一五年二月に光文社文庫からめでたく復刊され、現在は新品で入手可能。連城のミステリ系長編の中では非常に地味な存在だが、読み逃さぬようにしたい一作だ。

17『もうひとつの恋文』（一九八六年、新潮社→一九八九年、新潮文庫）［短編集］［品切れ］

収録作…「手枕さげて」「俺ンちの兎クン」「紙の灰皿」「もうひとつの恋文」「タンデム・シート」

◆解題

タイトル通り、本書は『恋文』に連なる恋愛短編集である。ストーリー的には繋がりはなく、表題作のガジェットが「恋文」と共通、というだけで、特に続編などではないので、こちらを先に読んでも一切差し支えはない。

上質なホワイダニット・ミステリでもあった『恋文』に対し、本書ではミステリ的趣向はさらに薄まっており、ちょっとひねった恋愛小説と言った方が良いだろう。たとえば酒場での酔った勢いでの一言を真に受けて女が部屋に押しかけてくる「**手枕さげて**」（初出…〈小説現代〉一九八四年十二月号）はほぼミステリの要素は無いし、息子が突然非行に走った動機を父親が探る「**俺ンちの兎クン**」（初出…〈小説新潮〉一九八五年十一月号）も普段の連城ならば読者を驚かす仕掛けに使うだろう要素を、敢えてそう使ってはいない。九歳年下の男が夫婦の間に割り込んでくる表題作「**もうひとつの恋文**」（初出…〈小説新潮〉一九八五年五月号）や、六年前に消えた前の夫が突然戻ってきて、今の夫と三人での奇妙な生活が始まる「**タンデム・シート**」（初出…〈小説新潮〉一九八六年三月号）は連城ミステリらしい部分があるものの、そこに力点を置いているという印象はあまりない。

本書の五編の共通点を挙げるとすれば、今でいう〝だめんず〟ものであるということだろう。連城ミステリの驚きを為すひねくれた心理を、表に出してみるという試みだったのかもしれないが、恋愛小説として読むならともかく、『恋文』と違ってミステリ読者には勧めにくい。

18『離婚しない女』（一九八六年、文藝春秋→一九八九年、文春文庫）［短編集］［品切れ］

収録作…「離婚しない女」「写し絵の女」「植民地の女」

◆解題

このタイトルから、本書を読まずにミステリだと見抜ける読者はほとんどいないだろう。あろうことか、日下三蔵による『前夜祭』の解説でも、本書は『日曜日と九つの短篇』や『もうひとつの恋文』に連なる、ミステリ色の薄い作品に分類されてしまっている。が、それには大いに異を唱えなければならない。本書は紛れもなく、連城三紀彦印のミステリ作品集である。

収録作は三編。全体の三分の二を占める中編の表題作に、「写し絵の女」「植民地の女」の短編二編を併録しているという、やや変則的な形になっている。

表題作「**離婚しない女**」（初出…〈オール讀物〉一九八六年七月号）は、一人の男をめぐる二人の女の争いを軸にしたホワイダニット中編。刊行と同年に神代辰巳監督、萩原健一・倍賞千恵子・倍賞美津子主演で映画化されているが、もともと映画化を前提に原作として書かれた作品であったらしい。

根室の水産会社社長・山川と結婚して十年になる美代子は、山川から紹介された気象予報官の岩谷啓一に惹かれ、求められるがままに金を与えていく。一方、釧路の駅前で喫茶店を営む高井由子は、財布を拾ったと言って現れた男に惹かれる。男が渡してきた財布の中は、なぜか金が増えていた……。二人の女の戦いは、やがてひとつの殺人事件に結実し、物語はその死体を捨てに行く場面から語られる。隠蔽されたひとつの事実が明らかになることで、事件の真の構図が露《あらわ》になり、隠されていた動機が暗い予感を漂わせるラストに結実する秀作だ。

しかし、本書の白眉は併録の短編「**植民地の女**」（初出…〈オール讀物〉一九八五年一月号）だろう。ある日家の薬箱から見つけた奇妙な手紙には、「あなたは私の最愛の妻と罪の夜を持った」とカタカナで記されていた。手紙の差出人は彼の職場にも現れ、悔い改めよと問い詰める……。奇妙なシチュエーションの謎で引きつけながら、本作の真相の切れ味は表題作を上回る。少し見方を変えるだけで、目の前の事実の意味がまるっきりひっくり返ってしまうという、連城ミステリの反転の構図が極めて鮮やかに炸裂する隠れた傑作だ。

間に挟まる「**写し絵の女**」（初出…〈オール讀物〉一九八五年十一月号、「写し絵」改題）は、連城お得意の絵画もの。語り手の生まれる前、画家である父の渾身の作が焼かれ、その模写を残して父の弟子が自殺した。語り手は母の遺した言葉から、その弟子こそが自分の本当の父親なのではないかと疑うが……。本作での反転がどういうものかを予想するのは、連城作品の中ではかなり容易な部類だろう。しかし本作がふるっているのは、真相に託された、非常にひねくれた動機である。何百回と書かれてきたようなパターンの話も、連城の手にかかれば一風変わったホワイダニットに変貌するのだ。

以上三編、連城ミステリの中でも本書は特にミステリ読者に読み逃されている作品であろうから、改めて言いたい。本書は見逃せぬ秀作を収めたミステリ作品集である。連城ミステリを追う人はゆめゆめタイトルに騙されて読み逃されないように。本書が気に入った人には、後の恋愛ミステリ短編集『前夜祭』『美女』『年上の女』などがオススメである。

19『花堕ちる』（一九八七年、毎日新聞社［上下巻］→一九九〇年、角川文庫［上下巻］）［長編（初出…〈サンデー毎日〉八五年五月二十六日号〜八六年五月二十六日号）］［品切れ］

◆あらすじ

妻・紫津子が失踪してから三日後、夫・高津文彦の元に届いた封筒の中には、桜の花びらと、指を焼いたという灰が入っていた。高津は紫津子の行方を追って吉野へと向かう。紫津子の失踪の影に見えるのは、十五年前に吉野で死んだはずの男・藤田。そして高津の元に現れる謎めいた女……。紫津子はなぜ姿を消したのか。死んだはずの藤田は生きているのか……？

◆解題

連城三紀彦の恋愛小説において、官能という要素は多くの作品でおそらく意識的に排除されている。『少女』のような官能描写に力点を置いた短編集もあるが、全体としては数えるほどである。そんな連城作品において、上巻でほぼ一章を割き四十ページ近くに渡ってセックスが描かれるなど、珍しく官能の要素が比較的強い長編が、〈サンデー毎日〉に連載された本作である（より官能要素が強い長編には、『わずか一しずくの血』や未刊行作の『虹のような黒』がある）。

物語の構造は、典型的な人捜しミステリのそれだ。妻の残した手掛かりを手繰るたびに、妻のいくつもの謎めいた行動が明らかになり、そして常にすんでのところで妻は逃げてしまう。妻と一緒に逃げている男は何者なのか、そして高津の元に現れるもうひとりの女の目的は……謎がひとつ解決されるたびに新たな謎が発生する、という展開を積み重ねていく作劇手法は、後の九〇年代の長編群に顕著な、万華鏡的構造の恋愛ミステリの嚆矢と言えるだろう。

　上巻では現在と十五年前の回想とを何度も行き来し、連城作品特有の〝再演〟のモチーフが執拗なまでに描かれる。そしてまた、下巻で明かされる衝撃の事実によって、本作は〝異形の愛〟の物語へとにわかに変貌する。読者の常識を逆手に取った大どんでん返しによって、描かれる愛の異常性を引き立てる手法といい、本作は紛れもなく連城印のミステリ長編だ。

　しかし、本作を一読して受ける印象は、なぜかミステリよりも恋愛小説としての方が強くなる。六百ページにわたって積み重なる情景描写、心理描写、そして官能描写が、徹底してミステリであるはずの物語の構造さえ覆い隠してしまうのだ。それ故、ミステリを期待して読むと冗長という印象は免れない（特に現在と回想が入り乱れる上巻でダウンする読者が多そう）。紛れもなくミステリでありながら、恋愛小説にしか見えないという意味で、本作はミステリ読者に勧める連城作品という観点から見ると、非常に判断に困る作品である。

　連城作品の系譜の中では、『青き犠牲』の項で述べた通り、本作は〝歪んだ家族関係〟ものの一作であり、また中期の某短編の原型と言えるかもしれない。またこの後の『飾り火』『牡牛の柔らかな肉』などの長編群へ通じる悪女ものでもあり、あるいは『あじさい前線』『萩の雨』『火恋』などに通じる旅情恋愛ものでもある。『わずか一しずくの血』や未刊行作『悲体』、そして遺作『処刑までの十章』なども、本作と大なり小なり似た印象を残す。その他、様々な連城作品へと通じる重要な結節点と言うべき作品だが、ミステリ読者向けの作品とは言い難いので、連城ワールドにどっぷり浸かってから手を出すのをオススメしたい。

20『恋愛小説館』（一九八七年、文藝春秋→一九九〇年、文春文庫）【短編集】【品切れ】

収録作…「組歌」「裏木戸」「かたすみの椅子」「淡味の蜜」「空き部屋」「冬草」「かけら」「片方の靴下」「ふたり」「捨て石」

◆解題

この上なくストレートなタイトルが示す通り、本書はミステリ色の薄い恋愛小説集である。『日曜日と九つの短篇』に続いて、〈別冊文藝春秋〉〈オール讀物〉などに発表された文庫20ページほどの長さの短編を計十編収めている。

本書のベストは「**片方の靴下**」（初出…〈オール讀物〉一九八七年二月号）だろう。幼い娘と、その友達の男の子との関係が子供らしからぬものになっているのではないか——という疑惑が思わぬ真相に着地する、ミステリ的な趣向も楽しめる一編だが、そういう連城ミステリらしい作品はこの中では異色。

夫の浮気による夫婦喧嘩をクリーニング屋の店員に聞かれてしまう「**裏木戸**」（初出…〈別冊文藝春秋〉一七四号（一九八六年一月））、新婚旅行が終わり次第離婚しようとしている夫婦の話「**淡味の蜜**」（初出…〈別冊文藝春秋〉一七六号（一九八六年七月））、隣家の主人の浮気を暴露する手紙が間違って届く「**空き部屋**」（初出…〈別冊文藝春秋〉一七七号（一九八六年十月））、しみじみとした老境小説の「**捨て石**」（初出…〈別冊文藝春秋〉一七八号（一九八七年一月））……どれも大げさな話ではないが、短い物語の中に静かな余韻を残す佳品だ。

昭和の本だけに、男女観や結婚観が今読むと古臭く感じるのは否めないし、ミステリ読者に敢えて勧める作品ではないが、『恋文』を読んで恋愛小説としての情緒に心惹かれた人は手に取ってみてほしい一冊だ。

21 『螢草』（一九八八年、集英社→一九九一年、文春文庫）［短編集］［品切れ］

収録作…「螢草」「微笑みの秋」「カイン」「選ばれた女」「翼だけの鳥たち」

◆解題

本書はさまざまな雑誌に発表された五編を寄せ集め、集英社から単行本が刊行されたが、なぜか文春文庫で文庫化されたという奇妙なルートを辿った短編集である。収録作も任侠ものが一編、サスペンスが二編、現代の恋愛小説が二編と雑多な構成になっている。

表題の「**螢草**」（初出…〈小説新潮〉一九八四年十一月号）は、「桐の柩」の系譜に連なる昭和初期の任侠小説。傾きかけた藤川組の親分が襲撃され重傷を負った。昭次は犯人の岩谷組へ殴り込むことを決意するが、親分の女房の絹から、昭次が世話をしている娘・ふみと今夜中に祝言をあげてくれと頼まれる……。ミステリ的な要素もないではないが、全体的にはそう目新しくもない話ではある。しかし連城の筆さばきはそれを文章による雰囲気作りによって情緒豊かな逸品に仕立て上げてみせる。任侠の世界で生きるしかない不器用な男の背負う哀愁を描いた秀作だ。

「**カイン**」（初出…〈小説推理〉一九八四年九月号）は連城が好んで書いた同性愛ものの一編。医師の波川は、病室から逃げ出したアキラという男を探して酒場を訪れていた。その波川の前に、彼が探しているもうひとりの男・タカシが現れる……。文庫裏表紙のあらすじに書かれているのでここでも書いてしまうが、本作は二重人格ものでもある。精神医学と同性愛が絡み合うことで、連城の同性愛作品の中でも〝キケン〟な耽美性では一、二を争う。栗本薫選のアンソロジー『いま、危険な愛にめざめて』（集英社文庫）に採られたことで、連城同性愛小説の中でも知名度の高い一編。

「選ばれた女」（初出…〈素敵な女性〉一九八三年五～六月号）は比較的ストレートなサスペンス。車に轢かれかけたアメリカ人の青年を助けた圭子は、二日後、彼から食事に誘われる。だがそれは悲劇への招待状だった……。狂った青年に密室で殺されそうになる女、というわりとベタなシチュエーションのサスペンスが、ラストで不意に転調する。真相の衝撃度はさほど高くないものの、サスペンスの緊迫感を楽しみたい。

残る**「微笑みの秋」**（初出…〈LEE〉一九八五年十月号）と**「翼だけの鳥たち」**（初出…〈COSMOPOLITAN〉一九八七年六～八月号）はミステリ色のほぼない恋愛ものの佳品。前者は結婚を考えている男のことを離婚した夫に相談する女の話。後者は親友から婚約者を奪ってくれないかと頼まれた地味な女の話で、どちらもなんてことのない話だが、捨てがたい作品である。連城三紀彦の巧さを存分に味わって欲しい。


以上五編、本書は連城作品の中では飛び抜けたものではない、雑多な詰め合わせ短編集ではあるものの、クオリティの保たれた作品集であることに変わりはない。耽美小説が好きな人であれば「カイン」は必読だし、「桐の柩」や「瓦斯灯」が好きな人は表題作もきっと気に入るだろう。何を書いても巧い連城三紀彦のテクニックの見本市として楽しみたい一冊である。

22『一夜の櫛』（一九八八年、新潮文庫）［短編集］［品切れ］

収録作…「一夜の櫛」「忘れ物」「娘」「プラットホーム」「葉陰」「針の音」「裾模様」「梅の実」「交差点」「昔話」「十年目の夏」「ヴェール」「通過駅」「うしろ髪」

◆解題

連城三紀彦には文庫オリジナルとして刊行された著書が本書を含め三冊あり（ほかに『背中合わせ』と『さざなみの家』がそれにあたる）、いずれも10ページ程度の掌編を中心にした掌編集である。その大半の初出誌は、新興宗教団体《解脱会》の発行していた（現在は終刊）季刊誌〈SUN・SUN〉。連城三紀彦は真宗大谷派の僧侶という側面も持っているが、この宗教団体とは信者であった母親経由で関係があったらしく、その縁で長年掌編を寄せ続けていたらしい。

さて、本書は〈SUN・SUN〉以外の掲載作も含め十四編を収録する恋愛短編集。『恋愛小説館』や『背中合わせ』の系列に位置する作品で、ミステリ味は非常に薄い。その中でほぼ唯一と言っていい連城ミステリらしい話が**「ヴェール」**（初出…〈月刊カドカワ〉一九八六年十一月号）。夫婦の元に掛かってきた奇妙な電話、夫はかつて一夜だけの関わりを持った女を思い出す……という話が、予想だにしない真相に至る。珍しく官能的な描写が目立つのも特徴的な作品だ。しかし全体としてはそれよりも前述の二冊同様、出来すぎた姑の隠された想いを描く**「葉陰」**（初出…〈季刊SUN・SUN〉一九八六年秋号）や、老婆の元に見知らぬ幼女が訪ねてくる**「梅の実」**（初出…〈季刊SUN・SUN〉一九八七年夏号）のようなしみじみとした掌編が味わい深い。

ミステリ読者向けの作品集ではないが、同系統の恋愛短編集が気に入ったなら手に取ってみるのもいいだろう。

23『夢ごころ』（一九八八年、角川書店→一九九一年、角川文庫）［短編集（初出…〈月刊カドカワ〉一九八七年三月号〜一九八八年二月号）］［品切れ］

収録作…「忘れ草」「陰火」「露ばかりの」「春は花の下に」「ゆめの裏に」「鬼」「熱き嘘」「黒く赤く」「紅の舌」「化鳥」「性」「その終焉に」

◆解題

本書は角川書店が刊行していた文芸誌〈月刊カドカワ〉に、《新・雨月物語》と題して連載された十二編の連作である。上田秋成『雨月物語』を下敷きとし、各編の題名もその本文中から採られているが、単行本化にあたり〝あの名作古典とは無関係な、現代の男と女の話として読んでいただければと思い、表題を変えました〟とのことで、『雨月物語』を未読でも本書を読むのに支障はない。

ミステリ的なベストは「**春は花の下に**」（初出…〈月刊カドカワ〉一九八七年六月号）だろう。児童三十二人焼死というショッキングな事件が、ただひとりの生存者の視点から語られるが、僅か16ページの中で事件の様相が二転三転する連城マジックを堪能できる。ほか、浮気をしている恋人に自分の持ち物を次々と与えていく女の話「**露ばかりの**」（初出…〈月刊カドカワ〉一九八七年五月号）や、画家の子煩悩が不意に転調する「**鬼**」（初出…〈月刊カドカワ〉一九八七年八月号）、一年前に死んだ女から手紙が届く「**熱き嘘**」（初出…〈月刊カドカワ〉一九八七年九月号）、同僚から昔の女につきまとわれていると相談される「**紅の舌**」（初出…〈月刊カドカワ〉一九八七年十一月号）なども、いかにも連城ミステリ風味の秀作だ。その一方、怪談が下敷きであるだけに連城作品としては異色の怪異譚もあり、全部で二四〇ページもない分量の中に、非常に濃密な作品世界を構築している。

ミステリ色が強いとは言い難いが、薄い文庫本にもかかわらず読み応えは長編級。皆川博子系の幻想小説が好きな人は特に必読だろう。一話ずつゆっくり味わうのをおすすめしたい。

24『黄昏のベルリン』（一九八八年、講談社→一九九一年、講談社文庫→二〇〇七年、文春文庫）［長編（初出…単行本書き下ろし）］［品切れ］［電書有］

◆あらすじ

画家の青木優二は、突然現れた謎のドイツ人の美女・エルザから、自らの出生の秘密を聞かされる。第二次大戦中、ナチスの強制収容所に送られた日本人の女が生んだ赤ん坊が青木だというのだ。青木を実の母親と再会させたいというエルザら〝組織〟の言葉に嘘を感じとりながらも、青木は謀略渦巻くヨーロッパへと旅立つ——。

◆解題

連城三紀彦という作家のイメージから最もかけ離れた作品はどれか、と問えば、多くの連城読者は本作を挙げるのではないか。何しろ本作は、ナチスを題材にした国際謀略小説である。〈このミス〉三位、〈週刊文春〉一位と、『恋文』以降の連城作品では最もミステリ界隈で高く評価された作品だ。ここまで明確にミステリを謳わないと読んでもらえなかったのか……という不満はさておき、題材は異色だが本作もまた連城印の、愛憎渦巻くミステリ長編である。

傑作と名高い本作だが、冷戦の終結と東西ドイツの統一から四半世紀以上が経過し、国際謀略小説やスパイ小説というジャンルのブームも遠くなった現在では、本作の設定や扱われるテーマなどが、若い読者にはあまりピンとこないのではないか（八五年生まれの筆者がまさにそうで、初読時はどこを楽しんだらいいのかを摑みかねた）。同一段落の中で「——（ダッシュ）」のみで視点を次々と切り替える文体も、リーダビリティが高いとは言い難い。

というわけで現代の読者には少々とっつきにくい作品かもしれないが、さすがに傑作と呼ばれるだけあって、そこを乗り越えれば、めくるめくどんでん返しと壮大なビジョン、そして恐るべき奇想と逆説が読者に襲いかかってくる。四章のラストで明かされる秘密は、壮大すぎてかえって安っぽく思えてしまうかもしれないが、それによって為される逆転劇を成立させる、人を人とも思わぬようなふたつの逆説と奇想に対しては戦慄を禁じ得ない。

また本作を本格ミステリとして読んだ場合、最後に意表を突いた鮮やかなトリックが待ち構えている。このトリックは登場自体が若干唐突な印象もあるものの、壁のあるベルリンという舞台がトリックに見事に奉仕している。というか、このトリックを成立させるために本作の東西ベルリンという舞台が設定され、この壮大な物語が構想されたと言うべきだろう。

ダッシュのみで視点を切り替える文体も慣れなければ読み辛いだろうが、ダッシュの前後に類似した情景が重なり合うことから、これは映画などに見られる同様なカットの切り替えを意識したものだと思って読むと良い。連城三紀彦は映画の脚本を学ぶためにパリに留学した経験がある。本作もその経験から映画的な書き方を意識していたのではないか。

また本作は一種の恋愛小説でもあり、そして『敗北への凱旋』『落日の門』『女王』などにも通じる疑似歴史小説でもある。そういう意味で本作はむしろ異色作と言うより、連城らしさの詰まった長編と言えよう。このジャンルに馴染みがなく、一読してピンとこなかった人も、是非時間をおいて再挑戦してみてほしい作品だ。

25『あじさい前線』（一九八九年、中央公論社↓一九九二年、中公文庫）［長編（初出…〈別冊婦人公論〉一九八八年夏号）］［品切れ］

◆解題

十四年間の結婚生活に終止符を打った藤倉朝子は、かつて自分の人生を通り過ぎていった八人の男たちに手紙を書き、日本各地に散らばった彼らを、長崎から角館まで、あじさいの開花を追うように訪ね歩くことにした――。〈別冊婦人公論〉八八年夏号に一挙掲載された本作は、要するに中年女性の自分探し小説である。戦前のフランス映画『舞踏会の手帖』が下敷きであるとよく言われるが、実際は井伏鱒二の短編「集金旅行」の恋愛小説版として構想されたらしい。

若干のミステリ的趣向もないわけではないが、基本的には淡々とした旅情恋愛長編。長崎、下関、松江、大阪、越後湯沢、酒田、角館……と旅を続けるうちに、男たちが歩んでいるそれぞれの人生と、朝子の人生、かつて少しの間だけ交わったそれが十数年の時間を経て再び交錯し、それぞれの人間模様が浮かび上がる――という小説で、そういうものとしての質は別として、ミステリ読者が喜ぶ類いの小説ではないだろう。文庫解説によれば、本作に登場する男たちにはそれぞれ実在のモデルがいるらしいのだが（連城作品の映像化権を管理していた制作会社「メリエス」のメンバーらしい）、本人を知らない読者には何とも言いようがない。

連城作品全体の系譜の中においては、『恋文』『もうひとつの恋文』などから『ため息の時間』へと至る、連城三紀彦が周囲の人々や出来事を小説に創り替えた作品群のひとつとして、その事実と虚構の関係性を探るテキスト的な意味合いはあろうが、ミステリ読者が無理に読むことはないと思われる。

26『飾り火』（一九八九年、毎日新聞社［上下巻］→一九九二年、新潮文庫［上下巻］）［長編（初出…〈毎日新聞夕刊〉八七年九月一日～一九八八年十月三十一日）］［品切れ］

◆あらすじ

藤家芳行は、金沢へ向かう列車の中で、新郎に逃げられたまま新婚旅行中の女と出会い、誘われるまま一夜を共にする。芳行の妻・美冴は、夫に微かな裏切りの気配を感じながらも、それに確信を持てないまま日々を過ごすが、彼女は気付いていなかった。夫との平穏な関係、結婚相手を突然連れてきた息子の雄介、高校生になったばかりの娘の叶美……二十三年かけて築いてきた幸福な家庭が、既にひとりの女によって壊され始めていることを――。

◆解題

毎日新聞夕刊に連載された本作は、九〇年に『誘惑』のタイトルでTBS系で連続ドラマ化されており（篠ひろ子・紺野美沙子主演）、名作として名高い（筆者は未見）。では原作はどうなのか？　答えは、連城長編の中でも指折りの傑作である、と答えるべきであろう。

物語は芳行が列車の中で奇妙な女と出会う場面から始まる。最初の章から、連城三紀彦らしい鮮やかなミステリ的技巧と美文で引きつけるが、妻の美冴に視点が映る次章でも、その筆は巧みに読者を欺いて、物語が既に前章を受けて否応なく動き始めていることを見事に読者の前に提示してみせる。この序盤二章の摑みは完璧と言っていい。

上巻はその後、読者には何が起こっているのかがほぼ自明であるのに、主人公の美冴だけが気付いていないという状況で、美冴の家庭が少しずつ壊れていく様、その裏にひとりの女の影があるという事実をじっくりと描いていく。じわじわと明らかになっていく恐るべき企みと女の狂気が読者を戦慄させるが、もちろんそれだけでは終わらない。

下巻では、真実に気付いた美冴の徹底的にえげつない逆襲が始まる。上巻で張り巡らされた恐るべき罠に対して、美冴の反撃も負けず劣らず壮絶だ。ここに至って物語は、妻と愛人のコン・ゲーム小説の様相を呈する。

嘘と演技による騙し合いは多くの連城作品の根幹を為すファクターだが、それをコン・ゲーム小説という枠組みに落とし込んだ下巻はとてつもなくサスペンスフルでスリリングだ。一気読み必至の面白さ、だが……これ以上言うのはネタバレになるので控える。是非、これ以上は何も知らずに、この壮絶な女のバトルに翻弄されていただきたい。

本作は八〇年代後半の恋愛小説群を経て生み出された、ミステリと恋愛小説を融合させたエンターテインメントであり、このあとに続く九〇年代前半の連城作品群の先陣を切る傑作である。本作を気に入った人には、『褐色の祭り』『美の神たちの叛乱』『愛情の限界』『明日という過去に』『牡牛の柔らかな肉』といった九〇年代前半の長編群が大いにオススメであるし、これらの作品に好きなものがあれば本作は必読。また同じ妻と愛人の対決を描いて、ノンミステリの波瀾万丈ドラマに仕立てた『隠れ菊』と本作を読み比べてみるのも一興かもしれない。

27『たそがれ色の微笑』（一九八九年、新潮社→一九九二年、新潮文庫）［短編集］［品切れ］

収録作…「落葉遊び」「たそがれ色の微笑」「白蘭」「水色の鳥」「風の矢」

◆解題

本書は〈小説新潮〉に掲載された短編五編を収める。『恋文』『もうひとつの恋文』に続く恋愛短編集だが、どちらかといえば家族小説の「水色の鳥」や、連城三紀彦としては異色の童話風の佳品「風の矢」も収録されており、あとがきにある通り、恋愛よりは〝幸福〟を統一テーマにした作品集とみるべきだろう。いずれにしろ、ミステリ的な趣向が薄い作品集であることは事実だ。

ではなぜ本書を二ページにわたって紹介するのか。それはただただ「白蘭」（初出…〈小説新潮〉一九八八年十月号）のためである。ミステリ読者であろうとも、この一本の短編のためだけに本書は読まねばならない。それだけの価値がある、連城三紀彦の全恋愛短編のベストワンと言っていい大傑作だからだ。

「白蘭」の舞台は戦後すぐの上方漫才。どんなネタでも笑いを取れれば正義という舞台の上で、相方に舞台をすっぽかされた二枚目の漫才師・ヒトシと、その相方のピンチヒッターとして急遽舞台に上がり天性の才能を開花させたユキオのコンビが、「会津藩一」「福島県太」の名前で一気にスターダムにのし上がり、流れ星のように消えていくまでを描く芸人小説である。

本作がそういう話であることはかなり序盤から匂わされるので書いてしまうが、本作は藩一と県太の同性愛を扱った作品である。観客を笑わせれば正義の舞台の上で、ふたりは自分自身の過去やスキャンダルを赤裸々に扱ったネタで不動の人気を得ていく。無軌道な天才の県太を、藩一がどうにか制御するという二人の、決して離れられない腐れ縁と、その裏に見え隠れする愛憎。自分自身をネタにする故に、やがて二人は舞台の上で本気で互いを傷つけあってしまう。時代の徒花のような二人の短すぎる栄華がその関係性と重なり合い、あまりに切ないラストへ向けて突き進んでいく。

連城三紀彦らしい意外性も用意されたプロットの秀逸さもさることながら、しかし本作を大傑作たらしめているのは、やはりその語り口であろう。第三者による関西弁の語りは、藩一と県太が駆け抜けた笑いの世界の姿を鮮やかに活写しつつ、そこに隠された残酷さをこれ以上なくくっきりと浮き彫りにする。最後の一行の余韻まで、全てがこれしかないという形で完璧に形作られた、まさに連城恋愛短編の到達点というべきマスターピース。それが「白蘭」だ。

もちろん、他の四編もそれぞれに魅力ある作品が並ぶ。高校生の男女と教師の三角関係を描く「落葉遊び」（初出…〈小説新潮〉一九八七年一月号）は連城作品としては珍しい青春の苦味を感じさせる佳作であるし、離婚した両親の間で揺れ動く少年の話「水色の鳥」（初出…〈小説新潮〉一九八九年二月号）も、オープンエンディングの余韻が味わい深い家族小説の秀作だ。巻末に置かれた「風の矢」（初出…〈小説新潮〉一九八六年六月号）はなんと子狐が主人公の童話風の一作。連城は新美南吉風の童話を書きたい、という話を八四年頃のインタビューで語っているが、それを実践したと思われる本作には、本書の中で一番衝撃的などんでん返しが仕込まれている。童話を書いてもミステリになってしまう連城の業を感じさせる逸品だ。

しかし本書の真価はやはり「白蘭」。とにかく恋愛小説に興味のないミステリ読者もこれは絶対に読み逃してはならない。せめて新品で入手できるアンソロジー等への再録が待たれる。

28『萩の雨』（一九八九年、講談社→一九九二年、講談社文庫）［短編集］［品切れ］

収録作…「萩の雨」「柳川の橋」「会津の雪」「みちのくの月」「北京の恋」「輪島心中」

◆解題

本書は収録作のタイトルが示す通り、日本の各地（と北京）を舞台にした短編を集めた恋愛小説の短編集である。初出は全て〈小説現代〉。着物を着た女の恋愛小説、という連城三紀彦のイメージにある意味では最も近い短編集と言うべきかもしれない。

全体敵にミステリ色は薄いが、その中からミステリ読者向けの作品を挙げるとすれば、表題作の「**萩の雨**」（初出…〈小説現代〉一九八六年五月号）だろうか。笠原の元に二十二年間会っていない女から手紙が届き、出かけた萩市のホテルには娘がくるという。娘は笠原を「もう一人のお父さん」と呼んだ……。雨の降る萩の街の中、着物の女を追いかける場面は連城恋愛小説の中でも屈指の鮮やかな名場面。娘の謎めいた誘惑が捻りの利いたオチに着地する秀作だ。

もう一編ミステリ読者向けを選ぶなら「**北京の恋**」（初出…〈小説現代〉一九八九年七月号）だろう。北京でガイドを務めた青年への手紙という形式で、北京での行きずりの浮気が語られ、連城お得意の反転が決まる。

ほか、少年が電車で乗り合わせた老婆とともに、老婆の半世紀前の初恋の人を探しに行く「**みちのくの月**」（初出…〈小説現代〉一九八八年一月号）もミステリ要素はほぼ無いが捨てがたい佳品。ミステリ読者向けの作品集ではないが、恋愛小説方面に手を出すなら本書も押さえておきたい。

第三章　虚実の境界線で（九〇年〜九四年）

連城三紀彦がミステリに回帰したのは、一般に『白光』『人間動物園』が刊行された〇二年のこととされている。だが、筆者はここで真っ向から異を唱えたい。そもそも連城が完全にミステリを離れた時期というのは存在しないのだが、連城の創作の中心がミステリへと戻ってきたのは、実際はこの九〇年代前半のことなのである。

どんでん返しを万華鏡のごとく積み重ねていく眩惑的なプロットの長編群、初期に勝るとも劣らない瞠目の奇想と逆説が炸裂する短編群。それらの中では、恋愛小説であることとミステリであることが異様な形で不可分にもつれあっている。九〇年代連城ミステリとは、一見して恋愛小説のように見えながらも、その内実は初期作品以上に過剰なまでの虚構性に遊んだ――そして時には恋愛小説としての過剰さがミステリ的な虚構性を生み、ミステリ的な虚構性すらも強引に恋愛小説の中に回収してしまうような、まさしく連城三紀彦にしか書き得ない、極めて意欲的かつ個性的、そして優れた作品群なのである。

だが、恋愛小説に転向したというイメージと、恋愛小説なのかミステリなのか区別の難しい作品が多かったのとで、この時期の連城ミステリ群はミステリ界からほぼ黙殺に近い扱いを受けた。ランキングの順位にあまり大きな意味を持たせるべきではないかもしれないが、しかし九〇年代の連城作品で〈このミス〉トップ20にランクインしたのがただ一作、連城作品としては水準作レベルの『どこまでも殺されて』（91年版13位）のみである（他、『顔のない肖像画』が94年版34位、『終章からの女』が95年版21位、『美女』が98年版40位）というのは、九〇年代の連城作品を読めば、到底正当な評価とは言い難い。

そして連城恋愛小説もまた、浮気・不倫の物語への傾斜とトリッキーすぎる趣向のために、『恋文』の頃に求められていただろう純愛や人情話という方向性からは離れていき、平成へと時代が変わり価値観が変化していく中で、受容と方向性のギャップから徐々に読者離れを起こしていったと思われる。

これらの結果、九〇年代に入ると、連城作品の人気には陰りが見え始める。恋愛小説とミステリが複雑に絡み合った連城作品は、当時のミステリプロパーからはほぼ黙殺されてしまい、恋愛要素も時代の主流から外れていくという、苦闘の時期の始まりであった。

何度でも繰り返すが、九〇年代前半の連城作品は、恋愛小説とミステリを不可分のものとした傑作・秀作が並び立つ、初期の傑作群にも勝るとも劣らない作品群なのである。

だが、この時期の連城作品はミステリ読者にはほとんど読まれていない。連城といえば初期作品という印象しか持たない古いミステリ読者にも、昔の作家として連城を忘れ去ろうとしている今の読者にも、この時期の連城作品を是非とも再発見していただきたい。

29『どこまでも殺されて』（一九九〇年、双葉社↓一九九三年、双葉文庫↓一九九五年、新潮文庫）［長編（初出：〈小説推理〉一九九〇年二〜三月号）］［品切れ］

◆あらすじ

高校教師・横田のもとに、匿名の男子生徒から「僕は殺されようとしています。助けてください」というメッセージが届く。クラスの生徒たちの協力を得て、メッセージを送ってきた生徒を突き止めた横田。そこへ送られてきたのは〝自分はこれまでの生涯に七度殺され、今まさに八度目に殺されようとしている……〟という、謎の手記だった。

◆解題

綾辻行人のデビューに端を発する、いわゆる《新本格》ムーヴメントの勃興は一九八七年のことである。当時既に恋愛小説家としての名声を得ていた連城三紀彦は、島田荘司や笠井潔とは違い、新本格ムーヴメントの中に位置づけられる作家とは普通見なされない。しかし、連城が綾辻や法月綸太郎といった新本格第一世代に大きな影響を与えた作家であったことは間違いないだろう。

そんな連城が送り出した《新本格》が本作『どこまでも殺されて』である。

高校を舞台にした青春ミステリ的な雰囲気は連城作品の中では珍しいし、冒頭から登場する〝七回殺された僕〟の手記（これは言うまでもなく『私という名の変奏曲』のさらなる変奏である）の強烈な謎の魅力は、『暗色コメディ』などと同様に島田理論の実践例のようである（島田荘司『眩暈』の先行作とも言えるかもしれない）。本作に匂い立つ新本格の香りは、こういった道具立てや構造に由来するのは間違いない。その一方、次から次へとどんでん返しを繰り返し、いくつもの謎を解き明かした果てに行き着くのが〝なぜこのような不可解な状況が生まれたのか〟というホワイであるのは、実に連城三紀彦らしいと言えるだろう。ただ、手記がこのように書かれることに対する作中での合理性が欠如しているため、謎の魅力に解決が見合っていないという決定的な弱点は否定しようがない。

私見では本作は、この後『ため息の時間』『明日という過去に』と続く、九〇年代前半の連城ミステリの《事実とテキスト》テーマ三部作のトップバッターに位置する。本作での手記をめぐる謎解きは、そのまま当時の連城の作家的興味が、事実とテキスト化された虚構の境界に向いていること、それによって虚構性への回帰という方向性に転換しつつあることを、如実に示しているのだ。

逝去直前のインタビューの時点で読んでいたのが綾辻の『十角館の殺人』であったことからしても、連城は当時の《新本格》ムーヴメントに読者として関心を持っていたわけではなかったのだろう。しかし、本作には確かに《新本格》のもつ香りがある。古典的な本格ミステリの再興には関心が無かったとしても、ミステリ作家としての読者を驚かせてやろうという稚気や冒険心は、連城が常に持ち続けていたものである。目指す方向は違えども、志の根っこはきっと同じであったのだ。そして事実、九〇年代の連城三紀彦は（そうと気付かれなかっただけで、あるいは作者自身すら意識していなかっただけで）優れた、そして虚構性に遊んだミステリを書き続けていたのだから。

本作は連城作品全体を見渡せば水準作と評するのが妥当だろうが、ミステリ作家・連城三紀彦の遊び心に溢れた秀作であると同時に、九〇年代の連城三紀彦のミステリ作家としての道のりの最初に立てられた道しるべなのである。

30『夜のない窓』（一九九〇年、文藝春秋→一九九三年、文春文庫）［短編集］［品切れ］

収録作…「今夜だけ」「午後だけの島」「夜のない窓」「山雀」

◆解題

本書は浮気の話を四編収めた短編集である。事実上ミステリなのは表題作だけなので、連城の短編集の中ではやや地味な存在だが、もちろん本書も見逃すべからざる作品集だ。

唯一のミステリである表題作「夜のない窓」（初出…〈オール讀物〉一九九〇年二月号）は、九年前に男に捨てられて自殺未遂を起こしたことがある妻に新たな愛人をあてがい、自殺へと導こうとする夫の話。本作は初期のある傑作の現代版というべき作品で、その初期作品の衝撃的な真相にあたる部分を最初から明かした上で、別の角度からの衝撃を真相に用意するという試みを成功させた傑作である。もちろんそれを知らなくても、スリリングな一級のサスペンスとサプライズで楽しめる逸品だ。

その前に置かれた「午後だけの島」（初出…〈オール讀物〉一九八八年九月号）も見逃せない。こちらは夫の浮気まで管理しようとする妻たちの集まりの話。ミステリとは言いがたいが〝女の怖さ〟という要素のど真ん中に剛速球を投げ込む衝撃作で、そのインパクトは表題作すら霞む。テーマ的にもちょうど表題作と対になっており、操り操られる夫婦の駆け引きを両側から見せるこの二編はセットで楽しみたい。

残る二編は前菜とデザートという風情の恋愛短編。作品集全体をミステリ的な観点で見れば、本書は〝操り〟を主題にした作品集と言えるだろう。ミステリ色が強いとは言いにくいものの、ミステリ読者も読み逃さぬようにされたい一冊だ。

31『褐色の祭り』（一九九〇年、日本経済新聞社［上下巻］→一九九三年、文春文庫［上下巻］）［長編（初出：〈日本経済新聞朝刊〉一九八九年七月二十九日～一九九〇年八月三十一日）］［品切れ］

◆あらすじ

石木律子は、四年前に別れた男・宗田に呼び出されたホテルの部屋で、姑から夫の響介が事故に遭ったという連絡を受ける。誰も知らないはずのこの部屋になぜ連絡が？　疑問に思いつつ病院に駆けつけると、夫は既に冷たくなっていた。なぜ夫が事故に遭ったのかを律子が調べ始めると、次々と夫の奇妙な行動が明らかになり、さらに秘められた過去の影までが現れる。平凡な男だとばかり思っていた夫、石木響介とは、いったい何者だったのか――？

◆解題

日本経済新聞朝刊に連載された本作は、連城作品でも『飾り火』『隠れ菊』に並ぶ長さの長編である。死んだ夫のことを何も知らなかったと気付いた妻が、その過去を調べ始める――とくれば松本清張の『ゼロの焦点』をはじめとしてよくあるパターンの話だが、こちらも当然一筋縄でいく作品ではない。前段のあらすじは全体の三分の一までの内容に過ぎないのである。

どこまでネタバレしていいのか難しい作品だが、文庫版の解説で香山二三郎が本作をホラー、それもサイコ・スリラーに分類していることは書いてもいいだろう。確かに本作は、〝狂気の愛〟をめぐるホラーと読めないこともない。それは即ち、本作が『花堕ちる』よりもかなりストレートなエンターテインメント長編であることを示している。

中盤以降、律子が手を染める計画はまさに狂気の沙汰だが、それを下巻から登場する高校教師・波原とその生徒・圭子という第三者の視点から追うことで、本作は律子の計画の異常性を相対化し、可読性を高めている。ミステリの構造を恋愛小説としての描写で覆い隠した『花堕ちる』に対し、死んだ男をめぐる女の狂愛をあくまでエンターテインメントに徹して描いたのが、本作であると言える。それをホラーと受け取るか、サスペンスと受け取るか、ミステリと受け取るか、はたまた一風変わった恋愛小説と受け取るかは読者次第、というところか。

さらに後半に至って、本作は一種のタイムリミット・サスペンスへと変貌する。ここでのある人物の行動原理は、もはや常人には理解不能だが、不合理な心理と行動をそこまでの積み重ねと文章の力でねじ伏せて読ませる連城マジックが炸裂する。

連城作品に〝再演〟というモチーフが異様に頻出することは千街晶之が指摘しているが、本作はその〝再演〟モチーフが全編を完全に支配する。常軌を逸した執着が生み出す異形の愛、その表出としての〝再演〟の物語として、本作は最も連城三紀彦らしい長編なのかもしれない。

本作は七〇〇ページ以上を一気呵成に読ませる、サービス精神に満ちた連城三紀彦流エンターテインメントの快作である。九〇年代の作品の中では、古書店でも比較的よく見かけるので、『飾り火』や『牡牛の柔らかな肉』、『造花の蜜』といったサスペンスフルな長編が好きな人は必読であるし、本作が気に入ったらそちらも読んでもらいたい。また、本作のねじれた母子関係は『青き犠牲』や『花堕ちる』の発展系と言えるので、そちらもあわせて読みたい。

32『ため息の時間』（一九九一年、集英社→一九九四年、集英社文庫）［長編（初出…〈すばる〉一九九〇年三月号〜一九九一年二月号）］［品切れ］［電書有］

◆あらすじ

僕は今からこの雑誌に、一年前に僕自身に起こった恋愛事件についての小説を書こうとしている。僕はセンセイとその奥さんを同時に愛してしまった……。ああ、誤解しないでほしい。この小説を書いているのは〝連城三紀彦〟だが、僕は連城三紀彦ではない――。

◆解題

本作は純文学誌〈すばる〉に十二回に渡って連載された長編であるが、第一回の掲載時、本作のタイトルは『リリアン』であった。語り手の〝僕〟（平野敬太）は、その第一回の本文中で、この作品が自分自身の恋愛事件を題材にしたものであり、登場人物は実在の人物を変名にしたものである、という断りを入れている。だが、第二回で本作のタイトルは『ため息の時間』に改められ、そして〝僕〟は本文中でこう語るのだ。〝僕は「連城三紀彦」ではないのに、今度の連載小説にその名を使ってしまった〟――と。

そう、本作は連城三紀彦が書いたメタフィクションである。雑誌連載という発表形態そのものを利用して、物語のスタート地点を〝また僕はフライングを犯してしまった〟と何度も書き直してみせたり、この連載の最終回にするつもりだったという場面を中盤で書いてしまったりと、語り手である〝僕〟はどんどん筆を暴走させていく。

第二回でわざわざ入れられた「僕は連城三紀彦ではない」という断りは、逆説的に読者に対して〝僕〟が連城三紀彦自身であろうという印象を強めるわけだが、文庫版の解説によると、本作に登場する〝センセイ〟には、連城三紀彦本人を知る人物が読めばすぐにそれとわかるモデルが実際にいたそうである（脚本家の荒井晴彦のこと。また平野敬太の名前は当時映画助監督をしていた現プロデューサーの平埜敬太から）。そして、本作で繰り広げられる〝恋愛事件〟とは〝僕〟と〝センセイ〟との同性愛が生む愛憎関係である。そう、自分自身のスキャンダルを小説として書いてしまう、暴露小説という体裁を、本作は内包しているのだ。

だが、本作はメタな暴露小説というだけの恋愛小説ではない。ネタバレになるので詳細は伏せるが、連載の第十一回にあたる章にて、本作は突如として驚天動地のメタ・ミステリにしてホワイダニット・ミステリに変貌するのである。小説の構造そのものをミステリとしての謎解きの中に取り込んでしまう、この第十一回の謎解きにはもはや唖然とするほかない。

ふつうの恋愛小説として読めば、本作は完全にプロットの破綻した失敗作である。だが、その破綻そのものが作者の術中であることは明らかだ。初めから本作は完全な失敗作を目指して書かれ、その趣向が完璧に成功している。この物語はフィクションなのか、それとも事実なのか。〝僕〟は作者自身なのか、彼が愛したのは誰なのか。そしてこの作品は実験作なのか、それとも実験作を装ったものなのか。どこまでも読者は拠り所を失ったままこの小説を読むしかない。連城三紀彦の助手を務めていた濱田芳彰の解説の言葉を借りれば、〝氏は読者に解説の言葉まで疑わせるほどの裏切りだらけの小説を書いたのだから、全ては無駄である〟――まさしく、本作は連城作品でも最大の問題作だ。

――だが、そこまでならば本作は〝ただの〟問題作に留まっただろう。本作は、今――連城三紀彦が六十五歳で没した今読むことで、真に恐るべき全貌を露《あらわ》にするのだ。

連城三紀彦は、男女の愛憎を描き続けた作家だったが、亡くなるまでついに独身であった。僧侶であったとはいえ宗派的に結婚は可能である。なぜ連城は生涯独身を貫いたのか？

エッセイなどで連城三紀彦本人がそれに対しての答えを何度か記してもいるが、その本当の答えが、もしも本作にあったのだとしたら。本作の物語が嘘で塗り固められたものであったとしても、その中で描かれた〝僕〟と〝センセイ〟との愛は事実だったのだとすれば――。

連城三紀彦が実際に同性愛者（あるいはバイセクシャル）だったのかは、没後にその作品にのめりこんだ一読者には、今となっては解りようもない。だが、連城が六十五歳で亡くなるまで独身であったのは紛れもなく事実である。また、連城が本作以外にも、ホモセクシャルを何度も題材にしているのも事実である（一方、レズビアンを扱った作品はほとんど無い）。親友であった奥田瑛二や、同じ僧籍の作家として親交のあった瀬戸内寂聴が、連城に同性愛的な性向があったという証言をしているのも事実である。そして、本作が発表された当時、連城が本作についての取材を一切シャットアウトしたのもまた、事実である。

そう、連城三紀彦が亡くなった今読むことで、本作は真の意味でメタフィクショナルな暴露小説として完成されるのだ。連城三紀彦が生涯独身を貫いたのは本作に描かれた通り同性愛者だったからで、本作の〝僕〟あるいは〝センセイ〟は紛れもなく連城三紀彦自身である――という読みを、確定した連城三紀彦の人生そのものが促すのである。
――しかし、連城作品に耽溺する読者は、同時にこんな疑いも抱かざるを得ない。本当に、本作を素直にそう受け取っていいのか？　と。

　連城作品の登場人物は、にわかに信じがたい動機で、非合理でコストパフォーマンスを顧みない行為に手を染める。もし、作者自身もそうであったとしたら？　連城三紀彦が生涯独身を貫いたのは、本作を真の意味で完成させるためであったのだとしたら――？

　そんな馬鹿な話はない。だが、常識的にあり得ない逆説的な動機を成立させてしまうのが連城マジックであることを、連城読者は皆知っている。故にこそ今本作を読むことで、読者は真に慄然とする他ないのだ。連城三紀彦が亡くなった今こそ、本作は連城三紀彦の人生そのものをホワイダニットミステリに変貌させるのだから。

『どこまでも殺されて』に登場する手記、『明日という過去に』を構成する書簡と並び、連城三紀彦の私生活という〝事実〟に、小説という〝虚構〟を対置してその境界を操る本作は、前述の二作とともに《事実とテキスト》テーマの三部作、その第二作と位置づけたい。

　その作品としての性質上、本作は連城三紀彦という人物に興味のある読者向けの作品である。作家ではなく個人としての連城三紀彦に興味の無い読者は「なんじゃこりゃ」と首を傾げるばかりだろうから、間違っても誰にでも大手を振って勧めることはできない。しかし、連城三紀彦という個人に興味を持った人にとっては、呆然とするしかない怪作にして問題作にして傑作。それが本作『ため息の時間』である。

なお本作は、単行本では章ごとに作者による註が付記されているが、文庫版では全てカットされている。もちろん註を読んでもますます混乱するばかりであるが、先に文庫で読んで気になる人は単行本も探して見てほしい。

また、連城三紀彦の私生活を下敷きにした作品ということで、本作は特にエッセイ集『一瞬の虹』との併読を推奨したい。〝センセイ〟のモデルであると推測される荒井晴彦とのエピソードも読めるので、本作の読解の一助となるだろう。

その他、前述の通り本作の他にも連城は何度も男性同士の同性愛を題材にしている。短編ならば「カイン」（『螢草』収録）や「陰火」（『夢ごころ』収録）の他多数（同性愛ものであること自体がネタバレになるものがいくつも）あるが、何より「白蘭」（『たそがれ色の微笑』収録）が最高傑作。長編では『流れ星と遊んだころ』が必読の傑作である。

本作については、後に収録した論考「『ため息の時間』読解――苑田岳葉と連城三紀彦」にて、「戻り川心中」を引きつつ詳しく読解を試みているので、本作読了後に（それと「戻り川心中」も読んだ上で）チェックしていただければ幸いである。

また、孔田多紀がブログ「立ち読み師たちの街」において「メタミステリの怪作、連城三紀彦『ため息の時間』を読む」と題して、筆者とはまた異なる方向性での本作の優れた読解を書いている（http://anatataki.hatenablog.com/entry/2016/07/14/072012）ので、そちらも是非参照されたい。

33『新・恋愛小説館』（一九九一年、文藝春秋→一九九四年、文春文庫）［短編集］［品切れ］

収録作…「冬の宴」「白い香り」「緋い石」「陽ざかり」「落葉樹」「枯菊」「即興曲」「ララバイ」「彩雲」「青空」

◆解題

本書はタイトル通り、『日曜日と九つの短篇』『恋愛小説館』に続く文藝春秋社20ページ恋愛短編集シリーズの三冊目にあたる。過去二作と同じく、恋愛短編十編を収録する。

本書のベストはミステリとしても恋愛小説としても「落葉樹」（初出…〈別冊文藝春秋〉一九〇号（一九九〇年一月））だろう。「それぞれの女が…」や『隠れ菊』のような妻の元に愛人が現れる話だが、連城作品の嘘と演技の要素が単に読者を驚かせるだけではなく、余韻を残したラストに結実する傑作だ。

連城ミステリらしい話といえば、「枯菊」（初出…〈別冊文藝春秋〉一九一号（一九九一年四月））も見逃せない。七年間関係を続けた男へ宛てて愛人が書いた手紙という体裁の作品だが、ひとつの事実が明らかになることで、それまで見えていたものがぐるりと反転する、連城ミステリの醍醐味が味わえる佳作である。

他、「捨て石」系列の老人小説「彩雲」（初出…〈オール讀物〉一九八九年新春号）や、非行に走り始めた少年を教師が気にかける「陽ざかり」（初出…〈別冊文藝春秋〉一八九号（一九八九年十月））なども捨てがたい佳品。ただそれ以外の作品には、構図の反転がややわざとらしかったり、連城作品としてはいささか冴えない作品もいくつかある。個人的には連城短編のワーストを選べと言われれば、本書収録の「ララバイ」（初出…〈オール讀物〉一九八八年二月号）を選ぶことになるだろう。なのでこのシリーズの過去二冊と比べても全体的な品質は落ちると言わざるを得ないが、「落葉樹」などには一読の価値はあるので、同系統の短編集が好みなら押さえておきたい。

34『美の神たちの叛乱』（一九九二年、朝日新聞社↓一九九五年、新潮文庫）［長編（初出…〈週刊朝日〉一九九〇年九月七日号～一九九一年七月二十六日号）］［品切れ］

◆あらすじ

パリで観光客相手の男娼をしている小川曜平は、唯一四度抱いた女・マリーが最後に残した奇妙な言葉を気に掛けていた。彼はある日、藤田次治という世界的大画家と同じ読みの名前を持つ男から奇妙な話を持ちかけられる。自分のパトロンである大富豪の女、マダム・ランペールの元で、自分の代わりに画家の卵として囲われてもらえないか、というのだ。藤田はマダムの元を離れ、ルノワールの贋作で一儲けを企もうとしていた。そしてマダムは、新しく発見されたルノワールの絵を、僅か三百フランで入手するのだと言い出す――。

◆解題

〈週刊朝日〉に連載された本作は、ルノワールの贋作を巡る美術サスペンスである。と言っても、本作を楽しむのに美術に関する素養は特に必要ではない。本作は〝贋作〟をテーマに、とてつもない密度の逆説と反転が読者を翻弄するコン・ゲーム小説であり、連城長編ミステリの極地ともいうべき傑作なのだ。

冒頭、物語は三つの殺人の場面から幕を開ける。そのひとつひとつに驚愕の反転が決まるが、これはまだ序の口に過ぎない。その殺人の謎を積み残したまま、本編となるストーリーが始まってからも、次から次へと驚愕の反転が読者を翻弄しつつ、一章目にちりばめられたキーワードの数々が顔を覗かせ、謎が謎を呼んでいく。あまりのどんでん返しの嵐に、はっきり言って本作のあらすじを端的に紹介するのは不可能。この文章の頭に記したあらすじは五〇〇ページを超える全編の中の、十分の一程度にしか過ぎないのだ。じっくり腰を据えて読まないと、途中で物語のツイストに振り落とされてしまうかもしれないが、それだけに連城三紀彦のストーリーテリングにあれよあれよと翻弄される楽しみと、それ単体でも十分に傑作短編になりそうな冴えた逆説が惜しげもなく繰り出される贅沢さは、全連城長編の中でもトップクラスである。

もちろん連城作品であるので、本作も中核を為すのは男女の愛憎のドラマ。嘘と演技で騙し合う連城作品の男女関係がコン・ゲーム小説と結びついたときの面白さは傑作『飾り火』が証明しているが、本作ではそこに美術品の真贋を巡る騙し合いが絡み合うことで、さらに複雑な騙し絵の迷宮を築き上げている。何が真作で何が贋作なのか、そもそも真作と贋作の違いとは何なのか？　札束の飛び交う絢爛たる美術界という舞台は、『流れ星と遊んだころ』の芸能界と並んで、連城三紀彦の嘘と騙しの楼閣を築き上げるにふさわしい舞台なのだ。

そして連城はそこに、短編数十本分にも及ぶような冴えた逆説と反転のアイデアを宝石箱のように詰め込んだ。そのきらびやかさ、アイデアの密度の高さは連城長編でも最高レベルと言っていい。それもそのはず、本作の連載期間（九〇年九月から九一年七月）に連城が発表した短編は僅か七作（数百字の掌編二作を除く）。うち四作は〈季刊ＳＵＮ・ＳＵＮ〉の連載掌編なので、本作は日本最高の短編ミステリ作家が短編の発表を事実上中断し、その持てるアイデアを全て注ぎ込んだというべき、絢爛豪華な逆説とどんでん返しの大伽藍なのである。

また、マダム・ランペールや、息を吐くように逆説を唱える藤田といった、非常に漫画的に強烈なキャラクターが登場するのも、本作の大きな特徴だ。シリーズ探偵を持たず、全体としてキャラクター性が希薄な連城作品だが、本作はリアリズムを完全に度外視した、最もキャラクター小説的な作品のひとつだろう。この絢爛たる題材と舞台、どんでん返しと逆説に満ちたダイナミックなストーリーには、リアルな〝人間〟では釣り合わない。しかしそんな漫画的なキャラクターたちがいかにも連城三紀彦的な愛憎のドラマを繰り広げる。それすらもあるいは、連城が仕掛けた〝人間〟の真作と贋作をめぐる罠なのかもしれない。

さらに本作の真作と贋作というテーマは、『どこまでも殺されて』『ため息の時間』『明日という過去に』の《事実とテキスト》三部作にも相通じる。本作を含めて《虚と実》の四部作とまとめるのも面白いだろう。事実と虚構、真作と贋作、人間とキャラクター……真と偽がどこまでも絡み合い、読者を翻弄し続けるこの長編がミステリ界からほとんど注目されなかったことは、『落日の門』の黙殺に等しい扱いと並び、まさしく九〇年代連城ミステリの不遇の象徴であると言えよう。

千街晶之は『美女』の解説で本作を評して〝ひとつの長篇に詰め込まれたどんでん返しの数では恐らくギネスブックもの〟と記しているが、それが大げさな形容でないことは一読了解されるだろう。本作は、細かいどんでん返しを積み重ねる九〇年代連城ミステリ長編の、その技巧性と虚構性におけるひとつの到達点を示した、連城長編でも屈指の傑作である。必読。

35『愛情の限界』（一九九三年、光文社→一九九六年、光文社文庫）［長編（初出…〈女性自身〉一九九二年三月二十四日号〜十二月八日号）］［品切れ］［電書有］

◆あらすじ

結婚式の前の晩、杏子は二十も年上の男との愛人関係を清算すべく、その男――佐上とベッドの上にいた。妻子ある佐上を捨て、理想的な夫・構一との幸福な結婚生活を選んだ杏子だったが、佐上の妻・絹江から式当日に届けられた離婚届を皮切りに嫌がらせが始まり、さらに夫の裏の顔も明らかになり始める。杏子は佐上の仕掛けた罠に立ち向かおうとするが――。

◆解題

新婚夫婦の元に、捨てた愛人からの嫌がらせが始まる――と書けば、多くの読者が想像するのは愛人の狂気が夫婦の日常を崩壊させるサイコ・サスペンス的な展開であろう。だが、連城三紀彦の筆がそんな素直な方向に進むはずはない。女性誌〈女性自身〉に連載された本作は、まさに連城作品としか言い様のない、無数の嘘で塗り固められた恋愛サスペンスである。

序盤から連城作品としては珍しく官能色の強い描写に始まり、芸能スキャンダルが話の軸になるなど、明らかに掲載誌を意識したサービス精神を働かせる一方、話の方は当時連載を読んでいた人がついていけたのかと心配になるような、嘘まみれのどんでん返しが繰り返されていく。誰も彼もが嘘をつき、話の様相が次々と入れ替わっていく様は、まさに九〇年代連城長編の筋運びだ。

ただ、全体として成功作とは言い難い。最大の問題は、真相が先に書かれた某長編の焼き直しに見えてしまうことだろう。『私という名の変奏曲』に対する『どこまでも殺されて』のような、作品間での同系統テーマの再演だったのかもしれないが、先行作と上手く差別化できていない。また基本的な物語の構造は、仕掛けられた罠に主人公の杏子が立ち向かう――というものだが、その罠の実現性の困難さ、コストパフォーマンスの悪さを隠蔽しきれておらず、こんな複雑怪奇な計画を考える奴がいるのか、という根本的な疑問も残ってしまう。

とはいえ先行作の方にはない面白さもある。それは〝主人公が外部からどう見えるか〟という視点の導入で、それによって混沌とした展開の果てに辿り着くクライマックスの逆転劇が、本来受けるべき印象とは正反対のものになるという二重の逆転現象が起こる。この読後感こそが、本作の仕掛けた最大のどんでん返しなのかもしれない。その点では九〇年代後半の某作品にもテーマ的に通じ、あちらの先行作とも言えるが、その某長編も明らかに失敗作なので、どうも連城はこういうテーマを書くにはあまり向いていないようだ（たいへんまだるっこしい書き方だが、これ以上具体的に書くとネタバレになるのでご寛恕願いたい）。

ともかく、無数のどんでん返しを重ねていく複雑なプロットはミステリ読者向きの作品であることは確かだが、『花堕ちる』同様、ミステリ読者に勧められる作品かと言われると、少々首を傾げざるを得ないところ。電子書籍版があるので現在でも気軽に読める部類の作品であるが、九〇年代前半の長編の中では優先度が低い作品、と位置づけて構わないだろう。

36『落日の門』（一九九三年、新潮社）［短編集］［品切れ］

収録作…「落日の門」「残菊」「夕かげろう」「家路」「火の密通」

◆解題

ここまでのレビューで何度か〝疑似歴史小説〟という語を用いてきたが、それはもともと本書の帯に冠された文字である。〝謎が謎を追いかける疑似歴史小説《プスド・ヒストリカル・ノベル》〟——本書は昭和十一年に発生した二・二六事件を題材とした短編集だ。もっとも、『敗北への凱旋』をはじめとした歴史ミステリ風の作品の大半がそうであるように、本書にも実在の人物は登場しない。

巻頭の表題作**「落日の門」**（初出…〈小説新潮〉一九九〇年四月号）は、襲撃の決行を前に、親友の安田によって計画から外された将校・村橋が主人公。村橋は桂木綾子という少女と縁談の話が進んでいたが、綾子の父親は襲撃対象である大臣の桂木謙太郎であり、内通を疑われたのだ。計画から外されて以来病に伏していた村橋だったが、見舞いに現れた後輩の藤森の様子から襲撃の決行が今夜であることを悟る。村橋は安田たちを止めるため、あることを実行しようとするが——。この表題作だけでも、軍人の不器用な生き様を極めてトリッキーなプロットで魅せ、嘘と反転が繰り返される連城らしい秀作だが、本書の本領はここからである。

続く**「残菊」**（初出…〈小説新潮〉一九九二年一月号）では一転して戦後、吉原遊廓のことを調べる作家の視点で物語が始まる。売春防止法の施行で営業を終えることになった小さな遊廓の、最後の営業日に起きたひとつの奇妙な出来事について、作家が推理と想像を繰り広げるのだが……。これ以上は何を語ってもネタバレになるので紹介不能。これに関してはもう読んで驚けとしか言いようがない（ちなみに［残菊異聞］パートは雑誌掲載時には存在せず、単行本化に際して加筆された部分である。辻褄合わせのためだろう）。

以降の作品も、その内容を少し具体的に明かすだけでもネタバレになりかねないので非常に紹介し辛いが、いずれも連城三紀彦にしか書き得ない作品が揃う。

三編目の「**夕かげろう**」（初出…〈小説新潮〉一九九二年五月号）は、二・二六事件後に死刑判決を受けた将校の妻と弟の話。兄嫁に心を動かされる弟の話とくれば「野辺の露」を想起させるが、こちらはそこに立場の設定が必然として絡み合い、凄絶無比なホワイダニットが浮かび上がる。将校と愛人関係にあった芸者の名前が〝梅吉〟なのだが、ひょっとしたら本作は、花葬シリーズの中絶時に構想があったという、残り二編――桜と梅のうち、梅の方の構想を流用したものだったのかもしれない。

四編目の「**家路**」（初出…〈小説新潮〉一九九二年八月号）は昭和二十年に二十歳になるまで廃院の中の世界しか知らずに育った男の話。五歳上の兄に対して、彼はある疑念を抱いていたのだが……。本作は全連城作品の中でも屈指の無茶苦茶な大トリックによって、常軌を逸した異様な構図が姿を現す啞然呆然の怪作。とある長編で使われたアイデアの変奏ではあるが、それをさらにスケールアップしたものを短編で使ってしまうのだから恐れ入る。奇想としか言い様の無いアイデアが連城得意の騙し技と絡み合い、とてつもない真相へ読者を連れて行く、一読忘れがたい異様な傑作だ。

そして巻末の「**火の密通**」（初出…〈小説新潮〉一九九二年十二月号）は、間の三編に比べるとやや地味な印象はあるものの、本書を美しく締めくくる佳品だ。最終的に、ひとりの悪女の姿が密やかに浮かび上がるという構成には、じわりとした戦慄が漂う。

本書で描かれる二・二六事件は、実在の人物が一切登場しないため、どこかパラレルワールドの出来事めいた雰囲気も漂う。しかし『敗北への凱旋』や『黄昏のベルリン』がそうであるように、連城にとってはあくまで歴史は背景であり、愛憎とトリックを描き出すための舞台装置に過ぎない。その意味でこれらも「菊の塵」や「夕萩心中」などの架空歴史ミステリ風作品と本質的に変わらない。歴史的事実に仮託して虚構の物語をもっともらしく語り、時代を背景に愛憎のミステリを紡ぎ出すという意味で、本書は初期連城短編の味わいを甦らせた、九〇年代の連城作品を代表する傑作集なのである。

しかし刊行時、本書はほぼ黙殺された。読んだ者の多くが代表作に挙げる傑作でありながら、よほど売れなかったのか、ついに文庫化さえされなかった。刊行時のインタビューによれば、フィクションで描いた昭和史シリーズとして書き継ぐ構想もあったようだが、それも結局実現することはなかった。もし本書が正当な評価を受けていれば、そのシリーズが中期連城の代表作になったかもしれないと思うと、本書が黙殺された罪は重い。

単行本のみのため古書でもやや手に入りにくく、現状では連城ファンだけが隠れた傑作として密かに語り継ぐという立ち位置に収まってしまっている感がある。是非多くの読者に再発見してもらい、今こそ再評価が求められる一作だ。特に《花葬》シリーズや『宵待草夜情』など初期の明治・大正・昭和初頭ものこそ連城の本領と信じる人は絶対のマストリードである。

37『明日という過去に』（一九九三年、メディアパル↓一九九七年、幻冬舎文庫）［長編（初出…〈新刊ニュース〉一九九一年十月号〜一九九二年十二月号）］［入手可］

◆あらすじ

矢部綾子と野口弓絵は、二十年あまりも姉妹のように信頼しあっていた親友同士。だが、弓絵の夫の死をきっかけに、綾子と弓絵の間でやりとりされる手紙が、二組の夫婦の間に隠されていたものを次々と露《あらわ》にし始める。弓絵の夫を死に追いやったものとは何だったのか――？

◆解題

三人称の地の文で嘘を書かない、というのは本格ミステリのルールである。それ故に、連城作品では登場人物の独白体というスタイルがよく用いられる。登場人物の台詞に等しい語りであれば、そこには嘘と演技の入り込む余地がある。そのスタイルを突き詰めたのが、九〇年代を代表する大傑作短編「喜劇女優」であろう。

もうひとつ、嘘と演技が許される語りがある。それが書簡体小説――すなわち登場人物の手紙で構成される小説だ。書簡体形式も連城短編では「過去からの声」「野辺の露」「親愛なるエス君へ」などなど多数の作例があるが、本作は、全編が書簡体で構成された長編恋愛ミステリである。文庫版のあらすじには〝人間存在そのものの謎を描ききった〟などと堅苦しく大げさな惹句が書かれているが、すわ文学路線かと身構える必要は全くない。

弓絵と綾子、ふたりの手紙はいくつもの嘘を孕み、新たな手紙が現れる度に事実は絶え間なく反転し続けていく。軸になるのは二組の夫婦の四角関係だが、〝信頼できない語り手〟同士の手紙の駆け引きは、ある手紙で提示された事実が次の手紙では嘘として否定されるのを繰り返し、どこからが真実でどこまでが嘘なのか、読者には全く見定めがたい。

絶え間なく続く反転の果てに、後半で炸裂する驚愕のどんでん返しにも呆然とするが、その最大の仕掛けさえも霞む最後の真実にはもはや笑うしかない。ほとんどなんでもありの展開でありながら、最終的に明らかになる真実は確かな説得力をもって迫る連城マジック。二三〇ページもない短めの長編だが、その中で〝信頼できない語り手〟の手法を徹底的に突き詰め、最後は〝信頼できない語り手〟がなぜこの小説の中で〝信頼できない語り手〟になったのか、というホワイダニットをもって砂上の楼閣が築かれた理由を愛憎のドラマの中に回収してしまうという、恐るべき豪腕が炸裂する。

嘘と演技という連城作品の根幹を為すテーマを全編に渡って徹底させ、かつどんでん返しを繰り返すミステリの構成と、作品の虚構性自体を恋愛小説としてのテーマに帰結させたという意味で、本作は『美の神たちの叛乱』と並び、九〇年代連城長編のもうひとつの到達点である。『どこまでも殺されて』『ため息の時間』と書き継がれてきた《事実とテキスト》テーマの集大成としても、本作の真価は今後なお一層深く掘り下げられる必要があるだろう。

なお、本作はひっそりとであるが品切れ・絶版を未だに免れており、新品で入手可能な状態にある（店頭で買おうと思えば、よほど大きな店でないと並んでいないだろうが……）。いつ品切れになるかも解らないので、確実に買えるうちに入手しておくことをオススメしたい。

38『顔のない肖像画』（一九九三年、実業之日本社→一九九六年、新潮文庫→二〇一六年、実業之日本社文庫）［短編集］［入手可］［電書有］

収録作…「潰された目」「美しい針」「路上の闇」「ぼくを見つけて」「夜のもうひとつの顔」「孤独な関係」「顔のない肖像画」

◆解題

連城三紀彦のミステリ短編集には一冊としてハズレがないが、『夜よ鼠たちのために』と同じ〈週刊小説〉初出の七編を収める本書は、連城ミステリ短編のショウケースと言っていい、とりわけバラエティ豊かな作品群を収録した傑作集である。

巻頭の**「潰された目」**（初出…〈週刊小説〉一九八三年八月二十六日号）は八三年発表の初期作品。医者による入院患者強姦事件が、関係者の証言を集める「藪の中」（芥川龍之介）スタイルで語られる。強姦事件は本当にあったのか、それとも患者の狂言なのか？　様々な証言が入り乱れる中、思わぬ角度から驚愕の真相が現れる。読者の（そして登場人物の）視点を最も重要な部分から巧みに逸らす快作だ。

続く**「美しい針」**（初出…〈週刊小説〉一九八八年一月八日号）はカウンセラーと患者の官能サスペンス、**「路上の闇」**（初出…〈週刊小説〉一九八九年一月六日号）はタクシー強盗かと疑われる男とタクシー運転手の密室劇。本書の収録作の中ではどちらも意外性では若干落ちるが、語り口が生む一級のサスペンスを楽しみたい。

九年前の誘拐事件で殺害された少年から救出を求める電話が掛かってくる——という奇妙な謎をめぐる**「ぼくを見つけて」**（初出…〈週刊小説〉一九八九年十月二十七日号）は、そこから思いがけない構図が露《あらわ》になる誘拐ミステリの意欲作。魅力的な謎から意表を突いた真相を鮮やかに見せる傑作だ。

「夜のもうひとつの顔」（初出…〈週刊小説〉一九九二年一月三日号）は不倫相手を殺してしまった愛人の女と、妻の密室での対決劇。妻は自分こそが疑われるだろうと言い、愛人は証拠を隠滅すべく動くが、何かがおかしい……。二転三転、めくるめくどんでん返しが読者を翻弄するこれまた傑作である。

ＯＬが上司の浮気相手を探す「**孤独な関係**」（初出…〈週刊小説〉一九九二年六月五日号）は本書の中では恋愛小説寄りの作品に見えるがさにあらず、連城作品では非常に希少なフーダニット短編の秀作である。もちろん単なるフーダニットには留まらず、非常にひねくれた展開の果てに、信頼できない語り手によって推理は思わぬ方向へ暴走し、仮説の応酬の果てに行き着く真相は……。

最後の表題作「**顔のない肖像画**」（初出…〈週刊小説〉一九九三年一月二十二日号）は、亡き画家の未発表作が出品されるオークションの話。連城お得意の絵画を扱った作品で、『美の神たちの叛乱』を思い起こさせる真作と贋作がテーマ……と見せかけて、初期のとある作品をさらに発展させた、とんでもない奇想が展開される。こんなネタを大真面目に書いて傑作にしてしまえるのは連城三紀彦ぐらいのものだろう。

以上七編、全編がプロットの意外性を核とするのは共通だが、用いられる技巧とモチーフは実に様々。証言集、密室劇、誘拐もの、妻と愛人の対決、浮気、画家……と、連城が他の作品でも好んで用いる題材やスタイルが、本書には詰め込まれている。その意味で本書はまさしく連城ミステリのバラエティパック。連城作品の中ではリーダビリティも非常に高く、本書の収録作のどれが好みかで次の作品も勧めやすい。長く埋もれた傑作集であったが、二〇一六年に実業之日本社文庫からめでたく復刊され、新品で入手可能となった。連城初心者には手軽な入門用としてお勧めしたい一冊であるし、連城ファンも無論のことマストリードの一冊である。

39『背中合わせ』（一九九三年、新潮文庫）［短編集］［品切れ］

収録作…「優しい雨」「つぼみ」「夏の影」「冬の顔」「まわり道」「足音」「再会」「背中合わせ」「先輩」「灯」「背後の席」「誕生日」「窓」「鞄の中身」「彼岸花」「紙の靴」「いたずらな春」「ねずみ花火」「あの時」「切符」「ガラスの小さな輝き」

◆解題

本書は『一夜の櫛』に続く、文庫オリジナルの作品集である。〈季刊ＳＵＮ・ＳＵＮ〉に掲載された掌編二十一編を収録する。もっと長い話のワンシーンを切り取ったような作品もあれば、短い中にもいかにも連城作品的な構図の反転を見せる作品もあり、さながら連城三紀彦の短編技巧のショウケースという印象を残す一冊だ。

個人的に印象的な作品を挙げていけば、見合い前に出会った男に惹かれる女の話「**まわり道**」（初出…一九八九年春号）、離婚を巡って生き別れの兄が夫のところへ怒鳴り込む「**再会**」（初出…一九八九年秋号）、かつての恋人の別れ話が背後から聞こえてくる表題作「**背中合わせ**」（初出…一九八九年冬号）、後輩から恋愛相談を受けるＯＬの話「**先輩**」（初出…一九九〇年春号）……といったところだが、読む人によってどれが印象に残るかは大きく変わるだろう。どの作品も派手ではないが、しみじみとした巧さが胸に静かに響いてくる、味わい深い掌編ばかりだ。

ミステリ色は決して強くはないし、飛び抜けた傑作もないが、連城読者なら安心して読める作品集である。長編の箸休めや少し空いた時間に、一編ずつ読み進めるような読み方をお勧めしたい。

40『牡牛の柔らかな肉』（一九九三年、文藝春秋→一九九六年、文春文庫）［長編（初出…〈週刊文春〉一九九二年九月二十四日号〜一九九三年七月八日号）］［品切れ］

◆あらすじ

墨染めの衣に謎めいた過去を隠す美貌の尼・香順。津和野に庵を構える彼女の元には、居場所をなくした男たちが集まってくる。癌を告げられた会社員の緒沢計作、強姦事件を起こした教師の高橋翔一、覚醒剤疑惑に揺れるロック歌手の桜木準とマネージャーの久保田令治……。男たちを意のままに操る香順の目的とは、そしてその過去に秘められたものとは……？

◆解題

連城三紀彦は八七年に得度しており、浄土真宗大谷派の僧侶になっている（一般には得度は八五年のこととされているが、少なくともこれは誤り。詳しくは本書コラム「得度はいったいいつのこと？」、もしくは〈CRITICA〉4号収録の市川尚吾の評論「戻りからくり」参照）。だが、不思議と連城作品に宗教を題材にした話はほとんどない。

その中で、珍しく宗教絡みの長編が〈週刊文春〉に連載された本作である。といっても、もちろん抹香臭い仏教小説などではない。むしろその対極にあるとも言っていい世俗の香りに満ちた本作は、九〇年代連城ミステリ長編の本流ど真ん中にある、二転三転四転五転……と読者を翻弄するスリリングな長編サスペンスだ。

本作は八章からなるが、全体の構成としてはおおよそ三部に分けられる。一章から三章までが、香順の元に男たちが集ってくる導入部にあたるが、冒頭から謎めいた尼が男たちの背景までを名探偵のごとく見通し、細かなどんでん返しを積み重ねて読者を惹きつけていく。

続く四章から六章では、突如として話がコン・ゲーム小説へと転調する。『飾り火』や『美の神たちの叛乱』を例に挙げるまでもなく、連城三紀彦の筆がコン・ゲーム小説に向いたときの面白さは本作でも鉄板。鮮やかなハッタリと伏線回収で読者を驚かせてくれる。

そして七章と八章では、それまで謎のヴェールに包まれていた香順の過去を探るミステリへとシフトしていく。細かなどんでん返しを重ねながら、作品のジャンル自体を次々と転調させていく展開は、『褐色の祭り』を思い起こさせる。

その予測不能の展開に読者はただただ翻弄されるしかないが、それ故に本作は一気読みしようとすると、ごっそり体力を持っていかれることになる。前述の通り、本作の構成は三章ごとに区切れるので、三章ずつに分けて読むのをおすすめしたい。

最後まで引っ張られる香順の過去の真相はそこまで衝撃度の高いものではないので、中盤が一番面白くやや尻すぼみの感が残る弱点はあるものの、本作もまた様々な要素が詰めに詰め込まれた九〇年代連城流エンターテインメントの快作である。香山二三郎は本作の解説でこの直後の『終章からの女』『花塵』と本作を合わせて〝平成悪女三部作〟としており、三作を読み比べるのも一興。また、本作は連城三紀彦の僧侶としての立場を活かした作品という意味で、人生相談集『愛へのたより』と併読してみても面白いかもしれない。

41『終章からの女』（一九九四年、双葉社→一九九八年、双葉文庫）［長編（初出…〈小説推理〉一九九三年一～二月号）］［品切れ］

◆あらすじ

彼女は死体になった夫の身体から、ゆっくりと包丁を抜いた――。荻窪のアパートで会社員の小幡勝彦が殺され、部屋に火が放たれた。容疑者として浮かんだのは小幡の妻・斐子と、愛人・高木安江。斐子は、かつて付き合いのあった弁護士・彩木の元を訪れ、自分が逮捕されたら弁護を引き受けてほしいと依頼するが……。

◆解題

〈小説推理〉に二回に分けて掲載された本作は、香山二三郎の言うところの〝平成悪女三部作〟の二作目にあたる。この三作はどれも読み口が大きく異なるが、典型的な九〇年代連城長編の『牡牛の柔らかな肉』、ノン・ミステリの評伝風小説である『花塵』に対し、本作は初期作品を思わせる、とてつもないホワイダニットの奇想を軸にした傑作である。

本作は二部構成になっており、第一部では小幡勝彦殺害事件を巡って、弁護士の彩木が小幡斐子の奇妙な言動に振り回されるという構図で話が進む。この前半部は法廷ミステリの形式を取りつつ、次々とどんでん返しが繰り返され、話の様相がどんどん入れ替わっていく典型的な九〇年代連城長編の味わいだが、いくつかの謎や不自然な点が積み残され、全編に何とも言い難い据わりの悪さが漂い続ける。

後半になる第二部については何を語ってもネタバレになってしまうのだが、新たな事件が起こり、その事件のホワイダニットに全ての謎が集約されていく。前半で積み残された数多くの謎と不自然さ、全編に漂うちぐはぐな印象が、あまりにも衝撃的な真の動機によって全て氷解する。奇想としか言い様のないその真相は、全連城長編の中でも最大級の大技だ。

このホワイダニットの発想そのものは、初期のいくつかの傑作短編とも共通するし、連城作品を構成する様々な要素が片っ端から入っているとも言えるが、それ故にこそこんなネタを思いつき、かつ実際に書いてしまうのは連城三紀彦だけだろう。九〇年代の連城長編はどんでん返しを積み重ねて読者を迷宮に導く作風を追及していったが、本作はその方向性も押さえつつ、連城ミステリの原点に立ち返り、初期の傑作群の衝撃を九〇年代長編に見事に甦らせたのだ。

本作の文庫版には裏表紙のあらすじもなく、どうやら元々帯も存在しなかったらしい。一切の先入観なく読んでほしいということだとすれば、筆者がここまで書いてきた紹介文は全くの余計なお世話ということになってしまうが、本作もまたこれまで読み逃され、埋もれてきた一作であろうから、声を大にしてここで言おう。

本作は、初期の連城作品の驚愕と奇想を再演した、連城長編屈指の傑作である。特にホワイダニットの大技を扱った作品としてのインパクトは、数々の傑作と並べても全く遜色ない。連城三紀彦にしか書き得ない、国産ミステリのホワイダニットものの歴史に銘記されるべき作品である。特に初期作品のファンこそ読むべき一作なので、決して読み逃されぬように。

42『花塵』（一九九四年、講談社→一九九七年、講談社文庫）［長編（初出…〈IN★POCKET〉一九九三年一月号〜一九九四年六月号）］［品切れ］

◆解題

大正から戦後の洋画壇で、数々の画家の間を渡り歩き、天才画家だった息子すらも犠牲にして奔放に生き抜いた女にして、ただ一枚の傑作を遺した画家・三雲笙子。〈IN★POCKET〉連載の本作は、そんなひとりの悪女の生涯を、評伝風のスタイルで描いた恋愛長編である。

同系統の初期作品に『残紅』があるが、あちらが実在の人物をモデルにしていたのに対し、本作の笙子は架空の人物。笙子のみならず、大勢の架空の画家やそれを取り巻く人々を、あたかも実在したかのようにノンフィクション風に書いたという意味で、本作は「戻り川心中」に始まり『敗北への凱旋』や『落日の門』などに代表される疑似歴史小説路線を恋愛小説に特化させた作と言えるだろう。

一応終盤に〝異形の愛〟を巡る反転劇もあるにはあるが、連城作品的にはさほど意外性のあるものではなく、プロット全体にもミステリ的な趣向は非常に薄い。しかし連城は愛憎渦巻く芸術の世界で、人間関係を引っかき回すひとりの悪女の生き様を描いて、あくまで芸術小説かつ恋愛小説として一冊を通して走りきる華麗な綱渡りを決めてみせる。同系統の『残紅』と読み比べると、ある種の私小説的であった『残紅』から、最初期の作品のような虚構性を目指す方へ向かったという意味で、八〇年代後半から九〇年代への連城作品の変遷そのものを象徴しているとも言える。

ともかく〝平成悪女三部作〟の締めくくりとなる本作は、連城三紀彦のノン・ミステリ長編では上位に入る秀作である。連城のノン・ミステリ作品に手を出すなら押さえておきたい。

43『紫の傷』（一九九四年、双葉社→二〇〇二年、双葉文庫）【短編集】【品切れ】

収録作…「唯一の証人」「ゴースト・トレイン」「落書きの家」「眼の中の現場」「紫の傷」

◆解題

九〇年代の連城ミステリ短編集の扱いはとにかく不遇の一言に尽きるが、本書もまたハイレベルな傑作揃いでありながら、悲しくなるほどに埋もれてしまった悲運のミステリ短編集である。文庫裏表紙のあらすじでもミステリを謳っていないが、中身は完全にミステリだ。

本書の収録作は〈小説推理〉に発表された五編。巻頭の「**唯一の証人**」（初出…〈小説推理〉一九八四年十一月号）は八四年発表の初期作品。愛人殺しの容疑で逮捕された男が、その冤罪を晴らそうとするが――。本作はいわゆるフィニッシング・ストローク――〝最後の一撃〟と呼ばれる、ラスト一行で読者に衝撃を与えるタイプのミステリの秀作だ（厳密には本作は最後の「一行」ではないが）。思いがけない角度から不意打ちのように襲いくる真相の強烈さは、米澤穂信『儚い羊たちの祝宴』（新潮文庫）のような短編集を好む読者ならば、きっと満足できる好編である。

「**ゴースト・トレイン**」（初出…〈小説推理〉一九八七年二月号）は赤川次郎と互いのパスティーシュを書くというコラボレーション企画で書かれた作品で、赤川のデビュー作「幽霊列車」（文春文庫の同題短編集収録）の二次創作である。自分を轢くはずだった列車が消えてしまったという、『暗色コメディ』を想起させる幻想的な謎の物語だ。ミステリ的な衝撃度は本書の中では若干落ちるが、美しい文章が紡ぎ出す眩惑のビジョンの魅力は、それを補って余りある。なお、作中に登場する列車から乗客が消えた謎は「幽霊列車」で解決される。また赤川の方は連城の「恋文」を元にした「ラブレター」という短編を書いている（角川文庫『素直な狂気』収録）ので、どちらもあわせて読みたい。

三編目の「**落書きの家**」（初出…〈小説推理〉一九九一年十一月号）は本書の白眉。女子高生による友人との電話の中で、隣家に済む家族の奇妙な行動が語られる。読者の盲点を突いた真相が残すインパクトはすさまじく、唖然とすること請け合い。あまりの衝撃に一読忘れがたい傑作だ。

続く「**眼の中の現場**」（初出…〈小説推理〉一九九二年九月号）は、妻の自殺を巡る男二人の密室劇の中で、二重三重のどんでん返しが炸裂する作品。最終的に提示される真相よりも、その手前の嘘の真相が魅力的すぎるのが問題だが、そのやり過ぎ感まで含めて、連城の連城たる所以が詰まった傑作である。伊坂幸太郎のセレクトにより『連城三紀彦レジェンド』に再録されたので、現在はそちらで読める。

巻末に置かれた表題作「**紫の傷**」（初出…〈小説推理〉一九九三年十二月号）は、十億の遺産を相続することになった女を、ガードマンが警護する話。孤児のガードマンは、護衛対象の女が自分の実母なのではないかという疑いを抱くが――。これまたがらりと話の様相が入れ替わる終盤の逆転が鮮烈。連城ミステリとしては珍しくユーモラスな話で、作品集全体の後味を良くしている。

以上五編、本書は連城三紀彦の天才ぶりが遺憾なく発揮された傑作集である。連城ファンは絶対の必読であるし、連城初心者にも手軽な連城短編入門として勧めたい……のだが、世に出回った絶対数が少ないのか、入手難度の高い一冊になってしまっている。当時のミステリ読者のように読み逃してしまわぬよう、古書店で見かけたら是非確保していただきたい。

44『前夜祭』（一九九四年、文藝春秋→一九九七年、文春文庫）［短編集］［品切れ］

収録作…「それぞれの女が……」「夢の余白」「裏葉」「薄紅の糸」「黒い月」「普通の女」「遠火」「前夜祭」

◆解題

連城三紀彦にとって、どこまでも恋愛はミステリであった。のちの『美女』『年上の女』と並び、本書はそんな連城恋愛ミステリの成果が詰まった、ミステリの技巧で書かれた恋愛小説集であり、恋愛小説の趣向で書かれたミステリ短編集である。

巻頭の「**それぞれの女が……**」（初出…〈オール讀物〉一九九二年九月号）は、全く無関係に思われる二組の女同士の物語が最後にドッキングする趣向。それだけならばそう珍しい趣向ではないが、当然連城なので一筋縄ではいかない。最後の真相にはおそらくほとんどの読者が唖然とするはずだ。アンフェアなちゃぶ台返しではなく、解説の日下三蔵が喝破している通り、連城は地の文では一切嘘をついていない。――（ダッシュ）のみで視点を次々と切り替えていく『黄昏のベルリン』と同様の手法が、その騙らぬ騙りを覆い隠す煙幕にもなっている、魔術的短編の秀作だ。

婚約者のいる男が運命の女に出会ってしまい父子喧嘩が始まる「**薄紅の糸**」（初出…〈オール讀物〉一九九二年二月号）は、単純な衝撃度では本書でもこれが一番だろう傑作。現実的に考えればほとんどあり得ない真相だが、信じがたい真相だからこそ強烈なインパクトを残す。この驚きを僅か20ページちょっとで演出してのける技巧にも驚嘆である。

あり得ない真相といえば、地味な女の隠された真実が明らかになる「**普通の女**」（初出…〈オール讀物〉一九九三年八月号）

も、その恐るべき真相に慄然とする傑作である。ホワイダニットとしては王道の形だが、それ故にこそ真相の異常性が際立っている。〝普通の女が一番怖い〟というような話を書いて、こんな真相をぬけぬけと成立させてしまうのは、連城三紀彦ぐらいのものだろう。

巻末に置かれた表題作「前夜祭」（初出…〈オール讀物〉一九九四年二月号）は、一人の男の失踪の理由を、妻の浮気相手の部下、娘、愛人、妻、息子の五人の証言集形式で探っていく話。真相のインパクト自体は前述の三編には及ばないが、細かな逆説、意味の反転の技巧が冴え渡る秀作だ。

ほか四編はどちらかといえば恋愛小説味が強いが、それぞれ佳作である。全編が浮気もので統一されているが、ひとつとして似通った印象の作品はなく、同じ浮気の話でこれだけバリエーション豊かな物語を紡ぎ出し、真相の意外性や細やかな伏線、逆説を通して、恋愛小説としてもミステリとしても優れた成果を示す、連城三紀彦の小説技巧に唸るほかない。

本書もやはり、一見して恋愛小説であるが故に、ミステリ読者に敬遠されてしまった不遇の作品集であったろうと思われる。しかし、これまでも語ってきた通り、連城作品において恋愛とミステリは不可分のものであり、どちらに比重を置くかの問題でしかない。本書は紛れもなくミステリ寄りの作品集であるため、特に『美女』が好きな人は必読であるし、本書を先に読んで気に入ったら是非『離婚しない女』や『美女』、『年上の女』を読んでいただきたい。恋愛小説は苦手という人も、敬遠することなく一読していただきたいものである。

第四章　陰り始める人気（九五年〜〇〇年）

九〇年代後半は、連城三紀彦という作家が徐々に忘れられ始めた時期であったと思われる。

現在から窺える範囲でも、この時期には既に往年の人気は失われていたようである。新潮文庫の既刊リストからは『宵待草夜情』『夜よ鼠たちのために』『私という名の変奏曲』『飾り火』などミステリ系の傑作群が軒並み姿を消していき、『落日の門』は九〇年代の作品を代表する傑作にも拘わらずついに文庫化されなかった。

私生活でも、連城は九五年頃から郷里の名古屋に戻り一人で母親の介護をすることになる。それらの影響もあってか、連城の作品発表数自体が徐々に減少していく。九〇年代前半の五年間に刊行された著作が十六作に対し、九〇年代後半に刊行された作品は七作。そしてこの後、〇〇年代前半までには、連城作品の大半が絶版・品切れの憂き目にあっていくことになる。

この時期の連城作品は、恋愛小説とミステリの区別が、九〇年代前半よりもはっきりと明白になっている。

恋愛小説路線においては、〝自分が家庭を持たないと決心して、はたから眺めるようになってからは、逆にそういう家庭ドラマがものすごく面白い〟と『虹の八番目の色』（九六年）刊行時のインタビューで語っている（〈週刊ポスト〉一九九六年五月二十四日号）ように、『隠れ菊』（九六年）、『ゆきずりの唇』（〇〇年）、『さざなみの家』（刊行は〇二年だが、連載期間はこの時期）といった、夫婦関係のみに留まらない家族関係を描いた作品を多く書いた。『隠れ菊』は第九回柴田錬三郎賞に輝いたが、これはいささか遅きに失した感がある。

その一方、〇二年に刊行されて一般に連城のミステリ復帰作と見なされた『白光』『人間動物園』の二作や、没後にようやく刊行された『女王』『わずか一しずくの血』などの長編ミステリ群が書かれたのも、実はこの時期なのだ。だが、これらの作品は単行本化の加筆修正になかなか手が回らなかったようで、結果的にこの時期に刊行された作品は恋愛・大衆小説が中心ということになってしまった。

『隠れ菊』や『ゆきずりの唇』は連城の大衆小説路線を代表する秀作であるし、連城恋愛ミステリの集大成とも言うべき傑作長編『流れ星と遊んだころ』もこの時期に書かれた作品だ。連城三紀彦の筆さばきは決して衰えてはいなかった。しかし、それ以前の精力的な作品発表ペースからの連なりでこの時期の作品数の減少を見ると、一抹の寂しさを覚えずにはいられない。

もし、を語ってもどうしようもない。しかし、考えずにはいられない。もし、九〇年代前半の連城ミステリが正当な評価を得、ミステリ読者にもっと読まれていれば。もし、連城三紀彦が何の憂いもなく健筆を振るえる環境にあれば、あとどれだけの傑作をものしただろうか、と。

45『恋』（一九九五年、マガジンハウス　→一九九九年、幻冬舎文庫）【長編（初出…〈鳩よ！〉一九九三年十二月号〜一九九四年十一月号）】【品切れ】

◆解題

45歳の奈緒子は、夫の達夫と訪れたフランス・ロワールのホテルで、27歳の青年・悠二と、その妻・郷美と出会う。それぞれが望む愛を手にするため、四人の男女の心理ゲームが始まった――。直球のタイトルが示す通り、本作は二組の夫婦の四角関係を描いた恋愛長編である。

連城作品の隠れたテーマに〝操り〟がある。そもそもミステリという形式自体が〝操り〟というテーマを孕むとも言えるが、殊に連城作品の〝犯人〟たちは、望む結果を得るために周囲の人間の感情や認識を思うままに操ろうとする者が多い。本作はその〝操り〟テーマを恋愛小説として突き詰めたものだ。奈緒子ら四人は、それぞれ互いに操り操られ、という複雑怪奇な心理ゲームを繰り広げる。本作はほぼ全編が四人の心理描写だけで成立していると言って良い。即ち本作は恋愛の駆け引きだけに純化された恋愛小説と形容すべきだろう。

文庫版の解説で池上冬樹が、本作の登場人物には生活感や過去のディテールが排除されていることを指摘しているが、あまりに純化された本作の〝恋愛小説〟ぶりは、登場人物をある種の記号にまで純化させてしまった。〝恋愛機械〟とでも呼ぶしかない人物たちが恋愛の駆け引き〝だけ〟を繰り広げる――恋愛という人間心理を突き詰めた結果として、非人間的な境地に至った本作は、連城作品の人工性の極地なのかもしれない。いずれにせよミステリ読者向けの作品ではないが。本作については『誰かヒロイン』とともに別項の作家論でも詳しく触れる。

46『誰かヒロイン』（一九九五年、双葉社→二〇〇九年、双葉文庫）［長編（初出…〈MiL〉一九九四年六月号〜一九九五年十一月号）・文庫版は短編併録］［品切れ］

◆解題

架世、鮎美、良子の三人は23歳の親友同士。彼女らの前に、高校時代に揃って失恋した元テニスプレーヤーが現れる。彼の心を巡って三人の恋のバトルが始まった――。連城三紀彦は、昭和的な夫婦の愛憎や情念を書く作家というイメージが強い。その連城が双葉社のファッション誌〈MiL〉にて、平成の若い女性を長編で描こうとしたのが本作である。

しかし結論から言えば、残念ながら本書の長編パートは熱心な連城読者にさえも勧めかねる。ヒロイン三人には全く魅力がなく、奪い合われる男にはそもそも存在感がなく、恋の鞘当てレベルではない恋愛の泥仕合を読者はただ空疎な気分で眺める他ない。真相の性質からしても、本作は平成の女性の狂騒的な恋愛模様に対する皮肉として書かれた作品なのだろうが、その客観化が不十分で、皮肉や意地の悪さをユーモアに昇華できていない。恋愛小説としては常識的に考えて完全に失敗作だろう。

ただし、文庫版で追加収録されたスピンオフ短編「**ヒロインへの招待状**」（初出…〈小説推理〉二〇〇五年二月号）は、新幹線に現れた少年の幽霊とあまりにも異様な〝結婚式〟という、驚くほど島田荘司的に幻想・怪奇的な謎をぶちあげ、恐るべき真相を軽いノリでさらっと書いてしまう傑作ミステリ短編である。ちょっと連城作品内には類似作が見当たらず、連城ミステリ最大の異色作かもしれない。ミステリ読者は、長編の方は適当に読み流して、この短編の方を目当てに読むのをおすすめする（この短編についてはなぜ書かれたのか」という謎があるが、それについては『造花の蜜』の項を参照）。

47『隠れ菊』（一九九六年、新潮社→一九九九年、新潮文庫［上下巻］→二〇一三年、集英社文庫［上下巻］）［長編（初出…〈静岡新聞朝刊〉一九九四年四月一日～一九九五年三月三十一日）］［入手可］［電書有］

◆解題

料亭「花ずみ」の跡取り・旬平と結婚して十七年になる通子。店を支配していた姑が死んでから一年が過ぎたある日、通子の元に現れた女は、こう告げた。「ご主人をいただきにきました」――妻の座と店の運命を賭けた、通子の戦いが始まった。

静岡新聞で連載され、第九回柴田錬三郎賞を受賞した本作は、連城三紀彦版「細腕繁盛記」と言うべき、昭和の薫り充ち満ちたる波瀾万丈のホームドラマである。

夫を巡る妻と愛人の戦いとくれば、『飾り火』を筆頭に連城作品ではおなじみのシチュエーションであるが、本作はそれがミステリではなく、料亭経営ビジネス小説の方向へと進む（ただし、経営に関するディテールは非常に緩く、ドラマの駆動装置と割りきって読むべきだろう）。単なる夫婦と愛人の三角関係に留まらず、周囲を巻き込んで二転三転する複雑な人間関係の変転が、どんでん返しとなってドラマを動かしていく。連城長編でも最長クラスのボリュームを、ローラーコースターのようなあれよあれよという展開でぐいぐいと引っ張っていく長編エンターテインメントだ。

本作はミステリ読者に勧められるかという意味ではやや首を傾げるものの、柴田錬三郎賞受賞の冠に恥じない、連城三紀彦の恋愛大衆小説を代表する秀作だ。集英社文庫から二〇一三年に復刊され、二〇一六年にはBSプレミアムで連続ドラマ化（ちなみに九六年にも『ゆずれない夜』のタイトルでドラマ化されており、二度目のドラマ化である）されたため新品でも入手容易である。ノン・ミステリ系の連城作品に手を出すなら、まずは押さえておきたい一作だろう。

48『虹の八番目の色』（一九九六年、幻冬舎→一九九九年、幻冬舎文庫）［長編（初出…〈家の光〉一九九四年一月号〜一九九五年十二月号）］［品切れ］

◆解題

信州の農家・田沼家に嫁いで二十五年になる郁子は、結婚直後から抱いていた家出の決意を実行に移した。それが呼び水となり、家族の隠された秘密が次々と明らかになっていく——。

JAの発行する農家向けの雑誌〈家の光〉に連載された本作は、その幻想的なタイトルに反して、農家を舞台にした非常に泥臭い家族小説である。といっても、作中で起こる騒動の発端のほぼ全ては浮気であり、やはり本作は連城三紀彦らしい恋愛小説でもある。

小説は郁子を中心に、田んぼを継がず銀行員になった夫、家の大黒柱である姑、ボケの始まった舅、突然結婚相手を連れてきた息子、その連れてきた嫁、隠れて道ならぬ恋をしている娘——という七人の家族と、毎日のようにやってくる小姑、東京にいる郁子の初恋の人といった面々の物語が群像劇風に語られる。ミステリ的な趣向は薄く、基本は昼ドラだと思って読む方が良いが、非常に複雑なプロット、女同士の熾烈な駆け引きといった連城作品らしい要素も随所に見られる。刊行後のインタビューで連城は「実母の人生を書きたかった」と述べており、それに当たるだろう姑・ユウの存在感の大きさは『隠れ菊』のキクをも上回る。

全体としてはやや未整理な印象も残る本作を、短編連作形式に仕立てたのが『さざなみの家』とも言えるだろう。ミステリ読者に勧める作品ではないが、農家小説という観点で興味を覚えたら手に取ってみるのもいいかもしれない。

49『美女』（一九九七年、集英社→二〇〇〇年、集英社文庫）［短編集］［入手可］［電書有］

収録作…「夜光の唇」「喜劇女優」「夜の肌」「他人たち」「夜の右側」「砂遊び」「夜の二乗」「美女」

◆解題

連城三紀彦は唯一無二の天才である。この言を疑う者は、本書に収録された「喜劇女優」を読むべきだ。連城三紀彦にしか書きえない異形の傑作がここにある。――本書は、九〇年代連城ミステリの最高傑作「喜劇女優」を含む恋愛ミステリ八編を収録した短編集である。

何はともあれ、本書では「喜劇女優」（初出…〈小説すばる〉一九九三年八月号）について語らねばならない。七人の男女の恋愛模様を、それぞれの人物の一人語りで描いていく。複数人による証言集形式の連城短編といえば、入院患者強姦事件を巡る快作「潰された目」や、ひとりの男の失踪の理由を探る秀作「前夜祭」などがあるが、本作で試みられた企みは、それらの作品を遙かに凌ぐ、超絶技巧としか言い様のない人知を超えた離れ業である。

どういう趣向の短編であるか、を書いてしまうこと自体がある種のネタバレなので紹介自体が非常に難しい作品だが、その趣向自体はおそらく読んでいる最中に見当がつく人も多いだろう。しかし、どういうオチになるのかがたとえ予想できたとしても（あるいはオチを先に知ってしまったとしても）、本作の衝撃はいささかも揺るがない。どう考えても絶対に成功するはずがない趣向を成功させてしまった、その人間離れした超絶技巧こそが本作の真価であるからだ。

『戻り川心中』で描かれる殺人が〝他者の目を意識した殺人〟であると評されるように、連城作品の根幹を為す嘘と演技というファクターは、常にそれを見せる対象が存在してこそ成立する。だが本作は、その大前提さえも切り崩してしまった。呆然とするほかない本作の結末は、連城恋愛ミステリの辿り着いてしまった極北である。ある意味で、連城三紀彦は自らの恋愛とミステリの融合という境地に、本作で終止符を打ってしまったと言えるかもしれない（事実、本作が書かれたのは九三年だが、翌九四年からは『恋』『虹の八番目の色』『隠れ菊』『誰かヒロイン』と、ほぼノン・ミステリと言っていい長編が立て続けに書かれている）。本作は決して幕の引かれない舞台の話であるが、その境地に辿り着いてしまったことで連城恋愛ミステリはひとつの終演を迎えたのだ。連城三紀彦の到達したミステリの極地を目撃してほしい。

さて、長々と「喜劇女優」を紹介したが、本書が「喜劇女優」一強の作品集かといえばそんなことはない。ふつうのミステリ読者にとっては、むしろ「喜劇女優」よりも強い印象を残すかもしれない傑作が**「夜の二乗」**（初出…〈小説新潮〉一九九三年六月号）である。

国分寺にある国税庁職員の家で妻の絞殺死体が発見される。刑事の安原は、通報してきた夫の外浦が犯人だと直感するが、外浦は真鶴の別荘で愛人と一緒にいたというアリバイがあると主張する。警察が調べると、なんとその別荘で愛人の死体が発見されていた。殺害は妻と同時刻。そして外浦は、とんでもないアリバイを主張した――。

この外浦の主張する異形のアリバイは、全連城作品の中でも謎の魅力という点ではトップクラスである。刑事がそのアリバイ崩しに挑むという、本書の収録作では最も一般的なミステリのフォーマットに沿った作品のため、連城恋愛ミステリを読み慣れない人にも本作は取っつきやすいだろう。そしてもちろん、本作はただのアリバイ崩しに留まらず、最終的には連城らしい驚愕のホワイダニットに鮮やかに着地してみせる。まさしく九〇年代連城短編でも指折りの傑作だ。

　個人的に偏愛する二編の紹介が長くなったが、本書には他にも注目すべき作品が並ぶ。前述の二作と並んで傑作として挙げる読者が多いのが「**夜の右側**」（初出…〈小説すばる〉一九九六年五月号）。雨の日に現れた女から、あなたの妻が自分の夫と浮気している、と告げられた池島。彼はその女との浮気に溺れ、ついには妻を殺害するが……。ひとつの偽の真相を足がかりに、鮮やかなネガポジの反転を決め、戦慄の真相を導き出す。連城ミステリの醍醐味に満ちた傑作だ。二〇〇二年に『うつつ』のタイトルで映画化されているが、サイコ・サスペンス風に仕立てられたそちらも悪くない仕上がり。

　他、もうひとつの「喜劇女優」と言うべき演技の迷宮「**砂遊び**」（初出…〈すばる〉一九九二年一月号）や、ひとつのマンションを舞台に少女が恐るべき計画を語る一種の倒叙ミステリとしても読める「**他人たち**」（初出…〈小説すばる〉一九九二年九月号）なども見逃すべからざる秀作である。

　本書の収録作に通底するテーマは〝演技〟。男と女は、連城三紀彦の筆の上で、愛憎という名の舞台を演じる。ミステリの人工性・虚構性と恋愛小説の愛憎のドラマが絡み合った一種異様な世界を露《あらわ》にする本書は、まさしく連城恋愛ミステリ路線の極地、その精華というべき傑作集である。連城三紀彦の恐るべき技巧を堪能してほしい。

50『年上の女』（一九九七年、中央公論社→二〇〇〇年、中公文庫）【短編集】【品切れ】

収録作…「ひとり夜」「年上の女」「夜行列車」「男女の幾何学」「花裏」「ガラス模様」「時の香り」「七年の嘘」「花言葉」「砂のあと」

◆解題

八八年から九七年までの十年間に発表された短編六編と掌編四編の計十編、全て浮気の話を収める本書は、外面はどこからどう見ても恋愛小説の短編集だが、実際はさにあらず。本書もまた『前夜祭』『美女』の系譜に連なる、恋愛小説とミステリが複雑に融合した、まさに連城味あふれる短編集である。

ミステリ的には、表題作「年上の女」（初出…〈中央公論文芸特集〉一九八九年夏季号）の完成度が頭ひとつ抜けているだろう。自分の人生経験を書き綴った本がヒットした中年女性の元に、見知らぬ若い女から身上相談の電話が掛かってくる――という話だが、僅か20ページほどの間で、ほぼ全編が電話での会話のみで構成されているにも拘わらず、めまぐるしく事態の様相は変化し、最後は思いがけない真相に辿り着く。連城ミステリのダイナミズムが凝縮された傑作だ。

他にも、惚れた相手が仲人を務める、気乗りしない見合いに向かう女の話「男女の幾何学」（初出…〈小説中公〉一九九三年十月号「幾何学模様」改題）も、こういう話かな？　という読者の予想の一歩先を行き意外な真相を提示する佳作であるし、入院した夫をめぐって嫁と姑が火花を散らす「花裏」（初出…〈婦人公論〉一九九七年一月号）も、まさかというような真相をぬけぬけと成立させる、『前夜祭』収録の某短編や、某長編などを思い出させる秀作だ。

しみじみとした掌編四編を挟んで巻末に置かれた「砂のあと」（初出…〈婦人公論〉一九九七年十月号「砂の痕」改題）は、人妻から浮気相手へと向けられた手紙形式の短編。他の短編に比べ、この話は大きな二転三転はなく、普通の恋愛短編かな、と思っていると終盤で不意打ちの展開が襲いくる。砂時計をモチーフに男と女のすれ違いを鮮やかに描き出し、恋愛小説の味わいとミステリの衝撃を両立させた佳品である。

なお、目次では「ひとり夜」（初出…〈中央公論文芸特集〉一九八八年冬季号）から「夜行列車」（初出…〈中央公論文芸特集〉一九九〇年春季号）までの三編、「男女の幾何学」「花裏」の二編、掌編四編、最後の「砂のあと」という区分で四つに区切られている。区切りの意味は筆者にもよくわからないので、何か心当たりのある方はご教示願いたい。

ともかく、本書は連城の短編集の中ではさほど目立つ存在ではない、その時点での未収録作の詰め合わせ短編集に近い一冊ではあるが、『前夜祭』『美女』の系列の短編集が好きならば読み逃せない作品集である。逆にこちらを先に読んで気に入ったならば、是非『前夜祭』と『美女』を読んでいただきたい。

また、『一夜の櫛』『背中合わせ』の系列に連なる恋愛掌編群も併録されており、そちらの掌編集の雰囲気を摑むのにもちょうどいいだろう。「ガラス模様」（初出…〈サントリークォータリー〉第五十四号（一九九七年））「時の香り」（初出…〈サントリークォータリー〉第五十五号（一九九七年））「七年の嘘」（初出…〈季刊SUN・SUN〉一九九四年春号）「花言葉」（初出…〈相鉄瓦版〉其ノ八十二（一九九六年十一月））の掌編四編が気に入ったならば、前述の掌編集二冊や、『日曜日と九つの短篇』『恋愛小説館』といった短めの恋愛短編が収録された短編集がオススメである。

51『火恋』（一九九九年、文藝春秋）［短編集］［品切れ］

収録作…「情人」「騒がしいラヴソング」「灰の女」「火恋」「黒夜」

◆解題

未だ文庫化されていない本書は、中国返還前後の香港を舞台にした短編五編を収めている。単行本の帯には〝スリリングな5つのミステリー〟の文字があるが、内容はどちらかといえば『もうひとつの恋文』や『萩の雨』のような八〇年代後半の恋愛短編集の路線に近い。

連城ミステリ的には、表題作「火恋」（初出…〈オール讀物〉一九九七年八月号）が見逃せない。文化大革命に追われ、妻を捨てて上海から台湾に亡命した新聞記者が、二十年後に日本人の知人を介して妻が無事でいることを知り、返還寸前の香港で妻と再会しようとするが……。中国、イギリス領の香港、そして台湾という国境線と、文革という時代に引き裂かれた男女の愛憎が、連城ミステリらしいトリッキーな真相で鮮やかに描き出される、連城歴史ミステリの現代史版というべき傑作だ。

それ以外の四編は、これまでの連城作品で書かれてきた話を、香港を舞台に再演するような印象の恋愛短編が中心。妻に男をプレゼントする夫から声をかけられる話「情人」（初出…〈オール讀物〉一九九五年七月号）や、飛行機で隣の席に座った男からゆきずりの不倫に誘われる女の話「灰の女」（初出…〈オール讀物〉一九九六年一月号）など、連城三紀彦らしい短編だが他の作品を読んでいれば驚きは薄く、いささか新味に欠ける感がある。

文庫化されていないためやや手に入れにくい本書だが、ミステリ読者には表題作以外はもうひとつ勧めにくい印象。表題作を目当てに、手に入ったら読む、ぐらいのつもりでいいだろう。

52『秘花』（二〇〇〇年、東京新聞出版局↓二〇〇四年、新潮文庫［上下巻］）【長編（初出…〈東京新聞朝刊〉一九九八年七月六日～一九九九年八月十四日）】【品切れ】

◆解題

東京新聞朝刊に連載された本作は、平成の女子中学生とその母親、そして既に亡くなっている祖母の女三代記という体裁の長編である。前半（文庫上巻）の主人公は三人の真ん中にあたる知子。彼女が娘の水絵の奇妙な言動に振り回されるうちに、亡き母・ゆいの過去が徐々にクローズアップされていく――という筋立てで、上巻は娘の言動の謎を巡るミステリとも読めなくもない（ただしその観点からは、文庫上巻裏表紙のあらすじが致命的なネタバレなので要注意）。

だが、後半（文庫下巻）になると一転して前半で描かれた多くの問題を置き去りにして、ゆいの遊廓時代の物語がほぼ全編を占める。名古屋に実在した中村遊廓を描いた小説としては読ませるし、終盤にはゆいが遊廓に入った理由についてのあまりに連城らしい驚きの真相も用意されている。だが、遊廓編の語りの主体が不明瞭で現代の外枠と上手く嚙み合わず、前半の物語が後半はほぼ放置されるため定番の再演モチーフも上手く機能しているとは言いがたい。結果、長編としてはバランスが悪いという印象は否めない。前半のミステリ的興味に惹かれる読者には後半が長すぎるし、後半の遊廓編を楽しむ読者には前半の現代編が余計に思えるだろう。

というわけで本作は、少なくともミステリ読者はコンプリートを目指す場合以外は無理に手に取らなくても良い。後半の遊廓編は、『残紅』が好きな人や、『落日の門』収録の「残菊」を遊廓小説として楽しんだ人などにはオススメできるだろう。

53『ゆきずりの唇』（二〇〇〇年、中央公論新社→二〇〇三年、中公文庫）［長編］［品切れ］［電書有］

◆解題

ある日ふっと夫に嫌気がさし、家出を考えていた四十八歳の晶子の元に、娘・陽子の婚約者で夫の部下の村瀬から電話が掛かってくる。陽子に愛人がいるらしいというのだが——。本作は讀賣新聞夕刊に連載された、連城三紀彦にとって最後の恋愛・大衆小説長編である。

四十八歳になる人妻が、二十七歳の若者と浮気をする話——と要約すれば、同じ連城作品では『恋』を連想させるし、大抵のミステリ読者は縁の無い作品だと思うだろう。しかし、本作を単なる中年女性向けの願望充足小説だと思ったら大間違いだ。

主人公の晶子、夫の紳之、娘の陽子、その婚約者の村瀬——四人の主要人物はそれぞれに秘密と思惑を抱え、嘘と隠し事を積み重ねていく。娘の浮気・妊娠疑惑に端を発して、次々と露《あらわ》になる家庭の謎が主人公とその人間関係を翻弄していくプロットは、ミステリの手法を大衆小説としてのドラマに奉仕させた、円熟の小説技巧を示している。中盤、晶子と紳之の銀婚式で四人が顔を揃える場面の心理戦の盛り上がりは特に一読の価値あり。

本作はミステリ読者向けの作品ではないが、中年女性の不倫小説に興味がないミステリ読者が読んでも楽しめる、連城大衆小説の掉尾を飾る秀作である。品切れだが電子書籍版が入手可能。たとえば『隠れ菊』を楽しめた人ならば読んで損はないし、文庫四百ページでまとまっているので、『隠れ菊』はさすがに長すぎるという人にもおすすめしたい。

第五章　晩年そして没後（〇一年〜一六年）

二十一世紀に入ると、連城三紀彦は本格的に作品発表数が激減する。二十一世紀に書かれた作品は、長編が四作（『虹のような黒』『悲体』『造花の蜜』『処刑までの十章』、うち前半二作が未刊行）と短編が十一編（うち七編は『小さな異邦人』に収録。「ヒロインへの招待状」は『誰かヒロイン』文庫版に収録。残る三編「酔芙蓉」「紫の車」「夜の自画像」は単行本未収録）。そしてこの頃には、ほとんどの作品が品切れ・入手困難になっていた。

その一方、〇二年の『白光』『人間動物園』の刊行によって、連城三紀彦はミステリ作家として再発見された。九〇年代連城ミステリを黙殺してきたミステリプロパーも、この二作はさすがに無視できなかったようで、『人間動物園』は〈このミス〉七位にランクインしている。

過去作品も九八年から九九年にかけてハルキ文庫から《連城三紀彦傑作推理コレクション》として『戻り川心中』『変調二人羽織』『宵待草夜情』『夜よ鼠たちのために』『私という名の変奏曲』『敗北への凱旋』の六作が復刊。〇一年には映画化に伴い光文社文庫から『少女』の新装版が刊行、〇三年には『暗色コメディ』が文春文庫から復刊と初期作品の再評価の流れが生じた。しかし長続きはせず、これらも現在は入手不可となってしまっている。

○六年以降には『戻り川心中』『黄昏のベルリン』『夕萩心中』『敗北への凱旋』『変調二人羽織』が復刊、『日曜日と九つの短篇』が映画化に合わせて『棚の隅』と改題され再刊されたが、これらも現在入手できるのは『戻り川心中』『夕萩心中』『変調二人羽織』の三作のみである。
○八年、『造花の蜜』が刊行。しかし発売日の問題で、「このミス」等のランキングにはほぼ黙殺されてしまう。集計期間の異なる「ミステリが読みたい！」で一位を獲ったのがせめてもの救いであった。本格ミステリ大賞の候補にもなったが、牧薩次『完全恋愛』（小学館文庫）に敗れ二位に終わり受賞はならず。そしてこれが、生前に刊行された最後の小説となる。
○九年、連城が十年にわたってひとりで介護し続けた実母と、敬愛する泡坂妻夫が相次いで逝去。その後は自身に胃癌が発見され、闘病生活に入ることとなった。
そして一三年十月、連城三紀彦は六十五年の生涯を閉じた。没後、『小さな異邦人』『処刑までの十章』『女王』『わずか一しずくの血』が刊行され、『流れ星と遊んだころ』が文庫化、『私という名の変奏曲』『夜よ鼠たちのために』『青き犠牲』『宵待草夜情』『顔のない肖像画』が復刊、『連城三紀彦レジェンド』が刊行――と再評価の流れが続いている。しかし未だ新品で手に入る作品は全体の三分の一に留まり、『運命の八分休符』『敗北への凱旋』『黄昏のベルリン』『飾り火』『美の神たちの叛乱』『落日の門』『終章からの女』『紫の傷』といった数々の傑作・秀作は入手困難なままである。

作者が死んでも作品は残ると言うが、読まれなければ作品もまた消えていってしまう。せめて私たちにできることは、連城作品の魅力を新たな読者へと伝えていくこと。そのはずだ。そしてひとつでも多くの作品が、新たな連城読者の手に取れる状態になることを願ってやまない。

54『夏の最後の薔薇』(『嘘は罪』)(二〇〇一年、文藝春秋→二〇〇六年、文春文庫[改題])【短編集】【品切れ】【電書有】

収録作…「夏の最後の薔薇」「薔薇色の嘘」「嘘は罪」「罪な夫婦」「夫婦未満」「満天の星」「星くず」「くずれた鍵」「鍵孔の光」「仮橋」「走り雨」「雨だれを弾く夏」

◆解題

本書は当初、《恋愛小説館》第三期シリーズとして〈オール讀物〉で始まった連作であった。ただし本書の収録作は全てが浮気の話であり、連城らしい反転劇の決まる話が多い。そういう意味では『前夜祭』の系譜とも言え、両系統のあいのこと言うのが適切だろうか。

ミステリ的に本書のベストは文庫版の表題作「嘘は罪」(初出…〈オール讀物〉一九九七年六月号)だろう。友人の着物を着て、その夫の浮気相手に会うことになった菊子だったが……。切れ味鋭い反転が炸裂する隠れた傑作だ。

癌に冒された妻とその主治医の浮気を夫が疑う「仮橋」(初出…〈オール讀物〉一九九六年九月号)も印象的な秀作。主治医はこの浮気を、治療なのだと言い出すが……。あまりに当たり前の大前提がひっくり返り、ハッピーエンドではないものの不思議と後味のいい印象を残す結末が光る。

ほか、「夏の最後の薔薇」(初出…〈オール讀物〉一九九七年一月号)「薔薇色の嘘」(初出…〈オール讀物〉一九九七年四月号)「罪な夫婦」(初出…〈オール讀物〉一九九七年十月号)など、どれも短い中に連城流の反転劇が仕込まれミステリの味わいが楽しめる。ただ収録作の印象が全体的に似通っているため、通して読むと個々の話が印象に残りにくい感はある。

なお、本書は単行本では『夏の最後の薔薇』が表題作だったが、文庫化に際し『嘘は罪』に改題されているので注意。改題の理由は不明である。

55 『白光《びゃっこう》』（二〇〇二年、朝日新聞出版↓二〇〇八年、光文社文庫）［長編（初出…〈小説トリッパー〉一九九八年秋季号〜二〇〇〇年冬季号）］［入手可］［電書有］

◆あらすじ

真夏のある日、ありふれた家庭で四歳の少女・直子が殺され、庭に埋められた。事件をきっかけに、平凡な家庭の裏側に隠されていたものが次々と明らかになる。直子を苦手に思っていた聡子、その夫の立介と娘の佳代、ボケの始まった舅の桂造。直子の母で聡子の妹である幸子とその夫の武彦、そして幸子の浮気相手の平田、全員に殺害動機はあったのだ……。

◆解題

九八年から〇〇年に〈小説トリッパー〉で連載された本作は、ひとりの幼女の死を、家族それぞれの視点から描く長編ミステリである。徹頭徹尾ドロドロとした人間関係と雰囲気は、いわゆる〝イヤミス〟の先駆けのようで、非常に気の滅入る小説だ。ただ、そういった外見に惑わされると、本作の真価を見逃してしまうかもしれない。本作は、数ある連城長編ミステリの中でも最高難度の離れ業に挑み、そのアクロバットを華麗に決めてのけた超絶技巧の傑作なのである。

事件そのものは非常に地味であり、物語にも派手な展開はない。解説では〝驚天動地の結末〟と書かれている真相も、驚き慣れた昨今の読者をわかりやすく驚倒させるようなものとは言い難い。確かに予想外のところから〝犯人〟が浮上するものの、本作の本質はそんなところ——単純なフーダニットの意外性——などにはない。事件が起こり、やがて犯人が指摘されるというような、当たり前のミステリの読み方を当てはめてしまっては、本作に潜んだ企みを見逃すことになる。

では本作で試みられたものは何か。本格ミステリを読み慣れた人ならば、中盤以降の展開から、本作がある種の多重解決テーマの作品であることまでは察しがつくだろう。そして連城三紀彦を、〝人間を描く〟ミステリ作家だと思っているならば、その多重解決趣向が描き出すものは〝人間の醜さ〟や〝家族という共同体の闇〟のようなものだと考えるだろう。それも間違いではない。だが、本作の真なる試みは、より本格ミステリ的な技巧の面にある。解説でもタイトルが挙がっている、芥川龍之介のある作品——本作はその連城三紀彦版というべき作品なのだ。ただし、本作では作中で何が起きたのかはほぼ完全に明かされる。しかし、本作の読後感はあの作品にあまりにも酷似している……。

本作はこれまでの連城長編と同様に小さな反転を積み重ねながらも、それまで読者に見えていたものを完全に否定しきらないことで、驚くべき〝認識の万華鏡〟を織りなしてみせる。それこそが本作が挑み、成立させてみせた最大のアクロバットであり、同時に本格ミステリという文学形式のコアを鋭く挑発する、連城ミステリの内包する問題意識の発露であるのだ。

文庫裏表紙に見える〝連城ミステリーの最高傑作〟の語は決して過大評価の宣伝文句ではない。本作は本格ミステリ作家・連城三紀彦の技巧の集大成というべき傑作である。ただ、あまりにも技巧的に過ぎるためか、その凄みが見えにくい。話のドロドロさに目がいってしまうかもしれないが、是非その超絶技巧に着目して読んでみてほしい。

本作の趣向に関しては、後の作家論でも詳しく触れる。他作家の作品でいえば、本作のテーマと特に相通じるのは道尾秀介『ラットマン』（光文社文庫）だろう。是非読み比べてみていただきたい。

56『人間動物園』（二〇〇二年、双葉社→二〇〇五年、双葉文庫）［長編（初出…〈小説推理〉一九九五年一〜二月号）］［入手可］

◆あらすじ

関東が記録的な大雪に見舞われる中、埼玉北部の住宅地で、汚職疑惑の渦中にある大物政治家の孫娘が誘拐され、一億円が要求された。被害者の自宅にはいたるところに盗聴器が仕掛けられ、警察は被害者の家に入り込むことさえできない。近隣で数日前から起こっていた動物の連れ去り事件、繰り返される無言電話、追い詰められていく母親……。発田ら警察は、狂言の線を疑いながらも、なんとか犯人の手掛かりを得ようとするが……。

◆解題

本作が〈小説推理〉に掲載されたのは九五年のこと（一月号・二月号に分割掲載）だが、いかなる事情でか、単行本として刊行されたのは七年後の〇二年年だった。〈このミス〉七位、〈本格ミステリ・ベスト10〉十三位にランクインし、ようやく連城三紀彦の存在がミステリ界にも再発見されるきっかけとなった本作は、極めて独創的な誘拐ミステリの傑作である。

とはいえ正直なところ、本作は読んでいて非常にじれったい印象を受ける。普段にも増して回りくどい文章、頻発する動物の比喩、誰も彼もが露骨に怪しい動きをする登場人物たち……。一般的な誘拐ミステリの醍醐味である、身代金の受け渡しを巡っての知恵比べや犯人対警察の派手な追跡劇のようなスペクタクルというような要素はほとんどなく、全編を通して非常に動きの少ない密室劇として話が進む。連城作品を読み慣れないと、この文章に乗れず退屈に感じてしまうかもしれない。

しかし、それも本作に仕掛けられたトリッキーな仕掛けの一環なのだ。終盤で明かされる第一の真相だけでも、本作は誘拐ミステリ史上に残る豪快な逆説を炸裂させ読者を唖然とさせるが、それだけに留まらず、ラストに至ってさらなる奇想が展開され、もはや読者は呆然とするしかない。本作の回りくどい文章、全編に漂うどこか観念的な雰囲気は、そのとんでもない真相を、少なくともこの作品中ではあり得るものとして成立させるためのトリックなのである。

連城三紀彦の美文は常に、普通ではあり得ない動機や価値の逆転に説得力を持たせるための武器として駆使されてきたが、本作もまたその意味で紛れもない連城ミステリの系譜に連なる作品である。同時に、ある意味ではエンタメ作家としての円熟とは対極にあるような書き方をもってしてまで思いついたトリックを成立させてしまおうという稚気は、ベテランとは思えない若々しさ。本作は〝新人作家〟連城三紀彦の蛮勇が炸裂した傑作だ。ただし、それだけに連城初心者には勧めにくいのも事実。連城作品にある程度慣れてから挑むのをオススメしたい。

連城三紀彦の誘拐ミステリは、長編では本作と『造花の蜜』の二作、短編では「邪悪な羊」(『運命の八分休符』収録)、「過去からの声」(『夜よ鼠たちのために』収録)、「ぼくを見つけて」(『顔のない肖像画』収録)、「小さな異邦人」(同題短編集収録)の四作があり、全てが一筋縄ではいかない斬新な傑作である。特に『造花の蜜』は本作の発展形というべきド派手な傑作なので、本作が肌に合わなかった人もそちらに再挑戦してみてほしい。

なお、以下は本作を読了した人向けの余談。

本作のラストは、単行本刊行の前年に起きた、ある大きな事件を想起させるものがある。雑誌初出が九五年と知り、筆者は「このラストはあの事件を受けて単行本刊行時に加筆されたものなのか?」という疑問を抱き、初出誌を閲覧して刊行版と読み比べてみた。

結論から言えば、本作のラストは雑誌掲載時から変更はなく、九五年の初出時点であのラストになっている。刊行があの事件の後となったのは偶然であろうし、あの事件を予見した作品とも一概には言えないが、この事実はなんとも奇妙な印象を残す。

なお、雑誌掲載時と単行本において大きなストーリーの変化はないが、発田の名前と渾名、階級が単行本では元雄(ゲンさん)で巡査部長なのに対し、雑誌では周作(シューさん)で警部補であったり、篠原美晶が雑誌では龍原麗香と全く違う名前であったりと、細々とした(理由のよくわからない)変更が多い。また雑誌では家野家の背後関係の描写が単行本より少なかったりと、単行本化にあたり前半部に伏線が色々と書き足されているのがわかる。

最も大きな変更点は、解決編で発田が真相に気付き朝井に話す場面が、雑誌では存在しないことだろう。それ以外にも解決編は全体的にかなり書き直されており、より読者へ与えるインパクトが強まるように修正されている。連城三紀彦が、いかに読者を驚かせることに心血を注いでいたかが感じ取れるだろう。

57 『さざなみの家』（二〇〇三年、ハルキ文庫〔連作短編初出…〈解脱増刊SUN・SUN〉一九九五年春号～二〇〇〇年冬号〕）【品切れ】

収録作…「春ささやか」「成人祝い」「何となく…」「一年の赤」「わき役」「トマト色」「夏のかけら」「レタスの芯」「母二人」「集一クン」「嘘それぞれ」「苺のダイヤ」「アルミの春」「風の言ぶん」「秋風のとげ」「小姑」「桜前線」「ネクタイの結び目」「真心サービス」「箱庭の家」「窓」「卵のカラ」「大きな傘の下」「もみじの春」

◆解題

本書は『一夜の櫛』『背中合わせ』に続く文庫オリジナル作品集。前作同様〈SUN・SUN〉に掲載された掌編二十四編を集めたものだが、独立した短編集だった前二作とは異なり、本書は収録作の全てがひと繋がりとなり、ひとつの家族を描く連作短編集になっている。

冒頭の「**春ささやか**」（初出…一九九五年春号）から、不可解な手紙を巡る逆転の構図が僅か11ページの中で炸裂する連城ミステリの味わいは健在。全てがミステリ色のある話ではなく、基本的にはひとつの家庭の中にたつさざなみを切り取った普通小説の趣きだが、ごく短いエピソード群の中にも連城らしいガジェットや構図が詰め込まれ、連城作品として楽しめる。掌編の中ですら構図の反転を決めずにはいられないミステリ作家としての業には、良い意味で呆れ混じりに笑うほかない。

最後は特に区切りのいいオチがつくわけでもなく、（掲載誌の終刊のため）まだまだ続きそうなところでなんとなく幕が引かれるが、日常には区切りのいいオチなどない、という意味では正しい幕引きなのかもしれない。どこまでも続いていく家族の営み、その数年間をちょっと垣間見る。そんな風情の、地味だが捨てがたい佳作である。

58『流れ星と遊んだころ』（二〇〇三年、双葉社→二〇一四年、双葉文庫）［長編（初出…〈小説推理〉一九九七年六月号～一九九八年六月号）］［入手可］

◆あらすじ

映画スター「花ジン」こと花村陣四郎に隷属させられているマネージャーの北上梁一は、ある夜、一人の女に出会い、誘われるままについていくと、その兄だと名乗る男に脅迫されることに。だが梁一はその二人――鈴子と秋場との出会いでひとつの夢を抱く。それは自らの手で新たなスターを生み出すことだった。花ジンを新作映画から引きずり下ろし、抱いた夢を実現するため、梁一は二人と手を組むが……。

◆解題

九七年から九八年にかけて〈小説推理〉で連載された（ちなみに連載時のジャンル表記はなんと《ハートウォーミング・ストーリー》である。これもトリックのうち？）後、〇三年になってようやく単行本化。〈このミス〉では九位にランクインしたものの、長らく文庫化されず、著者没後の一四年になってようやく文庫化された本作は、連城三紀彦の書き続けた恋愛ミステリの集大成というべき大傑作である。

連城作品の騙りの構図を作り上げるのは登場人物の嘘と演技だが、本作は芸能界、映画の世界を舞台とすることで、嘘と演技による虚々実々の騙し合いに必然性が生まれていく。序盤から、次から次へとどんでん返しが繰り返され、一行たりとも気が抜けない展開が続くが、その中でそれぞれに嘘と演技で騙し合う梁一と秋場、鈴子の三人の関係は錯綜していく。いったい何が本当で何がそれぞれの本心なのかも見定めがたいが、一人称と三人称の間を自在に行き交う魔術的な語りは、そんな眩惑のプロットの中でなお、大胆不敵な大技を炸裂させる。

細かいどんでん返しを数珠つなぎにしていく迷宮的な構造の中に、豪快な大技まで持ち込んでぬけぬけとそれを成立させてしまう本作は、連城長編ミステリの万華鏡感と、大がかりな反転が生む連城短編ミステリの驚きを極めて高度に両立させることに成功している。そして物語の根底にあるのは、複雑にして色気に溢れた三角関係であり、最後にはミステリの手法で書かれた恋愛小説として鮮やかに駆け抜けていく。本作は実質的に梁一と秋場の同性愛小説であるが、終盤の流れ星のような儚い美しさは、あの名作「白蘭」を想起させてやまない。

そう、本作は連城長編と連城短編の両方の醍醐味を兼ね備え、かつ連城ミステリの面白さと連城恋愛小説の儚さと美しさも兼ね備えた、連城三紀彦の作家的魅力のほぼ全てが詰まっていると言っても過言ではない、まさに連城恋愛ミステリの集大成的傑作なのである。

普通のミステリならば文庫版250ページの衝撃をラストに置くだろうから、ミステリを読み慣れた読者にはその先が長いエピローグに思えてしまうかもしれないが、恋愛小説としてはその終盤こそがあまりに美しいことは特記しておきたい。是非二読三読して、ミステリとしての企みと恋愛小説としての美しさを隅々まで味わい尽くして欲しい。

連城三紀彦が模索した恋愛とミステリの融合は、最終的に本作に辿り着いたと言ってしまっても構わないだろう。刊行時期的には二十一世紀だが、本作は系譜的には九〇年代連城恋愛ミステリの総決算であり到達点。連城ファンならずとも必読の傑作である。

さらりと読める作品ではないだけに、連城作品を読み慣れていないととっつき辛い、読みにくいと感じる人もいるだろうことは否定しないが、もし本作の語りの魔術に魅了されたならば、連城三紀彦を片っ端から読んで損はしないはずである。特に本作（の梁一と秋場の関係）が気に入った人は、「白蘭」（『たそがれ色の微笑』収録）は絶対の必読。『ため息の時間』も是非手に取ってほしい。また、このどんでん返しの嵐にもっと翻弄されたい人には『美の神たちの叛乱』や『明日という過去に』、そして『造花の蜜』を強くオススメする。

現在入手可能な双葉文庫版の千街晶之の解説は、本作の魅力を的確にまとめているだけでなく、没後最初の文庫ということで連城三紀彦の経歴と作品を概観しており、単体で連城ガイドとしても非常に有用な名解説である（特に注目されにくい九〇年代の作品に筆を割いているのが素晴らしい。筆者は本作がきっかけで連城の絶版作品を集め始めたため、本作の解説が非常に役立った）。『おすすめ文庫王国２０１５』のミステリー部門で一位にも選ばれた、この文庫版が末永く読み継がれることを願ってやまない。

59『造花の蜜』（二〇〇八年、角川春樹事務所→二〇一〇年、ハルキ文庫［上下巻］）［長編（初出…〈南日本新聞〉ほか地方紙順次掲載、二〇〇七年一月〜二〇〇八年十月）］［入手可］

◆あらすじ

歯科医の夫と離婚し実家に戻った香奈子は、スーパーで息子の圭太の姿を見失う。無事発見された圭太は、なんと誘拐されそうになったと言い出した。しかも犯人は「お父さん」を名乗ったという……。香奈子はある事情からそれを警察に知らせないままでいたが、一ヶ月後、今度は本当に圭太が何者かに誘拐された。それが前代未聞の誘拐事件の始まりだった——。

◆解題

生前最後の刊行となった本作は、〇七年から〇八年にかけて地方紙で連載された誘拐ミステリ長編である。発売日の関係で〈このミス〉〈週刊文春〉のランキングからは漏れたものの、〈ミステリが読みたい！〉二〇一〇年版第一位、第九回本格ミステリ大賞候補となり、ミステリ作家・連城三紀彦の衰えぬ実力を見せつけた本作は、全連城長編の中でも抜群のエンタメ性に特化した傑作だ。

どんでん返しを積み重ねていく連城長編の手法を、徹底してエンターテインメントに奉仕させた前半の面白さは、まさに天下無敵。次から次へと巻き起こる不可解な事態、積み重なる無数の謎を、抜群のリーダビリティでぐいぐいと引っ張っていく。明瞭簡潔なエンターテインメント小説に慣れた読者には読みにくいとも言われがちな連城の文体だが、本作は連城作品の中でも非常に可読性が高く、奇想天外な展開にあれよあれよと読まされるだろう。

後半（文庫版の下巻）からは視点が犯人側に移り、驚くべき真相が明らかになっていく。構造的には本作は初期の某傑作短編の長編化、あるいは『人間動物園』をエンタメに特化させた発展形と言えるが、他の誘拐短編群のアイデアもそこに持ち寄り、連城誘拐ミステリの総決算とも言うべき壮大な打ち上げ花火を見せる。ただそれ故、『人間動物園』から続けて読むと焼き直しという印象を受けるかもしれない（刊行順ではほとんど間が空いていないが、この二作が実際に書かれた時期は十二年ほど離れている）。『人間動物園』と本作のどちらを先に読むべきかは難しい問題だが、本作の方が連城長編入門に向いているのは確かだ。

いずれにせよ、本作は連城三紀彦のテクニックをエンターテインメント性に全振りした、一気通読の誘拐ミステリ史上に燦然と輝く大傑作である。これでもかと読者を翻弄するその連城マジックにとことんまで酔いしれてほしい。

……というところで本作の紹介を終わらせてしまってもいいのだが、もうひとつ書かねばならぬことがある。できれば**ここから先の三ページ強は本作読了後に読んでほしい**。はっきりしたネタバレを書くわけではないが、本作の構造そのものに言及するので注意されたい。

問題となるのは、本作の最終章「最後で最大の事件」である。この最終章は刊行当初から賛否両論を巻き起こした。事件そのものはその前の章でほぼ終了しており、ラスト八〇ページ（文庫版計算）で全く別の話が突然始まるからだ。このため、最終章に対しては、そこで炸裂する大仕掛けに喝采を送る読者がいる一方、蛇足である、全体の完成度を損ねているという批判も多くある。その賛否両論ぶりは、たとえば本作がノミネートされた第九回本格ミステリ大賞の選評を読めば一目瞭然だ（かつては本格ミステリ作家クラブのサイト上で全て読めたのだが、現在はサイトリニューアルで読めなくなってしまった。光文社刊の『本格ミステリ大賞全選評　２００１〜２０１０』に収録されているので、興味のある人は図書館などでそちらを探してほしい）。

だが、読者は『人間動物園』で気付くべきだったのだ。連城三紀彦は、思いついたアイデアを実行するためなら、一見して作品の完成度が落ちるように見えるようなことでもやらずにはいられない蛮勇の作家という側面を持っていることを。そして本作が『人間動物園』の発展形たるゆえんは、実はここにこそある。なぜ、本作にこの最終章が必要だったのか？

さて、ここで筆者も突然全く関係のないように見える話をしよう。『誰かヒロイン』のこと――正確には、その文庫版に収録された短編「ヒロインへの招待状」のことだ。『誰かヒロイン』は九四年から九五年にかけて双葉社の女性向けファッション誌〈MiL〉に連載、九五年に単行本が刊行されたあと、〇五年に双葉社〈小説推理〉誌上にスピンオフ短編「ヒロインへの招待状」が掲載され、〇九年刊の文庫版に併録された。問題は、なぜ〇五年に突然「ヒロインへの招待状」が書かれたのか。そしてなぜそこからさらに文庫版の刊行まで四年を要したか、という謎である。

連城三紀彦はその作家生活において、一度本になった作品のキャラクターを他作品に再登場させるということを全くしなかった。唯一のシリーズ探偵といえる田沢軍平ですら例外ではない。それなのになぜ、連城はそれまでの方針を破り、一度単行本になった『誰かヒロイン』のスピンオフ短編を〇五年になって唐突に発表し、あの三人組を再登場させたのか？

ここで、前章で筆者が『誰かヒロイン』の紹介に何と書いたかを思いだしてほしい。〝ミステリ読者は、長編の方は適当に読み流して、この短編の方を目当てに読むのをおすすめする〟――もし、連城三紀彦自身が『誰かヒロイン』という作品の出来に不満を持っており、「ヒロインへの招待状」を真の本編として書き下ろしたのだとしたら？　それにより、『誰かヒロイン』はスピンオフ短編のために長編を読む、という転倒が生じる。本来長編に付随するオマケのはずの短編が本編と化し、長編がそのための添え物となるという小説の常識を覆す逆説が成立する。――それこそが、『造花の蜜』という作品に込められた真意だったとしたら？

本作の最終章は、まるでスピンオフ短編のようにも見える。最終章がなくても話が成立するため、多くの読者が困惑した。だが、それはまるきり逆なのだとしたら。この最終章はそれ以前の話がなければ成立しない。だとすれば、小川圭太誘拐事件を描いた『造花の蜜』という長編こそが、「最後で最大の事件」という短編のための前振りに過ぎないのだとしたら。

そう、それこそが本作で連城三紀彦が仕掛けた最大のトリックなのだ。長編に短編が付随するのではなく、短編に長編が付随する。誰もが小説の常識に囚われ、連城の咲かせた造花を本物の花と見誤ったのだ。連城は本編たる短編のトリックを成立させる、そのためだけに前振りとして文庫五〇〇ページ以上の長編を書いたのである。だからこそ最終章のタイトルは「最後の事件」ではなく「最後で最大の事件」なのだ。この八〇ページほどの短編こそが、それまでの五〇〇ページにわたる事件を従えた主体であることが、この章題に示されている。

さらに言えば『造花の蜜』というタイトルそのものもこの構造の象徴なのだ。造花が蜜を滴らせることはない。ならば造花が蜜を生じたとき、人はどちらに仕掛けがあると考えるか。当然、造花の方だ。蜜を生む造花自体に仕掛けがある、誰でもそう考える。だが、本作のタイトルは『造花の蜜』なのである。語句としての主体は蜜の方にあるのだ。即ち、長編という造花から滴った「最後で最大の事件」という蜜に――。

そして『造花の蜜』の刊行後の〇九年に連城が『誰かヒロイン』の文庫版を出したのは、この構造の種明かしだったのではないだろうか。「ヒロインへの招待状」の発表から『誰かヒロイン』の文庫化までさらに四年が空いたのが、『造花の蜜』の刊行を待っていたからだったとしたら……。

おそらく、「ヒロインへの招待状」を書いた時点で『造花の蜜』の構想が連城の頭の中には既にあったのだろう。即ち短編のために長編を書くという価値の逆転の構想が。読者の持つ常識を逆手に取った反転は、連城ミステリの驚きの根幹を為すものである。そう、それを連城三紀彦自身が作品そのものでやってしまったとして、何の不思議があるだろうか!

これは単なる筆者の妄想ではない。連城三紀彦自身が、この最終章をやりたいがためにこの長編を書いたのだと、インタビューで語っているのだ。〈オール讀物〉〇九年一月号の「ブックトーク」に曰く――〝やりすぎかもしれないし、最終章がないほうがバランスがよいという意見もあるかもしれません。でも、僕はこのラストを書きたいがために前半、中盤を頑張って仕込んだんです(笑)〟

そう、連城の狙いはまさしく、このラストにこそあった。すなわち、本作の構造そのものが連城流の逆説だったのだ。筆者はそう確信している。

60『小さな異邦人』（二〇一四年、文藝春秋→二〇一六年、文春文庫）［短編集］［入手可］［電書有］

収録作…「指飾り」「無人駅」「蘭が枯れるまで」「冬薔薇」「風の誤算」「白雨」「さい涯てまで」「小さな異邦人」

◆解題

連城の没後に刊行された本書は、〇〇年から〇九年にかけて〈オール讀物〉に掲載された八編を収めた、単行本の帯に曰く〝ミステリー&恋愛小説の名手からの最後の贈り物〟。連城が実母の介護に追われる生活の中で散発的に発表していった作品群だが、その内容はといえば、衰え知らずの発想と技巧が冴え渡る、言わずもがなの傑作集である。

巻頭の「**指飾り**」（初出…〈オール讀物〉二〇〇〇年十一月号）は、ミステリ的な構図も含むが、基本的には《恋愛小説館》シリーズの流れを汲む恋愛短編。別れた妻とおぼしき女が背中を向けたまま、指輪を道に投げ捨てる場面が鮮やかに印象に残る。

「**無人駅**」（初出…〈オール讀物〉二〇〇一年八月号）は、新潟・六日町に現れたひとりの女の奇妙な行動から、十五年前の殺人事件が浮かび上がるミステリ。女は時効寸前の事件の犯人と待ち合わせているのか？　人生に失敗した警察官が女を追うが……。語りの選択が真相と密接に絡み合い、トリッキーなプロットから捻りの利いた真相が浮かび上がる。連城ミステリの楽しみに満ちた秀作だ。

交換殺人ものの「**蘭が枯れるまで**」（初出…〈オール讀物〉二〇〇二年七月号）は、本書のベストを争う傑作。有希子は小学校の同級生だという多江から、互いの夫を殺す計画を持ちかけられる……。連城三紀彦らしい構図の転換と、交換殺人というアイデアが見事に絡み合い、このジャンルの新境地を拓く驚愕の真相を露《あらわ》にする。衰えぬ発想力に脱帽するしかない一作。また、造花と蘭というモチーフから、『造花の蜜』の原型のひとつとなった作品であるのは間違いなく、その点からも興味深い。

「冬薔薇」（初出…〈オール讀物〉二〇〇四年十一月号）は『暗色コメディ』を想起させる、幻想ホラー的な味わいの異色作。悠子は電話で呼び出されたファミリーレストランで、浮気相手の男に刺し殺される。だが目を覚ますと、またその男からの呼び出しの電話が鳴っている……。夢と現実のあわいを彷徨う語り口に油断していると、不意打ちの真相に驚倒必至。魔術的な語りの技術が冴えに冴える傑作だ。

「風の誤算」（初出…〈オール讀物〉二〇〇五年二月号）は「陽だまり課事件簿」や「孤独な関係」を思い出させる会社員もの。なぜか常に噂のネタになる課長。増殖する噂はついに、課長が連続通り魔殺人の犯人なのではないかというところまでエスカレートしていき……。噂の真偽を巡って、これまたトリッキーなプロットで魅せる秀作である。

しかしトリッキーさでいえば、本書でも筆頭と言えるのが**「白雨」**（初出…〈オール讀物〉二〇〇五年七月号）。娘へのいじめと、三十二年前に両親が起こした心中未遂事件の真相。ふたつの問題の狭間で揺れる千津の記憶に隠された真実とは……。二転三転するプロットが、最後は読者の盲点を突いた驚きの真相に直結する。《花葬》シリーズを思わせる凝り凝りの一編であり、実際に〇九年に発表された《花葬》最終作「夜の自画像」と非常に雰囲気が近く、読み比べてみるのも一興。また連城の×××もののひとつとしても味わい深い。

「さい涯てまで」（初出…〈オール讀物〉二〇〇六年二月号）は、駅の職員同士の不倫の話。ふたりが旅行に出かけるたび、数日後に窓口に謎の女が現れる……。連城らしいシチュエーションと奇妙な謎で読ませる佳品。

そして、生涯最後の短編となった表題作「**小さな異邦人**」（初出…〈オール讀物〉二〇〇九年六月号）は、またしても誘拐ミステリの新たな地平を拓いた傑作。八人の子供を女手一つで育てる大家族のもとに、子供を人質に三千万円を要求する誘拐犯からの電話が掛かってくる。だが、子供は八人全員が揃っていた……。魅力的な謎と突飛なアイデアを、そこからしかないという視点から描き、誰も読んだことのない誘拐ミステリを成立させる。最晩年にあってなお、余人に到達し得ぬミステリの境地にいたことをまざまざと見せつける、ミステリ読者必読の逸品だ。また連城ファンの視点からは、作中で提示される子供たちの推理が色々な意味で楽しい。

以上八編、本書はつくづくその早すぎる死を惜しませる作品が並んだ傑作集である。本書の各種ミステリランキング上位ランクインは、それまでの黙殺ぶりを考えれば香典票という側面が強いだろうが（本書が上位に入るなら、九〇年代の短編集もそうであるべきだった。読まれていなかっただけで、連城は常にこのレベルのミステリ短編集を書き続けていたのだから）、死去をきっかけにようやく連城ミステリの価値が見直されたのだと肯定的に捉えたい。

何にせよ、本書もまた広く読まれ、連城ミステリの魅力を伝える契機となってほしい一冊である。それと、できればこれが最後の贈り物とはならず、「夜の自画像」をはじめとした、個人短編集未収録となっている短編・掌編をまとめた短編集を、是非ともどこかの出版社で刊行していただきたいものだが……。

61『処刑までの十章』（二〇一四年、光文社→二〇一六年、光文社文庫）【長編（初出…〈小説宝石〉二〇〇九年一月号〜二〇一〇年二月号、二〇一〇年七月号〜二〇一二年三月号）】【入手可】【電書有】

◆あらすじ

平凡な会社員の西村靖彦が、ある日突然失踪した。彼の残した謎めいた言葉「五時七十一分」が、高知・土佐清水での放火殺人事件とその失踪を繋ぐ。弟の直行は、兄嫁の純子とともに兄の行方を追うが、次々と明らかになる謎の数々、そして義姉の不可解な言動に、事態は混迷を極めていく。兄はなぜ消えたのか、そして殺人事件の犯人は……？

◆解題

本作は〈小説宝石〉に〇九年から一二年にかけて連載された（途中四ヶ月の休載を挟む）、連城三紀彦の生涯最後の小説となる長編である。遺作にして一千枚という大作であり、没後、一周忌となる一四年十月に『女王』に先んじて刊行された。その内容はといえば、『花堕ちる』や『褐色の祭り』の系譜に連なる人捜しミステリという枠組みの中で、その二作よりも遥かに混沌とした嘘と真実の迷宮に読者を誘う、どこを切っても連城印のミステリ長編だ。

本作も前半は、細かいどんでん返しを積み重ねていく九〇年代連城長編ミステリの色が濃い。だが本作は中盤である人物に対し疑いが向き始めたあたりから、さらなる混乱の渦へ読者を導いていく。何が嘘で何が真実なのか、登場人物の混乱とともに読者はただただ霧の中を彷徨うしかない。

ミステリとしては、本作の軸となる謎は〝顔のない死体〟。連城はこのテーマを生涯、手を変え品を変え書き続けたが、普段は意外性のために隠蔽することが多いこのテーマを前面に出し、〝被害者は誰か〟という謎が様々に形を変えながら謎の中心に居座り続ける。〝五時七十一分〟という不可解な時刻表記の謎や、アサギマダラのイメージがそこに眩惑的な雰囲気を添えていき、〝何が起こったのか〟を中心にした、推理と疑心暗鬼の迷宮を築き上げる。モチーフも読後感も『わずか一しずくの血』との共通点が非常に多く、構想自体が『わずか〜』の変奏・再演であった可能性は高い。

しかし、では傑作かと言われると、いささか答えに窮する。最大の問題は、終盤にあまりにも魅力的な〝解決〟を提示しながら、それを自ら否定してしまう結末である。それ自体は他の連城作品にも見られる傾向だが、本作はそれによって、事件そのものは解決するものの、それによって全てが振り出しに戻ってしまったような、ひどくモヤモヤとした読後感を残す。これは捻りすぎたが故の着地失敗か、それとも狙い通りなのか。個人的には後者であり、大胆極まりない企みを秘めた作品だと考えているが（本作の狙いについての詳細は、後の論考で詳しく述べる）、しかしその狙いが一般的な意味でその作品の成功に繋がっているか、という点を問われると、苦しいと言わざるを得ない。連城に本作の改稿をする余裕が遺されていたならば、果たしてどうなっていただろうか。

というわけで、遺作となった本作は万人向けの傑作とは言い難く、連城初心者には勧めかねるものの、連城らしさに溢れた長編であるということに間違いはないし、この作品が連城の遺作となったことにも象徴的なものがあると個人的には考える。本作に対する個人的な見解は論考「謎解きは終らない――『処刑までの十章』論」で詳しく述べるが、連城ファンは本作の迷宮から、連城が最後の作品で挑もうとしたものにそれぞれ手を伸ばしてみてほしい。

62『女王』（二〇一四年、講談社）［長編（初出…〈小説現代〉一九九六年三月号～一九九八年六月号）］［入手可］［電書有］

◆あらすじ

昭和二十四年生まれの荻葉史郎には、なぜか東京大空襲の記憶があった。彼を診察した精神科医の瓜木は、大空襲の夜、確かにこの男に会っていたことを思い出す……。十七年後、瓜木は史郎とその妻の加奈子とともに、史郎の祖父・祇介の謎の死と、史郎の記憶の謎を探る旅に出る。邪馬台国研究者であった祇介はなぜ吉野へ向かい、若狭で死んだのか……？

◆解題

本作は九六年から九八年にかけて〈小説現代〉で連載されたのち、何度も刊行が予告されながらも延期され続け、没後の一四年にようやく刊行された。連城三紀彦に疑似歴史小説家という側面があることは既に何度も書いてきたが、本作はその中でも極めつけというべき、なんとびっくり邪馬台国の謎に迫る壮大な歴史ミステリである。

これまでにも『敗北への凱旋』『黄昏のベルリン』『落日の門』といった歴史の要素のある作品はいくつかあったが、本作はそれら以上に、大枠はストレートな歴史ミステリになっており、魏志倭人伝の有名な一節「水行十日、陸行一月」の謎解きが全体を貫いている。しかしもちろん連城なのでそれだけには留まらない。輪廻転生か時間ＳＦかとしか思えない幻想的な記憶の謎、邪馬台国研究者だった祖父の死の謎といった、いくつもの謎が絡み合い、邪馬台国の謎解きと並行して、邪馬台国に取り憑かれた人間たちの愛憎のドラマが繰り広げられる。その濃密さは連城長編の中でも屈指だろう。
邪馬台国の謎解きは、実在史料を駆使して厳密な場所の特定を目指す方向にはいかず、作中作というべき、とある登場人物の残した架空の文章を軸に魏志倭人伝の読み解きを試みていく。そのため、構造的には本作も正統派の歴史ものというよりは、『敗北への凱旋』や『落日の門』に連なる疑似歴史小説というべきだろう。作中作をあくまで虚構としてその謎解きを作中で試みるという本作の構造は、過去の連城の疑似歴史小説への自己言及、あるいは『ため息の時間』『明日という過去に』などの九〇年代前半の作品群の虚実テーマの再演のような雰囲気も漂う。歴史ミステリでは高橋克彦『写楽殺人事件』のように、架空の史料を謎解きの出発点にすること自体は珍しくないが、それを作中で虚構だと言い切ってしまうのは異様だ。その上で連城は、なぜ魏志倭人伝の記述がああも曖昧なのかというホワイダニットから歴史の謎に切り込んでいく。学説としての信用性は作中で何度も弁解されるように脇に置いて、いかにも連城らしい着眼点からの斬新な魏志倭人伝解釈を楽しんでほしい。

歴史の謎と並行する、祖父の死と語り手の記憶をめぐるミステリからは、過去の様々な連城作品が思い浮かぶ。具体的なタイトルを挙げていくとネタバレになるので伏せるが、本作はもちろん焼き直しというわけではなく、それらよりもさらに壮大な奇想を展開していく。その意味で本作は疑似歴史小説方面を軸にした連城ミステリの集大成とも言うべきだろう。

本作は全連城長編の中でも屈指のスケールと密度を誇る大作だ。それ故に連城初心者向けとは言い難いが、連城ファンならたまらない奇想と展開が襲いくる作品である。連城ファンは無論のこと必読の一冊。じっくり腰を据えて堪能してほしい。

『連城三紀彦 レジェンド 傑作ミステリー集』（二〇一四年、講談社文庫）［短編集］［入手可］

収録作…「依子の日記」「眼の中の現場」「桔梗の宿」「親愛なるエス君へ」「花衣の客」「母の手紙」

◆解題

本書は綾辻行人・伊坂幸太郎・小野不由美・米澤穂信の四人を選者に迎えた、連城三紀彦のミステリ短編のアンソロジーである。ハルキ文庫の再編集版を除けば、連城三紀彦の個人傑作選が編まれるのは本書が初ということになり、そういう意味でも貴重な一冊だ。

収録作は六編。『変調二人羽織』から「依子の日記」、『紫の傷』から「眼の中の現場」、『戻り川心中』から「桔梗の宿」、『瓦斯灯』から「親愛なるエス君へ」「花衣の客」、そして『日曜日と九つの短篇』から「母の手紙」。個々の作品についてはそれぞれ収録単行本のページで紹介しているので、詳しくはそちらを参照してほしい。

タイトルだけ見れば通好みのラインナップという雰囲気だが、比較的シンプルなどんでん返しの作品から入り、二転三転する怒濤の反転劇、連城の代表作たる《花葬》の人気作、絶大なインパクトを誇る衝撃作、恋愛小説とミステリの両方が味わえる傑作、そして普通小説の中にアクロバティックな企みを秘めた作品と、連城の作風の特色がよく現れた作品が揃えられている。連城初心者に向けた入門書として、非常によく考えられたセレクトであると言えよう。特にその短さ故にこの中では埋もれそうな「母の手紙」を最後に配置することで印象に残す並びは秀逸である。連城入門にはうってつけの一冊なので、まずここから読むのが現在ならベストだろう。

では、収録作を全部ないし大半読んでいるような連城ファンは本書は買わなくて良いのか。否、連城ファンこそ本書を買うべきである。連城作品が二読三読に耐えることは言うまでもなく、既読作も再読で新たな発見があることだろう。そしてまた、収録作にはそれぞれ選者のコメントがついており、連城作品全体の傾向とその中における「花衣の客」の位置づけまでを短い文章で概観した米澤穂信のコメントなどは非常に読み応えがある。

そして、本書の連城ファン向けの目玉は巻末の綾辻行人×伊坂幸太郎対談。とにかく対談の全部に渡って、ふたりの連城作品への並々ならぬ愛情が溢れており、連城ファンならその作品評に何度も頷き、ふたりの熱意に頬が緩むことだろう。連城ファンにとっては面白すぎる対談なので、このためだけにでも本書を買う価値がある。

本書に収録された綾辻・伊坂対談の最後を締める伊坂幸太郎の言葉は、そのままこの原稿を書いている筆者の願いでもある。この『連城三紀彦レジェンド』をきっかけに、連城三紀彦の遺した傑作群にひとりでも多くの読者が触れて欲しい。——のだが、そう多くない入手可能作品でさえも、大きな書店でないとなかなか売っていないのが現状だ。本書や宝島社文庫版『夜よ鼠たちのために』などは多少なりとも版を重ねたはずであるし、これからもまた連城作品が読者の目に触れる機会が増えてくれることを願うばかりである。

63『わずか一しずくの血』（二〇一六年、文藝春秋）［長編（初出…〈週刊小説〉一九九五年五月十二日号〜一九九六年十一月八日号）］［入手可］［電書有］

◆あらすじ

一年二ヶ月前に蒸発した石室三根子から、夫の敬三と娘の千秋の元に突然電話が掛かってきた。温泉旅館にいるという三根子は、十時のニュースに自分が出ると告げる。そのニュースでは、群馬の山中で薬指に指輪をつけた左足の白骨が見つかったと報道された。白骨は妻の左足なのか？ そして翌朝、群馬の温泉旅館で左足を切断された女の死体が発見される。だがそれは、次々と発覚する不可解なバラバラ殺人の始まりに過ぎなかった……。

◆解題

〈週刊小説〉に九五年から九六年にかけて《長編猟奇ミステリー》と銘打たれて連載され、二〇一六年、連載終了から二十年を経てようやく単行本化された本作は、連続殺人鬼によるバラバラ殺人という題材を官能描写で彩る、刺激的なミステリ長編である。

失踪した妻から、自分の左足の発見を予言するような電話が掛かってくるとともに、直後にその妻らしき女が左足を切り取られて殺害される――という冒頭の謎のヒキは強烈無比で、連城長編でも随一かもしれない。そこで普通なら、たとえば『花堕ちる』のように、夫と娘が妻の行方を捜し始める、という話になるはずだが、本作はそんな素直な展開には進まない。ノンフィクション、ドキュメンタリー風の超越的な視点を採用し、旅館の中居と犯人の官能的な交錯が語られたかと思えば、犯人自身へと視点が移り、群馬県警の警察官たちの捜査が語られ、刑事のひとりが徐々に事件の核心に関わっていき――と、次々と登場人物が入れ替わり、誰が主人公なのかも定め難い万華鏡的な展開で、話はどんどん冒頭の謎を迂回していく。そのため読者は、いったいこの話の中核はどこにあるのか、という足元の覚束ない感覚を味わいながら読み進めていくことになる。〝被害者は誰か〟という謎を含め、この霧の中を迷走し続けるような読感は、バラバラ殺人というモチーフまで含めて、『処刑までの十章』にあまりにもよく似ている。そして辿り着く最終的な真相では、いくつもの奇想が畳みかけられ、唖然とさせられること請け合いだ（真相の性質は、近い時期に書かれた某長編や某短編を思わせる）。

ただ作品評価としては、『処刑までの十章』が傑作とは言い難いのと同様、本作も傑作と呼ぶのはいささか躊躇するところがある。中盤の迷走感はともかくとしても、殺人のフーダニットに関して『処刑までの十章』の最終的な真相と非常によく似た問題を抱えており、大胆なミスリードと後半のどんでん返しの一部が、これによって効果を減じている感は否めない。また、事件全体の構図と犯人の動機、バラバラ殺人の意味といった壮大な奇想の畳みかけが、かえって個々のインパクトを打ち消し合ってしまっている感もある。事件の背景として挿入される〝沖縄の悲劇〟も含めて、後半の謎解きが未整理で、せっかくの奇想を殺してしまっている印象はいかんともしがたい（このあたりの印象も『処刑までの十章』に非常に近いものがある）。

なお、単行本化された内容は雑誌連載からほぼ変わりないが、序盤の描写が若干刈り込まれており、連城に加筆修正の意欲があった痕跡が窺える。というわけで本作は、『処刑までの十章』と同様、納得のいく加筆の為された完成版を見たかった作品と位置づけるのが妥当であろう。

附章（一）　単行本未収録作品を読む

連城三紀彦には二〇一六年十一月現在、未単行本化の長編が二作と、個人短編集に収録されていない短編が確認されているだけで二十五編存在する。短編はそのうち、新品で入手可能なアンソロジーで読める作品が三編、品切れだがアンソロジーで読める作品が七編、同人誌に収録された作品が五編あり、短編一作品を除いて国会図書館で読める。以下、短編→長編の順で発表順に紹介する。

◇**「過剰防衛」**（初出…〈ショートショートランド〉一九八二年夏号）

一人娘の恋人・東を刺殺した容疑で逮捕された小田は、弁護士の立木にこう訴えた。東の死は自殺であると証明する遺書を所持しているが、そこには自分の恥が書かれているので公開したくない。なので東に襲われての過剰防衛だったとして弁護してほしい、と……。変わったシチュエーションと意外な結末という、ショートショートのお手本のような一作。雰囲気としては『密やかな喪服』の収録作に非常に近い。不倫ミステリ路線に舵を切る前の、様々な作品を書いていた初期連城の香りある小品だ。

◇「**洗い張り**」（初出…〈季刊SUN・SUN〉一九八八年秋号）

娘の結婚式の帰り、里津は離婚した自分の両親のことを思い出す。自分の結婚式にこなかった母が、結婚祝いとして渡した留袖。その死の間際、母はうわごとのように、「留袖を一度洗い張りに出してちょうだい」と言った……。『恋愛小説館』のあとがきで連城は〝（恋愛につきまとう生活の雑事の）埃と煤のほうを書きたかった〟と記しているが、その言葉を強く思い出させる一編。母が留袖に託したものは何か、というミステリ的趣向とともにいかにも連城らしい真相が明らかになるが、やや分量が足りなかったか、里津の現状と真相が上手く重なってこない。そのあたりが作者的にも不満足で単行本から漏れたのかもしれない。

なお、本作は掲載誌が国会図書館や大宅壮一文庫にも収められておらず、現物を確認するには発行元の宗教団体「解脱会」に連絡を取る必要があったが、現在は一六年二月刊の同人誌『幻影城　終刊号』に収録され、他の〈SUN・SUN〉掲載の未収録掌編四編とともに読める。

◇「**別れ、の香り。**」（初出…〈エスクァイア日本版〉一九八九年五月号）

ニューヨークに長期の出張に出た男のもとへ、日本に残してきた恋人から手紙が届く。香水の匂いのついたその手紙は、なぜか翌日から全く同じ文面で毎日届き……。連城作品では珍しい男性誌に掲載された掌編。十通の同じ文面の手紙が意味するものは何か、という一種の暗号ミステリとしても読める一作である。

◇「**別れ話**」（初出…〈アフィニスクルー〉一九八九年七月号）

38字×13行で六ページと少しという非常に短い掌編。不倫関係にある四十歳のカメラマンと二十七歳のモデルが別れ話をする、それだけの話だが、短い中にも連城らしい会話と小道具がさらっとした話を効果的に彩る小品だ。ダイヤモンド社刊『コロンブスの贈り物』収録（品切れ）。

◇「**黒真珠**」（初出…〈クロワッサン〉一九九〇年六月十日号～八月二十五日号）

妻子ある男・上村と、妻に知られるかどちらかが飽きたらすっぱり別れよう、というドライな愛人関係にある恭子の元に、上村の妻が乗り込んでくる……。おなじみ妻と愛人の対決の話だが、短い中に次々と意表を突いた展開を繰り出してくる恋愛ミステリ。トリッキーなプロットを通して、恭子の心の揺らぎが丁寧に描かれ、真相の意外性がテーマを照射する。単行本未収録なのが不思議な秀作であり、また連載の各回ごとに読者を驚かせようとする連城のサービス精神を明瞭に見て取れる一作でもある。マガジンハウス刊『女が35歳で Part3』収録（品切れ）。

◇「**夢路より**」（初出…〈中央公論文芸特集〉一九九〇年秋号）

京都をひとりで訪れた翻訳家の小沢。その旅館に浮気相手の節子が現れ、彼に向けて離婚届を差し出した……。『美の神たちの叛乱』の連載期間に書かれた数少ない短編のひとつ。『恋愛小説館』路線の恋愛短編だが、連城三紀彦と離婚届といえば、という連想は本作にもあてはまる。ひねくれた逆説による男女関係の反転劇という意味で、典型的な連城恋愛短編といえるだろう。

◇「**名前**」「**真珠**」（初出…〈クロワッサン〉一九九一年四月二十五日号）
《空想劇場〝情事〟のシナリオ》という特集に書かれた、掌編よりもさらに短い、情事場面のワンカットだけを切り抜いた小品。「名前」は四〇〇字、「真珠」は二〇〇字と、小説と呼んでいいのかも怪しいが、創作であることは確かなのでここで扱う。

◇「**海と子供**」（初出…〈相鉄瓦版〉六八号（一九九二年十一月発行））
夫に愛人がいることが解り、ふらりと日本海を見に秋田行きの特急に乗った章子。その隣に座った小学生の少年は、離婚した母に会いに行くという……。章子が少年との触れあいで自分の本心を確かめるという、要約すればそれだけの話だが、夫の浮気をめぐる章子の心理描写や子供の使い方など、様々な意味で連城らしさに満ちた掌編。なお、本作は掲載誌が国会図書館に収蔵されておらず、神奈川県立図書館か横浜市中央図書館、もしくは横浜市保土ヶ谷図書館に行く必要がある。

◇「**赤い蜂**」（初出…〈季刊SUN・SUN〉一九九二年冬号）
孝子は十年来の友人の冬美から、妊娠したと知らされる。だが、冬美とその夫の間には離婚話が持ち上がっているといい……。ほぼ全編が女二人の会話劇だが、短い中で話の様相が二転三転し、最後には意外な真相が浮かび上がる佳品。『背中合わせ』から漏れた理由は不明だが、連城自身に何か不満足な部分があったのだろう。同人誌『幻影城 終刊号』収録。

◇「**まわり道**」〈初出…〈季刊SUN・SUN〉一九九三年夏号〉
『背中合わせ』収録作とは同題の別作品。深夜、優子の元に婚約者の彰一が酔った声で、婚約破棄を申し込む電話を掛けてきた……。不倫の恋に破れ、平凡な男との平凡な結婚を選んだはずだったのに……という主人公の思いの陰から、男の不器用な思いが浮かび上がる。これも『背中合わせ』から漏れた作品だが、おそらくタイトル被りのせいだろう。同人誌『幻影城 終刊号』収録。

◇「**片思い**」〈初出…〈季刊SUN・SUN〉一九九三年冬号〉
夫と酒屋を経営する伸江は、夫の女道楽よりも、勤めて三年になる店員・良二の恋人のことに苛立ちを覚えていた。レジの売上げが少ないのは、良二がその娘に金を渡しているためではないのか……。青年の行為の意外な真相が明らかになる、軽いミステリ仕立ての作品。ただ真相が明かされたあとの結末の処理には不完全燃焼の感が残る。

ちなみに本作と「花のない葉」、『年上の女』に収録された「七年の嘘」の三編は、『背中合わせ』の刊行後、掲載誌のリニューアルに伴う『さざなみの家』収録の連作の開始以前という、ちょうどエアポケットのような期間に発表されたために宙に浮いてしまった作品。「七年の嘘」だけが『年上の女』に拾われた理由は不明。同人誌『幻影城 終刊号』収録。

◇「**媚薬**」〈初出…〈文藝春秋〉一九九四年五月号〉

昭夫は妻から、七十三歳になる母が薬局の大先生に熱を上げているという話を聞かされる。母はその大先生とかつて恋仲だったが、別れて父と結婚したという過去があった。昭夫は四十年前に死んだ父のことを思い出す……。エロティックな連想をしてしまうタイトルだが、内容は全くそんなことはなく、大先生に心を残したまま結婚した母に対する、亡父の思いを軸に、最後には心温まる結末が訪れる短編。反転劇の切れ味がやや弱いが、ほっこりする読後感は連城作品では貴重だ。明らかに連城自身の両親をモデルにした作品のひとつで、この作品も早死にした実父への連城なりの読経であったのかもしれない。

◇「**花のない葉**」〈初出…〈季刊SUN・SUN〉一九九四年夏号〉
夫はリストラ寸前、息子は暴走族予備軍。所帯やつれした夏子の元に、今は売れっ子漫画家の妻に収まった高校時代の親友・安美から「二百万円あげる」という電話が掛かってくる……。安美が夏子の引き立て役だった高校時代と、現在とで逆転したふたりの立場を軸に、僻みと優越とが入り交じる女同士の友情の話。最後には思わぬ真相が待ち構え、互いの思いが交錯する。短い中でミステリ仕立ての筋運びがテーマを浮かび上がらせる佳作だ。同人誌『幻影城 終刊号』収録。

◇「**裁かれる女**」〈初出…〈小説すばる〉一九九六年十一月号〉
弁護士の有紀子の元に、矢田圭一と名乗る飛び込みの依頼人が現れる。矢田は自宅の浴室に妻の死体があり、自分が疑われるだろうから弁護してほしいと言う……。『終章からの女』の第一部や、「眼の中の現場」を思い出させる二転三転の密室劇。人工性の極みのようなプロットでもって、徹底して読者を翻弄しようという意志に貫かれた作品だ。

講談社文庫『辻村深月選 スペシャル・ブレンド・ミステリー 謎008』収録（入手可）。選者の辻村深月は本作を「WHO」のミステリに分類しているが（慧眼である）、その「WHO」を通して最終的には「WHY」に着地させる、まさに連城ミステリらしいミステリである。発表時期と掲載誌からすると『美女』に収録されるのが自然なはずの作品だが、収録されなかったのは〝演技〟というあの短編集のテーマからは外れるためか。

◇「**白い言葉**」「**帰り道**」「**恋の時間**」「**初恋**」

〈初出…〈朝日新聞夕刊〉一九九七年六月六日、十三日、二十日、二十七日〉

四編まとめて朝日新聞社刊『恋物語』収録（品切れ）。いずれも小品のため一括で扱う。白眉は「帰り道」。新幹線で乗り合わせた女から、ホームで待っている男に渡してほしい、と封筒を預かるのだが……。思わぬ真相が待ち構える、掌編でも読者を驚かせようという執念を感じる一作。ほか、「白い言葉」は白紙の手紙という謎をめぐるちょっとしたミステリ仕立ての佳品。「恋の時間」は女が部屋に取りにきた忘れ物をめぐる話。「初恋」は舅から初恋の人を探してほしいと頼まれた妻の話で、心温まる小品だ。

◇「**ひとつ蘭**」〈初出…〈小説新潮〉一九九七年十一月号〉

高級旅館で中居をしている柚子は、飛び込みのひとり客の老婆・千代を迎えた。千代は、女将の喜世に奪われた亭主を取り戻しにきたのだという……。おそらく『隠れ菊』の柴田錬三郎賞受賞を受けて書かれたのだろう、旅館版『隠れ菊』という雰囲気の短編。主人公の柚子と義母の喜世の確執と、喜世と千代の確執が重なり合い、ひとつの真相が明らかになっていく。雰囲気的には一見、九〇年代後半のノン・ミステリ長編の系譜に連なる短編という色が濃いが、読者の常識の裏側から浮かび上がる〝真相〟の異様さには、紛れもなく連城恋愛ミステリの印が刻まれている。徳間書店刊『現代の小説１９９８』収録（品切れ）。

◇**「紙の別れ」**（初出…〈小説新潮〉一九九八年八月号）

桐沢は十五年前に別れた元愛人の柚子に会うため、加賀温泉を訪れた。桐沢と別れた後、島根の人気旅館の女将として知られるようになっていた柚子。だが旅館で桐沢を待っていたのは、部屋に残されたいくつかの折り紙だけで……。なんとびっくり、本作は「ひとつ蘭」の七年後を描いた続編である。前作でちらりと語られた柚子の元不倫相手・桐沢が語り手となり、柚子との別れとその後の桐沢自身の夫婦関係が軸となって話が進む。ラストが若干駆け足という印象もあるものの、連城らしい反転劇が複数回決まる秀作。「ひとつ蘭」ともども掲載誌の目次には《新・細うで繁盛記》という副題がついており、おそらく本来はもう何作か続編を書いて、柚子を中心とした旅館が舞台の群像劇ふうの連作短編集としてまとめる構想だったのだろう。

◇「**絹婚式**」（初出…〈銀座百点〉二〇〇〇年四月号）

銀座に結婚記念日の贈り物を買いにきた祐子は、そこで夫が女連れで歩いているのを偶然見かけてしまう。女は夫に「あとで、部屋の鍵を渡すから」と囁いた……。銀座をテーマに求められた作品だが、中身は全くもって連城三紀彦印の、『一夜の櫛』『背中合わせ』系列の夫婦ものの掌編。文春文庫『銀座24の物語』収録（入手可）。

◇「**酔芙蓉**」（初出…〈讀賣新聞夕刊〉二〇〇七年九月三日）

あなたにプロポーズされたとき、私は庭の酔芙蓉を見ていた。死んだ母を思い出して……。妻が夫宛の手紙の中で、両親の間にあった男女の葛藤を語るさらりとした掌編。なんてことのない話だが、花と浮気という題材があまりにも連城印な一編である。

◇「**紫の車**」（初出…〈小説宝石〉二〇〇八年六月号）

手相を見た妻が、近々あなたの大事な人が亡くなると言った。その翌日、愛人と伊豆旅行に出かけた直之は、そこで妻がひき逃げに遭ったという電話を受ける……。「大人のための恋愛小説」という特集に書かれた作品だが、中身はほぼミステリである。前半のミステリとしての魅力的な展開に対し、真相は連城作品的な意味での衝撃度こそ低いが、指輪の紛失が持つ意味の転調や、妻の真意がラストに残す余韻など、細やかな小説技巧が冴え渡る。アイデアや実験精神よりも、細部の技巧で攻めるという意味で、晩年の連城作品の中では正統派ゆえにかえって異色な作品かもしれない。派手ではないが、未収録作として埋もれたままにするには惜しい秀作だ。

◇**「夜の自画像」**（初出…『幻影城の時代 完全版』講談社ＢＯＸ（二〇〇八年十二月刊））

画商の父と、父が抱えていた天才画家。ひとりが殺され、ひとりが逃走した。だが、死体が火事に焼かれ、どちらが殺されたのかがわからない。事件現場に残された自画像と、羽織の裏に描かれた絵に隠された真実とは……。本作は「夕萩心中」（八二年）以来実に四半世紀ぶりに発表された《花葬》シリーズ第九作であり、最終作である。

他の《花葬》シリーズと比べると、本作は小さいどんでん返しを積み重ねる長編の作風に近い。それ故、衝撃度では他のシリーズ作品に一歩譲るものの、見えていたものが何度も反転し、最終的にはいかにも連城らしい反転の先に、一枚の絵に隠された真意に全てが集約される。その鮮やかな技巧は、晩年にして衰えぬ筆さばき。無論のこと必読の傑作である。「小さな異邦人」とともに、最晩年にあってなおこれほどの品質のミステリを書けてしまう連城の凄みを感じてほしい。掲載された『幻影城の時代 完全版』は入手困難だが、講談社文庫『Bluff 騙し合いの夜』に収録されている（入手可）。

マニア的な視点では、連城が（結果的に）最後となった《花葬》に選んだ題材が画家であり、〝顔のない死体〟テーマであり、また×××であったことも感慨深い。

◇『虹のような黒』

（初出…〈週刊大衆〉二〇〇二年十月二十八日号〜二〇〇三年七月十四日号、全三十六回）

◆あらすじ

大学教授の矢萩と不倫関係にある大学院生の紀子は、矢萩との結婚のため喫茶店で恋人の沢井に別れ話を切り出したところ、沢井から奇妙な絵を見せられる。紀子と矢萩の情事を描いたように見えるその絵は、矢萩やゼミ生の元にも何枚も送りつけられていた。さらに紀子は喫茶店の窓から、矢萩の奇妙な行動を目撃する……。そして二日後、矢萩の研究室でレイプ事件が発生する。犯人は密室状態の研究室にどこからともなく現れ、そして消えたのだ……。

◆解題

〈週刊大衆〉に〇二年から〇三年にかけて《官能ミステリー》と銘打ち、連城自身による挿絵を添えて連載された本作は、大学で起きたレイプ事件を巡っていくつもの謎が絡み合うミステリ長編である。題材からは初期短編「瀆された目」を想起させるが、もちろんあの短編とは全くアプローチは異なる。連城作品では非常に珍しい、フーダニットに主眼を置いた作品だ。

一章ではまず紀子の視点から矢萩、沢井らとの人間関係が説明され、事件に至るまでの経緯が描かれる。そして二章では〝わたし〟という一人称でレイプ事件の様相が執拗に描かれるのだが……詳述はネタバレになるので避けるが、初読時、この章のラストで筆者は完全な不意打ちを食らい、驚きのあまり机に突っ伏した、とだけは言っておこう。

続く三章からは二章までにちらりと登場していたゼミ生ら関係者たちの視点による犯人探しへと物語がシフトしていく。連城三紀彦のフーダニットといえば、「孤独な関係」に代表されるように、単なる犯人当てに留まらないひねくれた展開が身上だが、本作もその例に漏れない。登場人物の誰も彼もが怪しく、様々な事実が小出しにされるトリッキーなプロットによって、事件の様相は二転三転していく。終盤でいかにも連城が書きそうな極めて意外な真相を推理しながら、さらにそれをひっくり返してしまう畳みかけも、まさしく連城印。最終的な真相は某作家の初期長編を連想させるが、連城はその作家の愛読者なので、オマージュの意味合いもあったのかもしれない。なお密室からの人間消失の真相には期待してはいけないが、密室ものをほぼ全く書かなかった連城なのでそこはご愛敬というものだろう。

《官能ミステリー》という惹句が添えられている通り、連城作品の中では確かに官能色は強い部類に入る。とはいえ他の連城作品同様、官能的な描写においても直截に読者の欲情を煽ることには主眼が置かれておらず、愛欲に翻弄される男女の姿をミステリとして描いていると言うべきだろう。

最後の最後で匂わされる事実がいささか唐突であったり、最終的な真相への伏線が前半に不足の感が強いといった連載ゆえの弱点はあるものの、未単行本化のまま埋もれさせておくには惜しい作品だ。ただ掲載誌が掲載誌だけに図書館で読むには人目を憚るのが最大の難かもしれない。そういう意味でも単行本化が待たれるところだ。可能ならば連城自身による挿絵も全て収録した上での刊行を期待したい。

◇『悲体』（初出…〈すばる〉二〇〇三年八月号〜二〇〇四年七月号、全十二回）

◆あらすじ

幼い頃、二十も年上の韓国人の友人は、母とともに姿を消した。それから四十年が過ぎたある日、笹木哲郎はムクゲの花に誘われるように、ふらりとソウルを訪れた。四十年前に消えた青年と母は、まだ韓国で生きているのではないか？　そして、自分には韓国の血が流れているのではないか？　謎めいた女と、父が遺したあの青年からの手紙。いくつもの謎に惑いながら、哲郎はふたりの行方と自らの出生の秘密を求めて韓国を彷徨う……。

◆解題

本作は『ため息の時間』に続く、純文学誌〈すばる〉での二度目の連載作である。『ため息の時間』は暴露小説に擬態したホワイダニット・メタミステリだったが、本作をたとえて言うとすれば、私小説に擬態したホワットダニット・ミステリだろうか。

雑誌連載という形式を逆手に取って虚実の迷宮を作り上げた『ため息の時間』と同様、本作も一筋縄ではいかない極めて実験的な構造をもつ。連載の第三回から、突如として小説の中にエッセイが侵食し始めるのだ。そこでは、連城三紀彦の幼少期の韓国人の友人との思い出や、『恋文のおんなたち』などに収録された両親についてのエッセイが挿入・引用され、それが小説の内容とリンクして、小説のベースが実話であることを作中で明示していく。

そのため、虚構の物語であるはずの小説に対し、いつしか読者は連城三紀彦の私小説を読んでいるような錯覚をおぼえることになる。しかし同時に、語り手と連城三紀彦本人の立場の違いや作品全体のもつ虚構性が、奇妙な軋轢を孕んだまま物語が進んでいく。三人称と一人称を行き来する語りの意図が見えないのも、その奇妙な印象に拍車を掛ける。

純粋に連城ミステリの一作として本作を読めば、出生の秘密を巡り母を探しに海を渡るという大筋は『黄昏のベルリン』の再演だし、旅先で謎の女に翻弄されるのは『花堕ちる』、一人称と三人称の併用は『流れ星と遊んだころ』と、それまでの連城作品をいくつも思い出させる。しかし本作はミステリの文法で書かれていながら、それ以外の何かとしてしか読めないところがある。

最終回において本作はミステリとしての真相を明らかにして幕を閉じるが、そこで小説とエッセイは垣根を失い混濁していく。繰り返されるキーワードは〝記憶のもつ曖昧さ〟。我々は思い出を事実として認識しているが、記憶は容易く美化され改竄される。ならばそれは脳が作り出した虚構に過ぎないのではないか。『どこまでも殺されて』『ため息の時間』『明日という過去に』の三部作で連城はテキストと事実の境界をテーマに虚実の迷宮を描いたが、本作はさらにそこに、記憶の虚構性、エッセイの虚構性を導入し、小説の虚構性と溶け合わせていく。そういう意味で本作は、九〇年代前半の《事実とテキスト》テーマの作品群のさらなる先鋭化と言えるだろう。

というわけで本作は、ミステリ読者が何も知らず読めば間違いなく面食らう実験作である。もちろん、筆者の読解が正しいという保証もない。連城三紀彦は本作で何を目指したのか、それを考えること自体を楽しめるような、重度の連城マニア向けの一本だろう。

確認されている限りで、連城三紀彦の未単行本化の小説作品は以上で全てである。単行本未収録・未刊行となっていることにそれぞれ理由や事情はあろうが、長編の早期単行本化および、これらの未収録作を集めた短編集の刊行が待たれる。

なお、本項の初出情報の大半はウェブサイト「花葬の館　連城三紀彦の世界」内の「連城三紀彦未刊行小説リスト」（www1.odn.ne.jp/ci00110/renjyou/mikan.htm）によった（現在はページ消失）。増補改訂版の発行以後に新たに四編が発見されたが、そのうち「別れ、の香り。」「言葉」「真珠」の三編は筆者が自力で発見したもの。「海と子供」は戸田和光氏より情報を頂いたものである。この場を借りてお礼申し上げたい。


連城三紀彦は小説誌や、新聞・週刊誌などの大手メディアに限らず、団体・企業のＰＲ誌などにも作品を発表していたため、未だ知られざる単行本未収録作品が存在している可能性は高い。

また、連城作品の書誌情報では、『一夜の櫛』収録の短編「昔話」が、ウェブサイト「探偵小説専門誌「幻影城」と日本の探偵作家たち」の調査により、収録文庫記載の初出情報に誤りがあることが判明しており、初出誌が現在も不明のままとなっている。

「陽だまり課事件簿」が連載されていたという〈出会い〉も、経済界倶楽部の発行していたものであるらしいことは判明したものの（これも戸田和光氏より情報を頂きました、感謝）、国会図書館に八三年の発行分が収蔵されていないため詳細ははっきりせず、『恋文のおんなたち』に掲載されたエッセイ

「家出の季節」の初出号も不明のままである。

もし、本書で取り上げられていない連城三紀彦の単行本未収録作品や、「昔話」の初出誌をご存じの方がおられたら、是非筆者まで情報をご提供頂ければ幸いである。

メールは asagihara@u01.gate01.com まで。

附章（二）　アンソロジーで連城作品を読む

前章では単行本未収録短編の収録されたアンソロジーについて記述したが、それ以外にも連城三紀彦の短編は各種アンソロジーに多数再録されており、現在収録単行本が絶版になっている短編にも、新品で入手できるアンソロジーで読めるものがいくつかある。

以下に、二〇一七年一月現在において新品で入手できる、連城作品の収録されたアンソロジーを挙げるので、参考にされたい（前章で取り上げたもの、品切れのものは煩雑になるので割愛する）。

◆日本推理作家協会編『東野圭吾選　スペシャル・ブレンド・ミステリー　謎001』（講談社文庫）

「ぼくを見つけて」（『顔のない肖像画』収録）

◆日本推理作家協会編『京極夏彦選　スペシャル・ブレンド・ミステリー　謎004』（講談社文庫）

「黒髪」（『密やかな喪服』収録）

◆日本推理作家協会編『伊坂幸太郎選　スペシャル・ブレンド・ミステリー　謎005』（講談社文庫）

「夜の二乗」（『美女』収録）

◆宮本輝編『わかれの船』（光文社文庫）
「桐の柩」（『戻り川心中』収録）

◆日本推理作家協会編『現場に臨め　日本ベストミステリー選集』（光文社文庫）
「小さな異邦人」（『小さな異邦人』収録）

◆山前譲編『鉄ミス倶楽部　東海道新幹線50』（光文社文庫）
「消えた新幹線」（『密やかな喪服』収録）

◆『「このミス」が選ぶ！オールタイム・ベスト短編ミステリー　赤』（宝島社文庫）
「戻り川心中」「桔梗の宿」（『戻り川心中』収録）

◆山前譲編『落語推理迷宮亭　ミステリー名演集』（光文社文庫）
「変調二人羽織」（『変調二人羽織』収録）

附章（三）　エッセイ・その他を読む

連城三紀彦には、小説以外の単著が三冊存在する。エッセイ集『恋文のおんなたち』は掌編が収録されている関係で第二章の方で紹介したので、ここでは残り二冊を簡単に紹介したい。なお、いずれも現在は絶版・品切れなので、読みたい場合は古書店をあたろう。

◇『一瞬の虹』（一九九〇年、佼成出版社↓一九九四年、新潮文庫）

本書は雑誌〈月刊マミール〉に一年半に渡って連載された十八編のエッセイを収める。母親や父親、奥田瑛二、荒井晴彦、田中芳樹夫妻といった親しい人々の見せる何気ない仕草や表情をすくいあげ、小説ほどには作り込まない肩の力の抜けた文章で鮮やかに浮き彫りにするエッセイだ。連城三紀彦の恋愛小説から技巧を除いて、エッセンスだけを抽出したようなエピソードが並び、ほとんど短編集のようにも読める。

タイトルだけでは非常に小説と紛らわしいので、小説だけ買いたい場合には注意が必要だが、小説にしか興味のない連城読者にも手に取ってみてもらいたい。また『ため息の時間』と併読するのもいいだろう。なお文庫化の際になぜか収録エッセイが一編入れ替わっている（文庫では単行本から「小さな名場面」が外れ、代わりに〈銀座百点〉初出の「銀座の雨」が収録されている）ので、全てを読みたい場合は単行本と文庫の両方を入手されたい。

◇**『愛へのたより　連城三紀彦人生相談』**（二〇〇〇年、文化出版局）

本書は厳密にはエッセイではない。女性誌〈ミセス〉に九八年から九九年にかけて、「十二人の淑女と十二の質問」（九八年）「明日を待つあなたの手紙から」（九九年）として二年間連載された、読者投稿の手紙とそれに対する連城三紀彦のアドバイスを一冊にまとめたものである。

寄せられる二十四件の相談は、夫婦関係、家族関係についてのもの。それに対して連城三紀彦が、その観察眼を駆使して手紙の文面から相談者や家族の内面を「推理」し、時には相談者に対して厳しいことも言いながらも、基本的に暖かいアドバイスを寄せている。

僧侶であることに加え、普段の小説の内容ゆえか、連城三紀彦の元にはとかくこういう相談事が山ほど寄せられていたようで、他のエッセイ集では「もうこりごりで人生相談はお断りしている」みたいなことを書いているが、実際こうして相談とそれに対する回答を見ると頼られるのもよくわかる。連城三紀彦の人柄がよく表れた一冊になっている。

基本的には相談者と同じような境遇にある女性が読む本だろうが、ミステリ作家・連城三紀彦のファンは、本文中でも連城三紀彦自身が書いているように、手紙の文面から相談者とその家族の内面に対して名探偵・連城三紀彦がどういう推理を見せるのか、という安楽椅子探偵ミステリとして読むのが面白いだろう。

ほか、単著としてまとまっていないエッセイ、文庫解説など小説以外の文章は、対談やインタビューも含め、相当量にのぼる。筆者も未だ完全な網羅は果たせていない。

前出のエッセイ集に収録されたもの以外で筆者が把握しているもののうち、書籍等で比較的手軽に読め、かつ連城ファンなら読んでおきたい文章として、以下のものを挙げておきたい。

◇**「愛の夢をみつづける」**（中公文庫『瀬戸内寂聴と男たち 対談集』収録）

〈別冊婦人公論〉八五年冬号に掲載された、『恋文』で直木賞を受賞した直後の、瀬戸内寂聴との対談。僧侶作家同士だが、連城はこの時点でまだ得度していないので、僧侶になるということはどういうことかを瀬戸内寂聴に訊ねたりしている。この対談が、得度のきっかけのひとつとなったのかもしれない。

特に面白いのが、『恋文』に対する僧侶という立場からの瀬戸内寂聴の感想。『恋文』の中で描かれる愛についての知見や男女観は、連城作品で描かれる恋愛を読み解く上で非常に示唆に富んでいる。それ以外にも非常に興味深い内容が多数あり、連城ファンならば是非読んでおきたい対談である。

対談相手の瀬戸内寂聴にとっても連城は印象深い存在だったようで、連城の訃報に際しては〈オール讀物〉に追悼文を寄せ、一四年刊の『死に支度』（講談社）の中でも連城とのエピソードの回想が描かれている。あわせて読みたい。

◇「この賞も造花から蜜?」(早川書房『ミステリが読みたい!2010年版』収録)

生前最後の刊行となった『造花の蜜』は、『ミステリが読みたい!2010年版』で第一位を獲得した。それに対して連城が寄せたこのコメントの中で、『造花の蜜』の創作環境が明かされている。認知症の進行した実母を独力で介護する中、連城がどんな思いでこのエンターテインメント性に溢れた長編を書いたのか。ごく短い文章だが、連城が亡くなった今読むと、非常にしんみりとした気分にならざるを得ない。

◇「連城三紀彦「恋文」ショーケンから発想」(「ブック・アサヒ・コム」掲載)

亡くなる九ヶ月前、二〇一三年一月二十五日の朝日新聞夕刊に掲載された「恋文」についてのインタビュー。ブック・アサヒ・コムに転載されたため、一五年現在もウェブ上で読むことができる。「恋文」の創作過程や当時の読者からの評判についての証言としても興味深いが、亡くなる直前まで新作を書き、未刊行長編の推敲をする意欲を持っていたことを窺わせる最後の言葉が、今読むと切ない。〝死ぬ前には、うんと生々しい小説を出したいですね。〟という言葉の示す作品が書かれなかったことは残念だが、未刊行作品が陽の目を見るよう、いち読者として連城作品を買い支えていきたいものである。

そのほか、筆者の把握している限りで連城三紀彦の未単行本化のエッセイ・インタビューなどが収録されている書籍は以下の通り。

◇『私に母親が教えてくれたこと』（斎藤茂太監修、一九八九年、大和出版）

「母のひとり旅――僕の初めての〝孝行話〟」（初出…書き下ろし）

◇『ネパールのビール　'91年度ベスト・エッセイ集』（日本エッセイスト・クラブ編、一九九一年、文藝春秋）

「名古屋」（初出…〈ミセス〉一九九〇年十一月号）　※後に『秘花』の題材となった名古屋の中村遊廓の記憶が語られている。

◇『親鸞の森』（中村了権ほか、一九九四年、春秋社）

「作家の得度　愛と死を見つめて」（初出…〈同朋〉一九八七年一～二月号）　※中村了権によるインタビュー。

◇『私の父、私の母』（阿刀田高ほか、一九九四年、中央公論社）

「母との十年戦争」（初出…〈小説中公〉一九九三年十月号）　※『文集・母Ⅱ』（一九九九年、家の光協会）にも再録。

◇『作家のかくし味』（萬眞智子編、一九九五年、文春文庫ビジュアル版）

「ポークカレー」（初出…書き下ろし）　※「紙の灰皿」に登場するカレーのレシピとエッセイ。

◇『本屋でぼくの本を見た　作家デビュー物語』（新刊ニュース編集部編、一九九六年、メディアパル）

「十二年ひと昔」（初出…〈新刊ニュース〉一九九〇年五月号）

◇『小説家への道』（鳩よ！編集部編、一九九七年、マガジンハウス）

「自分が恋愛の主人公になったつもりで書く」（初出…〈鳩よ！〉一九九六年三月号）　※インタビュー

◇『司馬サンの大阪弁　'97年度ベスト・エッセイ集』（日本エッセイスト・クラブ編、一九九七年、文藝春秋）

「母の手紙」（初出…〈青春と読書〉一九九六年十二月号）　※同題の小説（『日曜日と九つの短篇』所収）があるが、別作品。

◇『ミステリー作家90人のマイ・ベストミステリー映画』（テレパル編集部編、一九九八年、小学館文庫）

「わが愛しのミステリー映画」（初出…書き下ろし）

◇『木炭日和　'99年度ベスト・エッセイ集』（日本エッセイスト・クラブ編、一九九九年、文藝春秋）
「自転車屋さん」（初出…〈オール讀物〉一九九八年十二月号）

◇『手紙の文章教室』（「小説トリッパー」編集部編、二〇〇三年、朝日新聞社）
「いかに書くかより、いかに書かないか」（初出…〈小説トリッパー〉二〇〇二年秋季号）

◇『戻り川心中』（花村えい子・画、二〇〇三年、白泉社HLCスペシャル）　※『戻り川心中』漫画版
「双生児のように似ていた私の小説と花村さんのコミック」（初出…書き下ろし）

◇『発見』（よしもとばなな ほか、二〇〇四年、幻冬舎文庫）
「ゆうれいの下駄」（初出…〈星星峡〉一九九八年十二月号）

◇『意地悪な人　ベスト・エッセイ2006』（日本文藝家協会編、二〇〇六年、光村図書）
「美人」（初出…〈潮〉二〇〇五年四月号）

◇『この星の時間　ベスト・エッセイ2010』（日本文藝家協会編、二〇一〇年、光村図書）
「最後のドンデン返し」（初出…〈オール讀物〉二〇〇九年三月号）　※泡坂妻夫への追悼文。

◇『ベスト・エッセイ2012』（日本文藝家協会編、二〇一二年、光村図書）
「万灯」（初出…〈中日新聞夕刊〉二〇一一年六月二十九日）

◇『喫煙室第22集　くつろぎの時間』（「喫煙室」編集部編、二〇一二年、文藝春秋）
「モナリザの手」「ディートリッヒの唇」「神の手」「尾行者」（初出…〈週刊文春〉二〇一一年四月十四日号～五月五日・十二日号）

◇『心が楽になる介護のヒント』（讀賣新聞生活部編、二〇一三年、中央公論新社）
「義務から〝いとおしさ〟へ　執筆一時休止、母に寄り添う」（初出…〈讀賣新聞朝刊〉二〇〇八年十一月九日）　※インタビュー

他に書籍の形で読める連城三紀彦の文章としては、他の作家の作品に寄せた解説がいくつかある。

以下、筆者の把握している限りで連城三紀彦が解説を書いた本を挙げる。文庫等の解説については網羅的に検索する手段がないため、これ以外にも存在する可能性は高い。ご存じのものがあれば、筆者まで情報を頂ければ幸いである。

◇泡坂妻夫『**湖底のまつり**』（一九八〇年、角川文庫）
※この解説の中で連城は『湖底のまつり』を評して〝文学的すぎる程である〟としながら、続けて〝その文学性も、小説的魅力も、『探偵小説市場のトリック屋』を自認する氏にとっては、売り物のトリックを、よりよく見せる美しい包装紙にすぎないようだ〟と述べている。
『戻り川心中』解説での千街晶之の連城作品に対する指摘とほぼ同一のことを、デビュー直後に連城自身が泡坂妻夫に対して言っているという事実は非常に興味深い。
◇西村京太郎『**盗まれた都市**』（一九八二年、徳間文庫）
◇泡坂妻夫『**花嫁は二度眠る**』（一九八四年、カッパ・ノベルス）※巻末ではなく裏表紙の小文。
◇林真理子『**真理子の夢は夜ひらく**』（一九八六年、角川文庫）
◇篠山紀信『**激写文庫8　女優の秘密**』（一九八六年、小学館）※写真集
◇泡坂妻夫『**妖女のねむり**』（一九八六年、新潮文庫）
※「泡坂妻夫――活字づくりの寄席」というタイトルでエッセイ集『恋文のおんなたち』や、ムッ

ク本『総特集 泡坂妻夫』（二〇一五年、河出書房新社）に収録されているので、そちらで読める。
◇田中芳樹『**流星航路**』（一九八七年、徳間文庫）
◇宮本輝『**葡萄と郷愁**』（一九九〇年、角川文庫）
◇瀬戸内寂聴『**女人源氏物語 第二巻**』（一九九二年、集英社文庫）
◇田中芳樹『**創竜伝2 摩天楼の四兄弟**』（一九九三年、講談社文庫）
※解説ではなく、「われら〝超能力義兄弟〟」と題した田中芳樹との対談（初出…〈IN★POCKET〉一九九三年八月号）。
田中のエッセイ集『書物の森でつまずいて…』（二〇〇二年、講談社文庫）にも収録されている。
◇田中芳樹『**銀河英雄伝説4 策謀篇**』（一九九七年、徳間文庫）
※『銀河英雄伝説ハンドブック』（二〇〇三年、徳間デュアル文庫）にも収録されている。
◇セバスチアン・ジャプリゾ『**新車のなかの女**』（一九九九年→二〇一五年、創元推理文庫）
※初版は六八年だが、連城の解説がつくのは九九年の復刊から。他の解説とは気合いの入りようが違う名解説で、二〇一五年に刊行された新訳版にも連城の解説がそのまま再録されている。
◇コーネル・ウールリッチ『**耳飾り**』（二〇〇三年、白亜書房）
◇乃南アサ『**氷雨心中**』（二〇〇四年、新潮文庫）
※〝ミステリー史に残る逸品ぞろいの短編集〟という解説の一文がオビにも流用された。連城が解説に起用されたのは『戻り川心中』との心中繋がりだろうか。
また、雑誌掲載のみのエッセイの中で、長期の連載のため比較的まとめて読みやすいのが、〈キネ

マ旬報〉八六年三月上旬号から九〇年一月上旬号まで月一で連載されていた映画エッセイ「**試写室のメロディー**」(全47回)。連城が映画青年だったことはここまでも何度か書いてきたが、直接に映画を題材にした作品は多くはなく、書籍化されたエッセイでも映画の話はさほど目立たない。そんな連城の映画愛が語り尽くされているのがこの連載エッセイで、読んだ本の冊数より見た映画の本数の方が多いという〝映画狂・連城三紀彦〟の素顔が見える。

筆者は映画音痴なので、このエッセイで書かれている映画評や連城の映画への愛着や姿勢に対してどうこう述べるのは控えるが、小説家・連城三紀彦のファンにとって注目に値するのが、連載第十三回の「原作・衣笠貞之助」。影響を受けた作家を聞かれると泉鏡花を挙げるが、実際に影響を受けたのは衣笠貞之助の映画の方だ、という話から、自身の書いている小説が過去に見た映画に似てくるという話をしており、連城作品のルーツを辿る上で非常に興味深い内容になっている。

掲載誌がメジャーなので、図書館などでも読める可能性は高いだろう。映画好きの連城読者ならばチェックしておきたいエッセイである。キネマ旬報読者賞を受賞しているとはいえ、四半世紀以上前の連載エッセイだけに今となっては商業媒体での書籍化は難しいかもしれないが、原稿用紙換算で三百枚以上の分量があるので、何らかの形で本にまとまるのを期待したい。

雑誌等に掲載されたのみのエッセイについては膨大な量のため、煩雑になるので詳述は避ける。以下、ミステリ作家・連城三紀彦について知る上で特に重要と思われるもの、ミステリファン向けのものをいくつか挙げることにする。

◆**「新しい影たちの声」**〈幻影城〉一九七八年三月号

栗本薫による、幻影城新人賞受賞者に対するアンケートの回答。ここで〝一番尊敬する（A）日本、（B）外国の探偵作家〟という質問に、連城が〝（A）鮎川哲也、（B）アンソニー・バークリー〟と答えている事実はもっと注目に値するだろう。また、連城が国内ベスト3に挙げているうち、松本清張「装飾評伝」は明らかに連城の疑似歴史小説のルーツであるし、岡田鯱彦「薫大将と匂の宮」も連城の作品群と比較して読むと興味深い点が多々ある。

◆**「ボクの探偵小説観」**〈幻影城〉一九七八年五月号

連城が自身のミステリ観について直接語った数少ない文章であり、〈幻影城〉掲載ということで参照しやすいため、解説などでもよく引用される。特に〝僕の中ではフォークナーの「八月の光」と横溝正史の「獄門島」は完全に同価値です〟という一文がよく引かれるが、より重要なのはその後に続く文章ではないだろうか。

◆**「花葬シリーズのこと」**〈幻影城〉一九七八年十月号

「菊の塵」の初出時、「藤の香」の好評を受けて《花葬》シリーズとして連作化されることが決定したことを受けて附された文章。《花葬》シリーズを語る際によく引用されるが、できれば全文にも目を通しておきたい。

◆「ジャプリゾに関して」〈推理小説研究17〉一九八三年九月発行
連城三紀彦のセバスチアン・ジャプリゾ論。ジャプリゾの本当の顔は推理部分以外にある、という話を軸に、ジャプリゾ作品の魅力について語っているが、ところどころ、後の連城自身のことを予言しているようにも思える部分もあり、連城自身の〝推理と小説、論理と感性の二律背反〟についての自己言及としても興味深い内容である。

◆「推理小説と短歌のあいだ──「戻り川心中」創作ノート」〈短歌研究〉一九八四年四月号
連城はエッセイで自作について語ることはほとんどないが、その中で「戻り川心中」の創作過程を詳細に明かしたという点で非常に貴重な文章。連城のミステリ観を探る上でも重要な視座を与えてくれる文章であり、連城ミステリを考える上では是非目を通しておきたい。前述の「装飾評伝」にも触れられている。

◆「私が愛した名探偵　亜愛一郎」〈別冊小説新潮'86 summer ミステリー大全集〉一九八六年八月発行
連城三紀彦が敬愛する泡坂妻夫について語った文章には角川文庫版『湖底のまつり』『妖女のねむり』解説などが代表的だが、亜愛一郎シリーズの解説を書く機会はなかった。連城が亜愛一郎の魅力をどう語っているか確かめてみてほしい。

◆「嘘のような本当のような……」(〈青春と読書〉九一年七月号)

『ため息の時間』の刊行後に書かれたエッセイ。要約すれば、作家は小説よりもエッセイの方でより嘘をついている、という話だが、実話を虚構に再構成する八〇年代後半の恋愛小説群から、九〇年代前半の虚構性を追求するミステリ群への転換、連城作品における作中作要素やメタフィクション性に関して考える上で参照しておきたい文章。

その他、各作品の刊行時の著者インタビューなど、興味深い文章や発言を含むエッセイ・インタビュー等は多数ある。それらの書誌情報に関してはWiki「連城三紀彦データベース(仮)」にまとめている(http://www65.atwiki.jp/renjodatabase/pages/89.html)ので、そちらを参照されたい。

書籍化は難しいとしても、せめて電子書籍等で、未単行本化エッセイ全集が編まれれば、連城三紀彦という作家・その作品について、またさらに広く理解が深まるはずだ。何らかの方法で手軽に読めるようになることを期待したい。

附章（四）　連城三紀彦論を読む

連城三紀彦は中期において推理小説から離れた作家と見なされたためか、その功績に比して連城ミステリを扱った論考は筆者の知る限りさほど多くない。

文庫解説では、講談社文庫版『密やかな喪服』の新保博久（加筆の上で筑摩書房『世紀末日本推理小説事情』に収録）、ハルキ文庫版『戻り川心中』の巽昌章、ハルキ文庫版『変調二人羽織』（「謎解きが終ったら」と題して講談社文庫『謎解きが終ったら　法月綸太郎ミステリー論集』に収録）や実業之日本社文庫版『顔のない肖像画』の法月綸太郎、光文社文庫版『戻り川心中』や双葉文庫版『流れ星と遊んだころ』などの千街晶之、講談社ノベルス復刻版『敗北への凱旋』の米澤穂信などが特に刺激的な連城論を展開しているが、その他、筆者の把握している連城三紀彦に関する論考を紹介する。レビュー内でもいくつか触れたが、連城ミステリのより深い理解の一助にされたい。

◇蓮沼尚太郎「**第三の推理小説―ホワイダニット Whydunit―について**」（一九九七年、創元推理17）

第四回創元推理評論賞佳作受賞作。推理小説史上におけるホワイダニットの位置づけを通じて、連城三紀彦のミステリを、フェアな叙述と意外性を追及する推理小説のシステムにおける完成形として評価する論考。体系的な連城作品論ではないので取り扱われる作品が《花葬》シリーズに偏っており、現代ものへの言及が『飾り火』程度と物足りないし、「花緋文字」の扱いには大いに異論があるが、「花虐の賦」を最高傑作に挙げている点は深く同意したい。

◇市川尚吾「**戻りからくり――連城三紀彦と泡坂妻夫**」(二〇〇九年、〈CRITICA〉4号)

連城三紀彦と泡坂妻夫の経歴と作風の特色を概観することで、両者の共通項と違いをあぶり出し、鏡像のような関係性を浮かび上がらせる比較論。より深い連城・泡坂比較論のための序論という印象が強いが、それだけに両者の作品群を比較する上でのとっかかりとしては最適の論考だろう。

◇千街晶之「**再演の背景――連城三紀彦論**」(二〇一五年、〈ジャーロ〉53号)

連城作品に頻出する、過去に起こった事象をもう一度再現するというシチュエーション、複数作品に渡るモチーフの再利用、ねじれた親子関係、『恋文』などの実話モチーフをまとめて〝再演〟というキーワードで繋げる論考。本書でも〝再演〟モチーフについてはレビューで多数言及した通り、連城作品を体系的に理解する上でこの〝再演〟モチーフの発見はまさに慧眼であり、今後連城三紀彦の作品論を語る上で避けて通れない必読の論考だろう。特に『花堕ちる』『褐色の祭り』『終章からの女』などの中期長編群を再評価する上でこの視点は外せない。

附章（五）　絶版・品切れの作品を入手するには

連城三紀彦の小説作品は二〇一六年十一月現在、63作品中43作品が絶版・品切れとなっており、新品では入手できない状態にある。だが、さすがに直木賞受賞のエンターテインメント作家だけに、集めようと思えば今からでもそれなりの作品数を比較的容易に古本で集めることができる。

◆直接手に取って買う

古本は状態を自分の目で確認して買いたい、という人は、根気よく古書店めぐりをする必要がある。まず行くべきはブックオフなど、文庫本の品揃えのいい新古書店だ。ブックオフは半額棚には新品でも手に入る作品が並びがちだが、均一棚の方に品切れの作品がぽろっと並んでいることが多い。他の新古書店系のチェーンも行動範囲にあれば当たっていきたい。

新古書店チェーン系でない、個人経営の古書店も狙い目である。文庫本の揃いがいい店には、意外な掘り出し物が眠っていることがあるので、チェックを忘れないようにしたい。

◆ネットで買う

状態を自分の目で確かめられないが、より手軽に買えるのが古書のネット通販である。

古本通販は**ブックオフオンライン**（www.bookoffonline.co.jp）、**ネットオフ**（www.netoff.co.jp）、**駿河屋**（www.suruga-ya.jp）、**文庫シェルフ**（bookshelf.co.jp）、**フルイチオンライン**（www.furulonline.net）、**もったいない本舗**（www.mottainaihonpo.com）あたりが挙げられる。これらをあたるだけでも、結構な数の作品が揃えられるだろう。

また、単純な品揃えならＡｍａｚｏｎマーケットプレイスが最強だ。ただしマケプレは送料がかさみがちな上、ぼったくりのような値段のものもあるので気をつけたい。本の状態を多少気にするなら ば、一円本よりも、数百円で状態が「良」表記のものを買っておくと比較的安心である。

文庫でなくハードカバーで集めたい場合には、全国の古書店の在庫を一括検索できる**日本の古本屋**（www.kosho.or.jp）や**スーパー源氏**（sgenji.jp）の利用もお勧めである。

連城作品で明らかなプレミアがつくものはほぼ無く、単純に判型を問わず読めればいいというだけなら、『紫の傷』が単行本・文庫ともマーケットプレイスで若干の高値（二〇〇〇円強）がつく程度で、ほぼ全作品が安価に入手することができる。お財布の中身が心許ない人も、安心して連城作品ライフを送っていただきたい。

なお、全判型のコンプリートを目指す場合は、最もレア度が高い『夜よ鼠たちのために』のジョイ・ノベルス版が最大の難関となる。全部で一五〇冊以上を買うことになるので、一冊一冊は安価でも合計出費はかなりの額になる。気合いを入れて臨もう。

第二部　作家論・作品論

コラム　連城作品の解説

二〇一六年十一月現在、連城三紀彦の文庫本は『レジェンド』やエッセイ、出版社違い、新装版などを含めて九十冊存在する（『美女』別カバー版はカバー掛け替えのみなので含まず）。うち上下巻が七作、解説のついていないものが九冊（『少女』新装版、『運命の八分休符』『終章からの女』『紫の傷』『人間動物園』『誰かヒロイン』『ゆきずりの唇』『さざなみの家』、『夜よ鼠たちのために』宝島社版）ある。また『宵待草夜情』ハルキ文庫新装版の泡坂妻夫の解説は傑作コレクション版からの流用であるし、『恋文』と『恋文・私の叔父さん』の荒井晴彦の解説も同じもの。『どこまでも殺されて』双葉文庫版と新潮文庫版の縄田一男の解説も多少の加筆はあるがほぼ同一内容である。よって『レジェンド』の綾辻×伊坂対談を含め、連城作品についた文庫解説は七十一種類になる。また『暗色コメディ』の単行本二種と、『敗北への凱旋』講談社ノベルスの〇七年の復刊版、『棚の隅』、『女王』単行本、そして二上洋一監修の大活字本『ほっとミステリーワールド15　連城三紀彦集』にも解説がついているので、それを含めれば七十七種となる。その他、連城作品が収録されたアンソロジーの解説もあるが、それは煩雑になるのでここでは扱わない。

連城作品の名解説者といえば、なんと言っても千街晶之だ。初登板は『美女』集英社文庫版で、以降『戻り川心中』『夕萩心中』光文社文庫版、『流れ星と遊んだころ』双葉文庫版、『私という名の変奏曲』文春文庫版と、特に近年復刊された連城作品の多くで解説を担当している。『美女』の解説を任されたのも刊行時に絶賛したのを見た連城自身からの指名だったそうで、どの作品においても非常に気合いの入った解説を書いており、いずれも必読である。

連城作品の解説の最多登板は、香山二三郎である。『瓦斯灯』、『青き犠牲』文春文庫版、『黄昏のベルリン』講談社文庫版、『褐色の祭り』、『牡牛の柔らかな肉』、『嘘は罪』、『女王』（単行本）、『小さな異邦人』『処刑までの十章』と計九回担当している。『褐色の祭り』をホラーに分類したり、『牡牛の柔らかな肉』を『終章からの女』『花塵』とまとめて〝平成悪女三部作〟と命名したりといった独自の視点が特色。

ほか、連城作品の名解説として印象的なものは、先の附章でも挙げたが、連城作品の傍点の数をカウントすることでミステリ度との相関を示した『密やかな喪服』の新保博久、《花葬》シリーズを〝反─情念小説〟と喝破した『戻り川心中』ハルキ文庫版の巽昌章、「変調二人羽織」に中井英夫『虚無への供物』へのオマージュを見出し〝連城三紀彦の最後の作品ではないか〟と述べた『変調二人羽織』ハルキ文庫版の法月綸太郎、〝トリッキーなミステリであるためには、少々の描写の甘さは許されるのではないか。論理性に奉仕するために、多少の物語の犠牲は仕方がないのではないか。そんな低い志は、一篇の連城三紀彦によって打ち砕かれる〟という熱い賛辞とともに、作中の暗号の超絶難度に物語上の意味を与えた『敗北への凱旋』講談社ノベルス復刊版の米澤穂信などが挙げられよう。評論的な読解ではない解説では、『恋文』の荒井晴彦の解説がレビューでも触れたが名解説だ。

その他にも、『敗北への凱旋』講談社文庫版の泡坂妻夫の解説は泡坂の『湖底のまつり』角川文庫版の連城三紀彦による解説とともに、お互いが相手の作品を通して自作を語っているような印象を与える不思議な解説である。連城の助手を務めた濱田芳彰は、『新・恋愛小説館』では連城の男女観論として身近な人物ならではの見解を表明しており興味深いし、『ため息の時間』の解説はあの作品を読解する上で外せない基本テキストである。

一方、恋愛小説家というイメージからか、『顔のない肖像画』新潮文庫版の鈴木邦彦をはじめ、ミステリとしての趣向を（他の作品まで）断り無くネタバレする解説が非常に多いので要注意。脚本家の解説にはほとんど自分の話しかしていないものも多いし、ミステリファンの連城読者が顔をしかめる『明日という過去に』の中村彰彦や、身も蓋も無さ過ぎる『私という名の変奏曲』双葉文庫版の中島河太郎のような迷解説もある。《花葬》シリーズも昔はどれが《花葬》なのかという認識がきちんと共有されていなかったようで、「花緋文字」「夕萩心中」が《花葬》扱いされていなかったり（『どこまでも殺されて』の縄田一男）、「戻り川心中」が〈幻影城〉に予告されていた「菖蒲の舟」と別作品扱いされていたり（『夕萩心中』講談社文庫版の西脇英夫）と、現在から見ればおかしなことを書いている解説もある。

とはいえ文庫解説は作品理解を深める上での一番手頃なテキストである。初期から中期の解説は当時の連城三紀彦に対する印象や評価を知る上で貴重な証言であるし、後期以降の解説は総合的な連城三紀彦論の側面を少なからず持つことになる。もちろん解説の言い分を鵜呑みにする必要はないにせよ、新たな側面に光を与える解説は、作品とともに楽しまれたい。

コラム　雑誌別連城作品掲載数ベスト10

連城三紀彦はその生涯において、単行本書き下ろしで発表した作品は『暗色コメディ』と『黄昏のベルリン』の二作のみであり、中間小説誌を中心とした雑誌が主な作品発表の場であった。では、連城が最も多くの作品を寄せた雑誌はどれだろうか。最晩年まで付き合いのあった〈オール讀物〉？『宵待草夜情』『恋文』などで賞に縁のあった〈小説新潮〉？

否、なんと実は〈SUN・SUN〉なのである。その数、実に六十四作品。十七年間に渡って掌編を寄せ続けた結果、意外にもこの宗教団体機関誌が最多掲載誌ということになった。

二位は〈オール讀物〉。短編五十二作品と、長編一作品（『青き犠牲』）を掲載している。「依子の日記」「邪悪な羊」「親愛なるエス君へ」「植民地の女」「夜のない窓」「普通の女」「火恋」「仮橋」など通好みの傑作が並ぶ。晩年も年一作ほどのペースで短編を寄せ続け、最後の短編となった「小さな異邦人」も寄せていることが、この雑誌との繋がりの深さを感じさせる。

三位は〈小説新潮〉（〈小説新潮スペシャル〉を含む）。短編三十三作品が掲載された。八〇年代までは非常に繋がりの深かった雑誌で、「野辺の露」「花虐の賦」「恋文」「紅き唇」「私の叔父さん」「母の手紙」「螢草」「白蘭」など錚々たる作品が並ぶが、九〇年代以降は『落日の門』の五編と「夜の二乗」、単行本未収録の「ひとつ蘭」「紙の別れ」の計八編のみ。

四位は〈別冊文藝春秋〉と〈小説現代〉（別冊を含む）が十八作品で並ぶ。〈別冊文藝春秋〉には短編のみ。主に『恋愛小説館』シリーズ系列の短い作品を寄せていた（例外は「能師の妻」）。〈小説現代〉は短編十五作と長編三作が発表された。《花葬》シリーズを〈幻影城〉から引き継ぎ、「戻り川心中」「花緋文字」「夕萩心中」を送り出したことが最大の功績だろう。長編では『敗北への凱旋』『残紅』『女王』と歴史ものの色が濃い作品を発表している。

六位は〈月刊カドカワ〉〈週刊小説〉〈小説推理〉の三誌が十四作品で並ぶ。〈月刊カドカワ〉はそのうち十二作品が『夢ごころ』の収録作で、残り二作は「炎」と「ヴェール」。〈週刊小説〉は短編十三作と長編一作。短編は『夜よ鼠たちのために』と『顔のない肖像画』収録作で全てである。長編は先頃ようやく刊行された『わずか一しずくの血』。〈小説推理〉では長編が多く、長編五作と短編九作が発表された。短編も『紫の傷』収録の五編のほか「代役」「紙の鳥は青ざめて」「カイン」「ヒロインへの招待状」と粒ぞろいだが、むしろ長編の方に『私という名の変奏曲』『どこまでも殺されて』『終章からの女』『人間動物園』『流れ星と遊んだころ』という連城長編の上位を争う傑作がそろい踏みしている。

そして九位にようやく〈幻影城〉が登場する。「変調二人羽織」「ある東京の扉」「六花の印」「藤の香」「消えた新幹線」「メビウスの環」「菊の塵」「桔梗の宿」「桐の柩」「白蓮の寺」の計十作が発表された。なお十位は〈小説すばる〉（「通過駅」「他人たち」「喜劇女優」「夜光の唇」「美女」「夜の右側」「裁かれる女」）と〈小説宝石〉（『少女』の五編と「紫の車」、長編『処刑までの十章』）で七作である。

コラム　真実の在処——画家と夫婦

落語（「変調二人羽織」）、短歌（「戻り川心中」）、能楽（「能師の妻」）、演劇（「花虐の賦」）、漫才（「白蘭」）など、連城三紀彦はしばしば芸術・芸事の世界を題材にしてきた。連城が書いてきた題材は多岐に渡るが、その中でなぜか突出して作品数が多いのが、画家・絵画の話である。

具体例を挙げていけば、長編では絵画の世界を舞台にした『美の神たちの叛乱』『花塵』を筆頭に、『黄昏のベルリン』『ため息の時間』は主人公が画家であるし、『暗色コメディ』の碧川、『残紅』の麻緒、『あじさい前線』の朝子も絵を描いていた。未刊行の『虹のような黒』でも絵が物語の発端となる。短編では、「二つの顔」「宵待草夜情」「恋文」「火箭」「街角」「写し絵の女」「鬼」「顔のない肖像画」「白雨」「夜の自画像」などが挙げられる。『ゆきずりの唇』の晶子が習っている友禅染なども広義の絵画に含めていいだろう。どの程度物語に絵画が絡むかは、単に登場人物の職業が画家であるというだけのものから、直接に絵画そのものが中心になるものまで様々だが、モチーフとして連城が画家や絵画を好んでいたのは間違いない。実際、直接に絵や画家が関係しない話でも、特に人物の容貌を描写する際に絵に例えることは連城作品ではよく見られる。

連城三紀彦は脚本の勉強のためにパリに留学したほどの映画青年であり、脚本家の知人も多かったようであるから、映画の話が多数になっても良さそうなものだが、映画の話は「金色の髪」や「砂遊び」、『流れ星と遊んだころ』がある程度。俳優・女優ものまで範囲を広げれば「メビウスの環」「代役」「観客はただ一人」「花虐の賦」などが加わるものの、明らかに画家の話の方が目に付く。自身の職業である小説家の話も「ある東京の扉」「戻り川心中」「依子の日記」「熱い闇」「捨て石」「残菊」『敗北への凱旋』などがあるが、やはり目立つほどではない。

『ため息の時間』の単行本では〝平野敬太〟の名前で、文庫では〝連城三紀彦〟として装画を描き、『虹のような黒』では自ら挿絵を手がけているが、それにしてもなぜ、連城はこれほどまでに画家の話を多数書いたのだろうか?

ここで連城の先輩にあたる〈幻影城〉作家、泡坂妻夫にご登場願おう。泡坂の代表作に「椛山訪雪図」という作品がある（創元推理文庫『煙の殺意』所収）。この作品は、椛山訪雪図という絵そのものの仕掛けを解き明かすミステリである。絵自体にとある仕掛けが施されている、という奇術師・泡坂妻夫らしい趣向を、サルバドール・ダリの絵や宝井其角の句を伏線に用いて鮮やかに描いた傑作であるが、ここに泡坂と連城のスタンスの違いが見えてくる。

連城の絵画ものでも、しばしば絵に隠された真実がミステリとしての軸になる。例えば「火箭」、「写し絵の女」、「夜の自画像」がその典型例だろう。しかし、その謎はあらかじめ絵そのものに仕掛けを意図して仕掛けられたものではない。たとえば「火箭」や「写し絵の女」では絵を巡って謎を作り出した人物の真意が主眼になるし、「夜の自画像」では絵が事件の真相を映し出す。連城が仕掛けるのはあくまで絵に託された人間心理の謎であり、絵そのものが奇術めいた仕掛けを纏っているわけではないのだ。あるいは「顔のない肖像画」でも、絵そのものはただそこにあり、真相を覆い隠すのはそれを見るものの認識である。このことは、こう言い換えることができるだろう。連城三紀彦にとって、絵そのものは決して演技の入り込む余地のないものだった、と。

連城の描く人物は常に役者であり、誰も彼もが嘘と演技で騙しあう。その嘘と演技は、彼らの作り出す芸術や演ずる芸にも否応なく現れる。「戻り川心中」や「花虐の賦」などはその典型であろう。短歌は人が文字を使って書き記すもの。演劇は人が演じるもの。それらは連城にとってはじめから嘘の塊だった。連城三紀彦自身が嘘の物語を書き続けていたのだから。

連城三紀彦が中期以降、浮気の話ばかりを書き続けた理由は、米澤穂信の指摘するように、〝異形の愛〟こそが連城の生涯のテーマであったため、という面はあるだろう。その一方、嘘と演技という面から連城作品を見るとき、連城作品においては〝絶対的な真実〟が極めて定めにくいものであることがわかる。たとえば『私という名の変奏曲』や『白光』に顕著なように、犯人の告白であっても、連城作品においては決して絶対的な真実たりえない。後の作家論でも詳しく触れるが、絶対的な真実を定めにくいということは、真実を解き明かすことを主眼とするミステリとしては拠り所を失うに等しい。そんな連城作品において、法律という即物的なものに縛られた〝夫婦〟という関係は、嘘や演技の入り込む余地のない絶対的な真実として定めやすいものだったと言えるだろう。夫婦関係の誤認を軸にした騙し技を非常に多用していることからも、それは窺える。

恋愛という概念は客観的に観測できるものではない。恋愛関係にあるように見える者同士の間に愛があるとは限らないし、一見憎み合っている者同士こそ深く愛し合っていることもある。そんな不定型な〝恋愛関係〟を、客観的な事実関係として確定させるのが、法律によって定められた夫婦という関係であると言えるだろう。もちろん夫婦であれば愛し合っているとは限らず、連城作品においては素直に愛し合っている夫婦自体滅多に出てこないのだが、少なくとも両者の間で〝夫婦〟という関係は絶対的なものとして成立している。

そして、夫婦という関係が法律に保証された絶対的なものであるように、連城にとって、描かれた絵そのものは嘘をつかないものだったとすれば。嘘と演技の世界を書き続けた連城にとって、絵画とは〝絶対的な真実〟を託せる数少ない〝客観〟だったのかもしれない。

コラム　得度はいったいいつのこと？

これまでも何度か書いてきた通り、連城三紀彦は浄土真宗大谷派の僧侶という側面を持っているが、得度して僧侶となったのは直木賞を受賞した後のことである。もともと父方の祖父母の代まで岐阜県で長延寺というお寺を営んでいたが、連城の父方の祖母が仏門を捨て名古屋に出て旅館業を始めていた。一世代飛ばして、連城が祖父母の跡を継いだという形になったわけだが、直接お寺を継いで住職となったわけではないようである。

さて、一般に連城三紀彦が得度したのは八五年のこととされており、Wikipediaや、著作につく著者紹介部分などさまざまな場所で経歴にそう書かれている。なのだが、本人のエッセイや、いくつかの文庫解説などを読めば、得度は明らかに八七年のことなのだ。たとえば『一瞬の虹』収録のエッセイ「自然の風景」（「月刊マミール」八八年七月号初出）においてははっきりと〝去年初めに僕は坊主になっている。〟と書かれているし、中村彰彦による『一夜の櫛』解説でも〝（昭和）六十二年、連城氏はかねてからの念願であった得度を果たした〟と書かれている。では、いったいなぜ八五年という誤解が生じたのか？

評論家の市川尚吾は、〈CRITICA〉4号掲載の評論「戻りからくり—連城三紀彦と泡坂妻夫」内で同じく『一瞬の虹』収録のエッセイ「山門の明かり」を引いて、この中で連城が〝得度する一年ほど前〟に瀬戸内寂聴と会ったのを〝四年前のその当時〟と書いていることから、八八年の四年前の一年後＝八五年という説が生じたのだろう、としている。この八五年説はおそらく、『日本ミステリー事典』（〇〇年）に八五年と記された（執筆者は碓井隆司）ことで広まったものと思われるが、ともかくこの市川説には筆者も特に異論はない。他の様々な記述からしても、ここでの年代表記の食い違いは連城の誤記か記憶違いであろう。

なお、なぜ八五年得度という誤解が修正されることなく著者紹介や各種媒体でまかり通っているかというと、連城は著作につく著者紹介を全くチェックしていなかったようで、〝大学在学中にデビュー〟（新潮文庫版『隠れ菊』やハルキ文庫の傑作コレクション）、〝著書に『藤の香』『菊の塵』〟（双葉社刊の単行本）などといった、とんでもない誤記が平然とまかり通っているのだ。もう少し自分自身についての記述に気を配ってもバチは当たらないと思うのだが。

ともあれ、やれやれこれで一件落着――と筆者も安心していたのだが、連城が得度についてインタビューを受けている書籍『親鸞の森』を入手し、そのインタビュー「作家の得度―愛と死を見つめて」の日付を見て愕然とした。なんと八六年九月なのである。巻末の略歴にもはっきり〝86年仏門入り〟と書かれており、これでは連城自身のエッセイの記述と食い違うことになってしまう。いったいどういうことなのか？

浄土真宗の得度について軽く調べたところ、得度すること自体は考査を通過して十一日間の修行を経ることで為せるらしい。住職になるためにはさらに大谷派教師の資格を取る必要があるようだが、エッセイ「山門の明かり」には〝去年の初め、僕も何とか得度だけは済ませたが〟とあるので、連城が済ませたのは得度だけであるようだ。

では、八六年に得度についてのインタビューを受けているのに八七年に得度とはこれいかに、とインタビューを読み直してみたところ、このインタビュー、注意深く読まないと解らないが、実はどこにも「既に得度した」とは書いていないのである。そして最後に、インタビュアーの中村了権が後書に連城の言葉として〝いま、親鸞という人の尊前で得度を決意し、浄土真宗の基本の学習を開始した。〟（傍点筆者）と記している。

――そう、八六年のこのインタビューは、連城が得度を受けることを決意して浄土真宗の勉強を始めた段階でのものだったのだ。実際に剃髪して得度したのは、エッセイに書かれている通り八七年のことだったのだろう。インタビューにすら語りのトリックを発揮してしまう連城三紀彦のミステリ魂、と言うのは冗談にしても、全く一筋縄ではいかない人物である。

なお連城の得度については「同朋大学で学ぶために一年間休筆した」ともよく書かれる。同朋大学で学んだのは事実であるようだが、作品発表のペースを見る限り、八七年前後に一年もの間休筆したという様子は見受けられない。

これに関しては、中日新聞一四年二月七日夕刊に掲載された、同朋大学大学院教授・田代俊孝の追悼文におおよその真相が記されていた。以下引用する。

八四年『恋文』で直木賞を受けた連城は、二年後の八六年、知人を通じて、同朋大（名古屋市中村区）にある筆者の研究室にきた。休筆して、聴講生として一年間、仏教を学び、得度したいという。突然の申し入れに、筆者も驚いた。（中略）

聴講生のころは、いつも教室の片隅で静かに講義を聴いていた。休筆中とはいえ出版社とのかかわりも続いていて、後半の出席率はあまりよくなかった。

というわけで、「一年間休筆した」の真相は「一年間の休筆を宣言したが実際は休筆させて貰えなかった」ということのようだ。八六年といえばまだまだ連城人気の絶頂期といえる頃である。連城自身が休筆を希望してそれを出版社に伝えても、出版社側がそれを許してくれず、連城自身もそれを撥ね付けきれずに、浄土真宗の勉強をしながら原稿を書き続けることになったのだろう。

ダブルミーニングの文学――再演の背景

※「花衣の客」『褐色の祭り』の真相や趣向を暗示する部分があります。

〈ジャーロ〉53号に掲載された千街晶之の評論「再演の背景――連城三紀彦論」は、連城作品に見られるいくつかの傾向――親の人生を子になぞらせようとする者、同じような事件を繰り返し起こす犯人、作品を跨いだモチーフの再利用、現実の小景を作品化する手法など――をまとめて〝再演〟として定義した点で、連城作品の網羅的読解における画期的な論考だった。今後の連城三紀彦論の土台となる論考と言えるだろう。

しかし、千街の論考では「なぜ連城三紀彦はそこまで〝再演〟というモチーフに固執したのか」という点までは切り込んでいない。本稿では、連城作品に見られる〝再演〟モチーフと、ミステリというジャンルのもつ特性を照らし合わせることで、その謎の一端に迫ってみたい。

一口にミステリと言っても、その構成要素は様々である。フーダニット、ハウダニット、ホワイダニットといった謎の設定から、論理性、フェアプレイ、あるいは怪奇性、社会性、そして意外性。どこに焦点を置くかによって作品の傾向は変わる。では、連城ミステリの根幹を為す要素はどれか。言うまでもなく、それは**極度の意外性**である。連城三紀彦はその生涯を通じて、読者を驚かせることに作家としての力を注ぎ込んだと言っても過言ではあるまい。

その連城作品の意外性は、何によって支えられているのだろうか。その正体については、巽昌章によるハルキ文庫版『戻り川心中』の解説の論評が極めて的確であるので、長くなるが引用させていただく。（傍点筆者）

> だれしも認める通り、連城三紀彦の作品、とりわけこの「花葬」シリーズは、とびきり意外な結末を用意している。しかし、その意外性とは、犯人の正体や犯行方法といった個々の部分のどんでん返しにとどまるものではなく、また、それらの単なる組み合わせでもない。ひとことでいえば、「花葬」で読者が出会うのは、自分たちが作品を読み進めながら、しらずしらずの内に作り上げてゆくその小説世界のイメージが、根底からずらされ、あるいは一気に覆される衝撃なのである。ミステリーと恋愛の結合、というよりも、ひとたび読者の心に像を結んだ「恋愛」が、ミステリーの仕掛けによって全く別の姿をあらわすような小説。どの作品をとっても、情緒に濡れた印象的な場面が展開されてゆくが、それは最後に至って**異なる意味**を与えられ、自分は一体これまで何を見ていたのかという驚きがとってかわる。（中略）
>
> その限りでいえば、「花葬」は、反―情念小説とでもいうべき存在だろう。私たちが連城作品にまんまと欺かれ、背負い投げをくわされるのは、作者が提示する仕組まれたドラマを、そのま

ま受け止めてしまう、あるいは補強さえしてしまうという、私たちの心の動きによるところが大きい。たとえば、若い男女の死から直ちに「心中」を連想してしまうというように、私たちは自分の内にある心情の枠組みによって、勝手に騙されてしまうのだ。その意味で、これらの作品群はたしかに、私たちの心がいかに紋切型に弱いかという事実を、残酷に暴きたてるといった面をもっていもする。うがった見方をすれば、連城三紀彦が、過去を舞台に情緒纏綿たる世界を扱い始めたのは、そこにこそ私たちを魅了する大いなる紋切型の世界があるからだろう。

巽は連城の利用する先入観を〝紋切型〟と評するが、ここでは千街に倣い〝常識〟と呼ぼう。千街が「再演の背景」において〝常識的な発想を破ることが連城の中では逆に常識となっていた〟と指摘している通り、連城が騙しに利用するのは《花葬》などの過去を舞台にした作品のみならず、現代ものにおいても、読者の寄って立つ〝常識〟そのものを破壊せんとする、極度に過激な発想である。

読者の先入観を利用したどんでん返しというだけならば、叙述トリックがこれだけ人口に膾炙した現在では目新しさも何もない。だが連城ミステリにおいて使われる騙し技は、人物や時系列の誤認を軸にした通常の叙述トリックよりも、もっと根源的なところに仕掛けられている。

たとえば、中年男女と高校生の少女の三人家族ならば、当然中年男女の夫婦とその娘という家族構成だと誰でも常識的に考える。それ以外の可能性など存在しうることすら頭に浮かばないだろう。連城はそのレベルから常識を解体し、読者の前に再構成してみせるのだ。

それによって描き出されるのは、多くの場合、常識とはかけ離れた〝異形の愛〟である。連城作品に頻出する不倫・浮気や同性愛、近親相姦などを米澤穂信は『連城三紀彦レジェンド』で〝異形の愛〟と定義したが、たとえば「恋文」で描かれる、瀬戸内寂聴の言に曰く〝この世にはあり得ないような、非常に美しい無償の愛〟(『瀬戸内寂聴と男たち 対談集』所収「愛の夢をみつづける」より)もまた、現実的にあり得ないという意味で〝異形の愛〟だろう。「恋文」は妻が夫の行動を許し認める点に当時から非難の声が多かったらしく、現在でも読書メーターなどで「こんな都合のいい女はいない」というような批判がよく書かれているが、それは図らずも連城の書く〝異形の愛〟が、読者の常識を逆なでするような、まさしく異形であることの証左だ。そして、それが常識から離れれば離れるほどに、連城作品の意外性は強まる。

たとえば「親愛なるエス君へ」である。この作品を恋愛小説だと思って読む読者はほとんどいないだろうが、語り手の人肉食に対する渇望は、欲望を突き抜けてある種崇高な愛とさえ言える境地として描かれつつ、さらにその先に常識を粉砕するとてつもない真相が明らかになる。あるいは「花虐の賦」を見れば、この作品で前提として描かれる絹川幹蔵と川路鴇子の愛は、それ自体が既に十分に異形の愛であるが、そこからさらに常識を飛び越えた真相が明かされることによって、読者は驚きのあまり途方に暮れるしかない。

もちろん、読者の常識を粉砕せんとする試みは〝異形の愛〟を扱った作品に限らない。たとえば連城の誘拐ミステリにはひとつとして常識的な構図の誘拐事件はないし、「観客はただ一人」「奇妙な依頼」「蘭が枯れるまで」などの作品でも、読者が疑問にすら抱かないような常識の部分に真相が隠され、それが暴かれることによって読者を愕然とさせるのだ。

対比として、泡坂妻夫の作品を見てみよう。「DL2号機事件」などに代表される泡坂のホワイダニットものは、時に〝狂人の論理〟と呼ばれる。そこでは、前提としてある人物の奇妙な行動があり、それを常識の延長線上にある論理で説明するところに、泡坂ミステリの醍醐味があると言えるだろう。「G線上の鼬」「藁の猫」などが特に象徴的だが、泡坂妻夫のホワイダニットにおいて描かれる動機は、言われてみれば我々も普段何気なくしている常識的な発想を、強迫観念のレベルまで極端化したものが多い。それはあくまで常識的な考え方がベースになっているため、読者は「言われてみれば」と納得しやすく、またその論理の説得力を高めるため、泡坂はありとあらゆる描写に縦横無尽の伏線を張り巡らせる。それは即ち、一見して奇想と思われるものを、論理と伏線によって常識へと回収する行為だ。

だが、連城作品においては逆に、一見して常識的な構図から、奇想としか言い様のない真相が出現する。たとえば「戻り川心中」がその典型であるし、「白蓮の寺」「夜よ鼠たちのために」『敗北への凱旋』なども、まさかと思う角度からとてつもないWHYが浮かび上がるところにその衝撃がある。奇想や狂気を論理に取り込むのではなく、論理の向こう側から奇想や狂気が立ち上がるのだ。

即ち、連城ミステリとは、常識――即ち論理を、奇想によって破壊せんとする極度に攻撃的なミステリなのである。連城ミステリは多くの場合、論理的に考えれば真相を推理できるというようなものではない。むしろ常識的な論理を自ら破壊する発想に至らなければ、連城作品の真相を推察することは難しいのである。

では、連城ミステリは初めから論理性を度外視しているのか？　否。泡坂作品が〝狂人の論理〟を我々の常識で解体し説明するものととすれば、連城作品は我々の常識を〝狂人の論理〟で解体し再構築するミステリなのだ。たとえば「戻り川心中」で苑田岳葉の仕掛けたトリックにしろ、「夜よ鼠たちのために」の〝俺〟が犯行に至った原因にしろ、それは我々の常識からすれば考えられないものであるが、少なくともある種の合理性に基づいたものではある。だからこそ、我々読者は、連城作品を読んでその〝狂人の論理〟に驚きつつも納得させられてしまうのだ。

こうして連城ミステリは読者の、常識に基づいて見えていた世界を破壊した上で、全く違う景色を再構築してみせる。そこで駆使されるのが、ダブルミーニングの技巧だ。連城作品は偽の構図に読者を徹底的に引き込んだ上で、それをくるりと反転させる。そのとき、それまで見えていた景色は全く違う意味を与えられ、読者の眼前に再構築されることになる。男女の情愛を描きだす数々の印象的な場面が、全て真相の伏線であったことが了解されるのである。

ミステリにおいて、伏線をどう読者の目から隠匿するかは重大な問題である。手掛かりがあからさまであれば読者は真相をすぐに見抜けてしまうし、かといって全く印象に残らないような書き方では読者が見落として真相の納得度を下げてしまう。伏線を読者の印象に残しつつ、伏線だと察知させないために、あるいは伏線としての意味を悟らせないためにミステリ作家は知恵を絞るわけだが、そこでダブルミーニング、即ち伏線そのものに物語上において別の意味を与えておくという技巧自体は、連城でなくても当たり前に使われる技巧だ。だが、連城のこの技巧はとりわけ鮮やかである。たとえば「宵待草夜情」。この作品の真相は、現在ではそう珍しい発想ではないので、真相そのものの衝撃度自体は連城作品としては高くはない。だが、「宵待草夜情」は伏線の美しさという意味においては、連城作品史上においても屈指の輝きを放っている。恋愛小説としての印象的な場面そのものが、伏線を覆い隠す煙幕として用いられているから、読者は真相が明らかになったとき、その場面の意味の転換が深く心に刻まれるのである。

　千街は連城の美文について、光文社文庫版『戻り川心中』や文春文庫版『私という名の変奏曲』の解説で、極度に人工的なプロットを成立させるためにこの美文が必要だった、と定義しているが、こうして見れば連城の美文が、単にプロットの人工性や過激すぎる発想をオブラートに包むためだけのものでなかったのは自明である。連城の美文は、それ自体がミステリとしての伏線を物語の中に隠匿し、そこに別の意味を与えるために存在しているのだ。そう理解することで、千街の示した〝著者の作品はしばしば文学的と評されるけれども、その文学性の正体とは、探偵小説としての仕掛けを補強する、作中のトリックよりも更に一回り大きなトリックに他ならないのかも知れない〟という視座に、文学性という曖昧模糊としたものではなく、ミステリの技巧としてのより明瞭な意味が与えられるのである。

　そんな連城作品のダブルミーニングの技巧が最も上手く成功しているうちの一編として、「花衣の客」を挙げよう。この作品の、あらゆる描写の意味の転換はとりわけ鮮やかである。紫津と母が似ているということの意味、茶碗に毒を塗り、贈られた着物に鋏を入れた母の行為――そういった、恋愛小説として痛切な心情を描き出す数々の場面の持つ意味が、たった一言によって全て崩壊し、一瞬にして全く別の意味を持って読者の前に再構築される。読者はこのとき、自分が二つの物語を同時に読んでいたことを了解するのだ。

二つの物語――そう、ここに〝再演〟というキーワードが浮かび上がる。連城作品における、いわゆる〝構図の反転〟は、即ち二種類の物語を読者に気付かれることなく同時に進行させるということだ。ひとつの出来事に、全く違う意味が二重写しになるということは、ひとつの時間軸に複数の物語が重なり合うということである。たとえばそれを最も極端に押し進めた例が『私という名の変奏曲』であり、この作品では美織レイ子の毒殺というひとつの事件の上に、七人の犯人によって七つの物語が〝再演〟され、物語が二重どころか七重写しにされる。

また、この二重性を鏡に映して反転させれば、ふたつの時間軸がひとつの物語の上に重なり合うということになり、これは中期連城作品に非常に顕著な〝再演〟の構図に他ならない。たとえば『褐色の祭り』では、母親が息子に死んだ夫の人生をなぞらせようとすることによって、父親の人生と息子の人生、ふたつの時間軸に分かたれた物語がひとつに重なり合う。

これらを見れば〝再演〟というモチーフをこう言い換えることができるだろう。連城作品における〝再演〟とは、ひとつの出来事に複数の意味を与える行為である、と。そしてこれ自体が即ち、連城にとってはミステリである、と言うことができるはずだ。

ミステリ――とりわけ本格ミステリの定義は、人によって千差万別である。作者と読者の知恵比べの小説。魅力的な謎に論理的な解決が与えられる小説――万人が納得する統一的な定義はない。2ちゃんねるのライトノベル板のトップページには〝あなたがそうだと思うものがライトノベルです。ただし、他人の同意を得られるとは限りません。〟という有名な文句が記されているが、本格ミステリについても同じことが言えるだろう。

というわけでこれはあくまで個人的な定義であるが、筆者は本格以外も含めたミステリというジャンル全体を〝認識の文学〟と定義したい。その中で〝認識の変化〟に主眼を置き、それを深く突き詰めたものが本格ミステリである、と。

ミステリとは、ひとつの出来事を、第三者の視点から見ることで、そこに謎が生じ、それを解き明かすことを主眼とした文学である。犯人がなぜ、どうやって犯行を為したのか。それは当事者から見れば謎でもなんでもない。情報を制限された第三者の目から見ることによって、そこに謎が生じるのだ。犯人の視点から描く倒叙ものであっても、警察の捜査の当事者にはなれないから、警察の捜査を第三者の視点から見ることになり、やはりそこにこそ謎とその解決が生まれるのである。

つまりミステリにおいて謎が生じるのは、視点の問題、すなわち〝認識〟の問題であると言える。主観的な認識の差異の中に〝謎〟が生まれ、〝謎〟が〝解決〟されるということは、その〝認識〟が変化することだ。突き詰めれば、全てのミステリは〝認識の変化〟によって成り立っている。犯人当ては、登場人物に対する認識の変化。密室やアリバイなどのハウダニットは、不可能に思える状況に対する認識の変化。ホワイダニットは、人間心理に対する認識の変化。どんでん返しは、物語全体の構図に対する認識の変化である。ミステリにおいて意外性が尊ばれるのも、この〝認識の変化〟の落差の大きさこそが即ち驚きであるからだ。極言すれば、謎もロジックもトリックも〝認識の変化〟を為すための手段に過ぎず、それはミステリの本質ではない。

そして本格ミステリは、この〝認識の変化〟に特化したミステリなのである。本格ミステリの面白さとは何よりも〝認識の変化〟の面白さなのだ。エラリー・クイーンの精緻な論理も、島田荘司の豪快な物理トリックも、そして連城三紀彦のホワイダニットやどんでん返しも、読者の認識が揺さぶられ、書き換えられ、それまで認識できていなかったものが解決によって認識される、そこにこそ本格ミステリの面白さがある。こう考えれば、叙述トリックが本格ミステリであることも容易に示すことができる。叙述トリックこそまさしく、読者の認識に積極的に介入し、その変化の落差を味わわせるためのトリックなのであるから。

さて、ミステリにおいて〝謎〟が生まれるのが認識の問題――すなわち視点の置き所と、それによる情報の制限によるものである、とするならば、それをこう言い換えることができるだろう。ミステリという文学は、ひとつの物語を、全く別の視点から語り直す文学である、と。

たとえば芥川龍之介の「羅生門」を第三者の視点から見れば、羅生門の楼の上に裸の老婆が転がっている、という奇妙な状況が発生する。なぜ老婆はそんなところにいるのか、なぜ裸なのか、というミステリ的な状況がそこに発生する。そもそも「羅生門」という作品自体、老婆の行為の意味を下人が知ろうとするミステリと言えなくもない。

そこには、ある視点から見た自明の事実に対して、別の視点から見た謎という意味が二重写しになっている。ある事実が第三者の視点から認識されることで、そこに謎という別の意味が生まれる。つまりミステリにおける〝認識の変化〟とは、認識の二重性によって生じる。〝解決〟されることによって、〝謎〟は〝真相〟という別の意味を与えられる。つまり、ミステリというジャンルそのものがダブルミーニングの文学なのだ。

だとすれば、連城作品における〝再演〟モチーフの多用は、即ち作品にミステリの二重性《ダブルミーニング》を持ち込む行為に他ならない。こうして見れば、一般に恋愛小説と思われがちな中期の長編群、特に『花堕ちる』や『褐色の祭り』がその〝再演〟モチーフの強烈さにおいて紛れもなくミステリであることを示すことができる。また、現実の小景をモチーフにしたと作者が明言している『恋文』や『もうひとつの恋文』なども、現実と虚構を二重写しにすることで、現実の方を知っている一部の読者へ向けてのミステリとなっていた、と言い換えることもできる。それを実際に作中でミステリとして解いたのが『ため息の時間』であり、作中にエッセイを導入することで虚実の二重性を読者にも提示してみせたのが未刊行作『悲体』であったと言えよう。

そしてまた〝再演〟モチーフそのものが、連城作品における〝異形の愛〟の表出というもうひとつの意味を持つ。先述の『花堕ちる』や『褐色の祭り』、あるいは没後に刊行された『女王』において、作中で強烈に立ち現れる〝再演〟モチーフは、それ自体が人知を超えた妄執の具現である。これにより、連城作品における〝再演〟モチーフは、ミステリと恋愛の二重写しという意味を持つ。かくして連城三紀彦が目指したミステリと恋愛小説の融合は、〝再演〟という名のダブルミーニングによって為されるのである。

一般に八〇年代後半から九〇年代の連城三紀彦はミステリを離れたと見なされる。だが、その〝再演〟モチーフの多用そのものが、連城三紀彦が〝異形の愛〟を描き続けた恋愛小説家であったということを示すと同時に、紛れもなくミステリの技巧によって作品を書き続けていたこともまた示している。単に伏線や意外性やどんでん返しの導入というレベルの話ではなく、物語の持つ多重性において、そして読者の認識に対する強い意識において、連城作品はミステリなのだ。作品レベルでのモチーフの再利用もまた、同じモチーフに違う意味を持たせるという、作品を跨いだミステリを為していると言ってもいい。

ミステリから出発し、読者を驚かせることを第一とした連城三紀彦にとって、たとえ本人がミステリを離れようと思っても、そもそも読者を驚かせるという趣向自体が、読者の〝認識〟に介入しようとしている時点でミステリである以上、意識的に、あるいは無意識に、ミステリの技巧を用いて作品を書き続けることになったのだと思われる。ミステリと恋愛、両方の意味を内包した〝再演〟に、連城が固執したのは必然であったのだ。

すなわち連城作品における〝再演〟モチーフの多用は、連城三紀彦が紛れもなく生涯を通じてミステリ作家であり、同時に恋愛小説家であったという事実――連城三紀彦自身がミステリと恋愛小説の二重性《ダブルミーニング》の作家であったことの、何よりの証拠となるものなのである。

どこまでも疑って——連城三紀彦論

本稿では以下の作品の真相・趣向・内容に触れています。

連城三紀彦「変調二人羽織」「メビウスの環」「藤の香」「桔梗の宿」「桐の柩」「白蓮の寺」「戻り川心中」「花緋文字」「夕萩心中」「野辺の露」「宵待草夜情」「花虐の賦」「邪悪な羊」「濡れた衣裳」「二つの顔」「過去からの声」「夜よ鼠たちのために」「紅き唇」「花衣の客」「親愛なるエス君へ」「ぼくを見つけて」「夜のもうひとつの顔」「孤独な関係」「唯一の証人」「それぞれの女が……」「喜劇女優」「蘭が枯れるまで」「小さな異邦人」『暗色コメディ』『敗北への凱旋』『私という名の変奏曲』『花堕ちる』『飾り火』『どこまでも殺されて』『褐色の祭り』『ため息の時間』『明日という過去に』『愛情の限界』『終章からの女』『恋』『誰かヒロイン』『隠れ菊』『ゆきずりの唇』『白光』『人間動物園』『造花の蜜』『処刑までの十章』『わずか一しずくの血』／山口雅也「解決ドミノ倒し」／松本清張『砂の器』／横溝正史「黒猫亭事件」／島田荘司『占星術殺人事件』／アガサ・クリスティー『アクロイド殺し』／セバスチアン・ジャプリゾ『シンデレラの罠』／エラリー・クイーン『エジプト十字架の謎』『ギリシャ棺の謎』／アントニイ・バークリー『毒入りチョコレート事件』『試行錯誤』『第二の銃声』／山田風太郎『妖説太閤記』／横山秀夫『64』

1／連城三紀彦とは何だったのか

私は一管の細筆をふるって、古来のとりとめのないただ美しいばかりの、架空な『此の世の外』の物語に、現実の生命の流動を吹きこみ、真実の人の心のなげきを如実に盛り得れば、それで私の望みは十二分にむくいられるわけで、そのほかにはなんの望みもあるわけではない。

——岡田鯱彦「薫大将と匂の宮」

連城三紀彦のミステリ作家としてのルーツは、どこにあるのか。

一九八一年の〈臨時増刊小説現代　新探偵小説三人衆〉における栗本薫・井沢元彦との座談会において、連城は以下のように発言している。

石川　ミステリーで、とくにおもしろいと思って読んだジャンルはなんですか。

連城　いちばん好きなのは、フランスのジャプリゾとかアルレーとか、あのあたりのちょっと心理っぽいのです。

また、死去の直前のインタビューにおいて生涯最高の十冊の中にジャプリゾ『寝台車の殺人者』を挙げ、「一番好きなミステリ作家です」と述べているし、そのジャプリゾの『新車のなかの女』には非常に力の入った解説を寄せている。これらによって、連城に最も影響を与えた作家はジャプリゾである、というのがおそらく、一般的なミステリファンのイメージであろう。

そしてあるいは、〈CRITICA〉四号掲載の評論「戻りからくり」で市川尚吾が指摘しているごとく、連城三紀彦をG・K・チェスタトンの騎士と見なすのもおそらくスタンダードな見識であろう。〈ランティエ〉二〇〇八年十二月号で連城は〝一番好きだったのはチェスタトンの《ブラウン神父》シリーズです〟と言っているし、たとえば『敗北への凱旋』がチェスタトンの有名短編のオマージュになっていることはつとに指摘されることだ。

だが、それで連城ミステリの全てが示せるわけでは、決してない。

確かにジャプリゾもチェスタトンも、連城のミステリ観に影響を与えた作家であることは疑いない。だが、連城ミステリのもっと根源的な本質は、ジャプリゾ風のトリッキーな心理サスペンスや、チェスタトン風の大胆な逆説というような外見とはもっと別のところにあるのではないか。

では、連城三紀彦のミステリとはそもそもいったい何であるのか？

〈幻影城〉七八年五月号（「六花の印」の掲載号）で、デビュー直後の連城三紀彦は、「ボクの探偵小説観」というエッセイを寄稿している。

柵がなさすぎるのでしょうか。小説という分野《フィールド》の中で探偵小説を他のジャンルと区別する僕の境界線は非常に曖昧です。

僕の中ではフォークナーの「八月の光」と横溝正史の「獄門島」は完全に同価値です。この二作の偉大さは底の底で余りに複雑にストーリーが絡み合う、丁度一人でピラミッドを建造したような人間業ではない構成力で、その偉大さの前ではフォークナーが殺したのが人間であり、横溝氏が殺したのが謎の一駒である区別など取るに足らなく思えてくるのです。同様にモームの短篇と清張氏のそれはただ天性の話術を楽しみたくて、カミユとジャプリゾは語感に舞う心理の悲しい響きを聞き度くて共に僕の中では一つの小説世界として完全に融合しあうのです。

時にはより謎とき以外のプラスα的魅力に魅かれ、横溝センセイが誰を殺そうがと開き直りたくなり、探偵小説ファンとして自己反省しながら、かと思うと、「Yの悲劇」はプラスαが邪魔すぎて「X」や「ギリシャ棺」に軍配をあげたくなったり、結局は曖昧な境界線をうろうろする愚かな読み物狂に過ぎないのかも知れません。（中略）

要は探偵小説と言っても時に探偵の二字に興味がいくか小説の二字に心が動くか、四字まとめて一つの小説ジャンルを形成しているのだと、そんなことが言い度かったようです。

この「探偵の二字に興味がいくか小説の二字に心が動くか」という言葉は、〈推理小説研究〉十七号（八三年九月発行）に寄せられたセバスチアン・ジャプリゾ論「ジャプリゾに関して」の中では、こう言い換えられている。

推理小説。今さら僕などがいうまでもなく、この合成語が隠しもっている推理と小説、論理と感性の二律背反は大きな問題である。ジャプリゾや他の作家からおよそかけ離れた低次元で言えば、僕自身も推理と小説の融合にはいつも頭を抱えている。

論理と感性の二律背反――この言葉は、そのまま連城ミステリに対してよく使われる、ミステリと恋愛小説の融合、という言葉に引きつけられる。

連城はミステリと恋愛小説の融合を目指したということは、連城自身がそう語っていることもあって、ほぼ確定した事実として扱われている。そして実際に九〇年代前半の連城作品は、恋愛小説とミステリが不可分にもつれ合った独自の境地を示している。

だが、連城は本当に、その生涯を通して恋愛小説とミステリの融合こそを目指したのだろうか？ 連城が本当に目指し、模索していったものは、実はもっと別なところにあり、その結果として恋愛小説とミステリの融合した境地に至ったのではないだろうか？

本稿では連城作品を発表順に概観しつつ、連城がミステリと恋愛小説を往還していく中で何を目指し、何を追及していったのか。それによって、連城三紀彦は何を見つけ出し、何に悩み、何に辿り着いたのか。それを探ることで、作家・連城三紀彦の作品群の実像を求めてみたい。

なお、連城作品の発表順については、自作のWiki「連城三紀彦データベース（仮）」内にある、全長編リスト（http://www65.atwiki.jp/renjodatabase/pages/79.html）および全短編リスト（発表順）（http://www65.atwiki.jp/renjodatabase/pages/99.html）を参照していただきたい。

2／意外性の果てしない追及

八六年から九〇年にかけて〈キネマ旬報〉で連載した映画エッセイ「試写室のメロディー」の第十八回（八七年八月上旬号）で連城は、見る前にどんな映画か見当がついてしまう映画は、いい映画でも新鮮さに欠けて物足りない、という話をしているが、その最後の一文をこう締めている。

本当の面白さとか感動は、決して予想などつかないもののはずである。

この一言を、そのまま連城三紀彦のミステリ観に適用するのも、その作風を考えれば牽強付会とは言えないだろう。

連城ミステリの生涯のテーマは、意外性の追求であったと言っていい。連城はデビュー作から遺作まで、ミステリのみならず恋愛小説であってさえ、一貫して読者を驚かせることに心血を注ぎ続けたことは、その作品歴を概観すれば明らかである。その意外性の追求は、たとえば『造花の蜜』の最終章に寄せられた賛否両論が示すように、時にあまりにも過剰すぎて作品全体の完成度を損ねているようにさえ見える。

その傾向は、デビュー作「変調二人羽織」の時点から既に指摘されていたことだった。第三回幻影城新人賞の選評で、都筑道夫は〝私ごのみで、おもしろい作品になりそうだったが、小味になんども話をひっくり返そうと、すこし欲張りすぎましたね。〟と述べているし、中井英夫は〝『変調二人羽織』は大正か昭和初期の探偵小説めく題にもまして、優れた結末を自分から壊してしまった点が致命的で、その要らざるどんどん返しと嫌味な最後の一行とで、すべての魅力は鶴のごとく彼方へ飛翔し去った。〟と難色を示している。

法月綸太郎がハルキ文庫版『変調二人羽織』の解説で指摘しているように、このデビュー作は明らかに中井英夫『虚無への供物』に対するオマージュとして書かれた、ある種の多重解決・アンチミステリ趣向の作品であるが、連城は「変調二人羽織」でその解決の多重性を推理合戦という形ではなく、新情報の追加による多重どんでん返しという形で描いた。

そしてこの多重どんでん返しの趣向もまた、その後の連城三紀彦作品の方向性を規定するものである。『美の神たちの叛乱』を頂点とするどんでん返し数珠つなぎの手法で書かれた長編群のみならず、「未完の盛装」「夜のもうひとつの顔」「眼の中の現場」など、短編においてさえ連城は多重どんでん返しを仕掛け、読者を驚かすことに心血を注いだ。

さて、そもそも〝どんでん返し〟とはいったい何だろうか?

どんでん返しの回数の極限に挑んだ作品として、山口雅也の「解決ドミノ倒し」（講談社文庫『ミステリーズ』収録）という短編がある。この短編は、探偵が推理を披露しようとするたびに、容疑者たちが伏せられていた新情報を次々と開示して推理の前提を崩壊させるという抱腹絶倒の傑作だが、この作品が示すのは即ち、どんでん返しを為すのは、隠されていた情報の開示である、ということだ。

そもそもミステリという文学形式自体が、特定の情報を隠すことで謎を生み出し、それを解明することを主眼においたものであるが、ただ伏せられていた事実が明かされるだけでは、どんでん返しとは呼ばれない。それがどんでん返しと呼ばれるのは、その情報開示によって、それまで見えていたものが覆り、読者の認識が大きく揺さぶられるためだ。

それを端的にまとめれば「Aだと思っていたものがBだった」という形に集約されるわけだが、これを成立させるためには、まず読者に答えがBであるものを提示しながら、それをAだと強く思い込ませなければならない。この読者の認識を操るのがミスリードであり、それが巧みであるほどに読者の驚きは深まる。仮に、AかBか五分五分のものがBだと判明しても、それは納得はしても驚きはしないだろう。十割Aに間違いない、そもそもAであることを疑いすらしないものがBだと明かされることで、そこに認識の変化の大きな落差が生じ、読者は驚きを感じる。

連城ミステリに驚きが満ちているのは、読者を徹底して偽の構図に引きずり込むからである。その上で連城は、読者が疑問にも思わないような大前提を切り崩すことで、読者の認識を揺さぶり、書き換え、見えていた景色を全く別のものに変貌させる。

連城が切り崩す大前提。それが即ち、読者のもつ常識である。

3／あらゆる常識を疑え

〈短歌研究〉八四年四月号に掲載されたエッセイ「推理小説と短歌のあいだ――『戻り川心中』創作

ノート――」の中で、連城はこう記している。

しかし、推理小説を書く者は、因果なことに、どんな出来事や物事をも疑ってかからないと商売になりません。一首の短歌でも、裏から、或いは逆から眺め、そこからできるだけ他の人が考えつかないような発想を思いつかなければなりません。それが現実にはありえないような突飛な思いつきでも、その突飛さの中から推理小説としての真実を見つけなければならないのです。

このエッセイは「戻り川心中」の創作過程を詳らかにした、自作について滅多に語らない連城の貴重な自作解説であるが、この一文こそがまさしく、連城のミステリ創作の方法論そのものであると言って差し支えないだろう。

どんな出来事や物事をも疑ってかかる――我々が普段、疑問にも思わないような世界認識の大前提から。千街晶之も指摘しているが、連城ミステリの意外性は、この全てを疑う、我々のもつ常識や価値観に対する徹底的な懐疑を出発点としている。

たとえば初期作品から実例を挙げていけば、死体と柩という物体の価値を逆転させる「桐の柩」を典型例として、連城作品の〝常識破り〟はどんどん過激化していく。作者と作品の関係性を転倒させた「戻り川心中」「花虐の賦」、男女関係の裏側から異形の愛が姿を現す「花衣の客」、復讐の大前提たる〝生死〟の概念をひっくり返す「夜よ鼠たちのために」、現実の猟奇事件をミスリードに用いた欲望の主体の転倒「親愛なるエス君へ」、チェスタトンの有名短編をさらにスケールアップした『敗北への凱旋』——等、これらの作品のとびきりの意外性は常に、我々のもつ常識を切り崩し、想像の埒外にある真相を突きつけるからこそ、震えるような衝撃をもって襲いくる。その衝撃とは即ち、自らの足元が崩れ去る、世界に対して拠り所を失う衝撃だ。自分の踏みしめていた足元が空であったような、寄りかかっていた壁が消え失せるような——。

あるいは真相の性質そのものが直接〝常識破り〟に当たらずとも、発想の根っこにそれがある作品も挙げられる。たとえば「白蓮の寺」のアイデアの出発点は、作中の時間軸において遺伝病と思われていたハンセン病に対して〝汚れた血であったからこそ、その血を愛した〟という常識の転倒ではなかっただろうか。ミステリとハンセン病といえば松本清張『砂の器』だが、映画ファンの連城は当然、名作と名高いその映画版は見ていたはずだし、原作も読んでいただろう。「白蓮の寺」は連城なりの『砂の器』に対するアンチテーゼであったのかもしれない。

ともかく、その〝常識破り〟は九〇年代の作品に入るとさらに先鋭化していく。そのひとつの極致が『明日という過去に』で、この作品では最終的に全ての出発点であった男の言葉そのものが虚構であったことが最後に明かされ、物語の全てが砂上の楼閣と化す。ほとんど夢オチにも等しいような荒技だが、連城はそれを嘘に嘘を塗り固めた書簡体形式に仕立てることで成立させる。

ここで破られる〝常識〟は、即ち物語の出発点であり、物語を成立させる大前提である。同様の大前提破壊には、初期では「花緋文字」や「野辺の露」、九〇年代の作品では「それぞれの女が……」「孤独な関係」などの作例が挙げられるし、その極北こそが登場人物全員が消え去る「喜劇女優」であろう。これらの作品では最終的に、そこまで読んできた物語そのものが、がらがらと音をたてて崩れ去り、読者は呆然とするしかない。

こうして連城は常に、我々の常識に挑戦する。連城ミステリを作者と読者の謎解きゲームとして見る場合、連城ミステリが我々に叩きつける挑戦状は、どこまで常識的な観念を覆す発想に至れるか、ということに他ならない。

そしてこの、あらゆる常識に対する懐疑は、そのまま連城のミステリ作法である。即ち、決して常識的なミステリは書きたくない――という強い意志だ。

4／顔のない死体

日本における本格ミステリの、海外での呼称のひとつに〝クラシカル・フーダニット〟がある通り、本格ミステリの王道とは犯人当てである。ひるがえって連城ミステリには、王道のフーダニットものはひとつとしてない。フーダニットに近い形式をもつ作品には「変調二人羽織」や「孤独な関係」があるが、どちらも常識的な犯人当てを逸脱した――端的に言えば〝犯人の不在〟という真相に至る。さらには〝登場人物全員が犯人〟と言ってもいい『私という名の変奏曲』や『白光』に至っては、もはやアンチ・フーダニットと言うべきだろう。

また、密室ものも連城はほぼ書いていない。「ある東京の扉」や「化石の鍵」が強いて言えば密室ものだろうが、どちらも密室トリックの解明そのものに主眼は置いていない。そもそも連城ミステリにはハウダニットの作例自体が極端に少なく、ハウダニット・トリックに重点を置いた作品は「六花の印」「菊の塵」「夕萩心中」『私という名の変奏曲』など、ほぼごく初期に限られる。

　このように連城は、まずミステリとしての題材選びの段階から、ミステリの王道たるフーダニット・ハウダニットを避けてきた。これは読者として連城がそういうミステリを嫌いだったから、というわけではない。たとえば『恋文のおんなたち』に収録されたエッセイ「眠れなくなる本」（初出…〈小説推理〉一九八一年四月号）では、〝最も推理小説らしい推理小説と思っている〟三冊として、鮎川哲也『黒いトランク』、森村誠一『虚構の空路』、泡坂妻夫『乱れからくり』を挙げている。この三冊の選択からしても、連城もやはりミステリの王道は犯人当てであり、トリックを主眼に置いたハウダニットである、と考えていたはずだ。

　しかし、常識破りこそを信念とする連城にとっては、その〝推理小説らしさ〟ですらも、打ち破るべき常識であったのだろう。

　かくして連城ミステリは、ホワイダニットを軸にしたどんでん返しが中心となるわけだが、このフーダニット・ハウダニットを〝常識〟と見なし、それをひっくり返そうとした連城が、意識的にか結果的にかは解らないが、その作家人生を通してこだわり続けることになったテーマがある。

　それは即ち、〝顔のない死体〟だ。


　〝顔のない死体〟といえば、なんといっても横溝正史である。

　横溝の短編「黒猫亭事件」は、連城が書いたのかと見まがうほどに連城的な構図の作品だが、この作品はなんといっても作中の〝顔のない死体〟テーマに対する言及が有名であろう。

探偵小説の面白さの、重要な条件のひとつとして、結末の意外さということが強調されているんですよ。ところが、『顔のない屍体』の場合に限って、誰の小説でも犯人と被害者のいれかわりなんです。つまり、『顔のない屍体』の場合にかぎって、事件の第一歩から、読者は犯人を知っているんですよ。……

この指摘について考えると、たとえばエラリー・クイーン『エジプト十字架の謎』や、島田荘司『占星術殺人事件』もその例に漏れない。この二作はどちらもオカルティックな道具立てを用い、大量のレッドヘリングをばらまくことで、〝顔のない死体〟テーマであること自体を巧みに隠蔽している。

では、連城の場合はどうか。連城作品における〝顔のない死体〟テーマにおいて、バールストン先攻法のための〝犯人と被害者の入れ替わり〟はあるか？　答えは、否である。一作として無い。

では、連城作品における〝顔のない死体〟はどのように用いられているのか？

そもそも、〝顔のない死体〟はなぜ顔を消し去るのか。それは第一に、被害者の身元を隠すためである。被害者の身元が隠されることで生じるのは、〝被害者は誰か〟という謎だ。

そう、フーダニット――〝犯人当て〟を〝ミステリの常識〟と定義して、それをひっくり返すならば、そこに生じるのは〝被害者当て〟という言葉である。そして、この〝被害者当て〟というテーマこそ、連城が生涯を通じて書き続けたものなのだ。ミステリの常道が〝犯人は誰か〟という地点に主眼を置くものであるからこそ、連城はそれを転倒させた〝被害者は誰か〟を主眼に置くことで、我々の常識を切り崩し、意外性を演出するのだ。

　連城作品で最もストレートな〝顔のない死体〟テーマは「藤の香」だが、ここでも〝顔のない死体〟は横溝の言う〝犯人と被害者の入れ替わり〟とは異なる、犯人の動機の隠蔽という役割を担う。同じ《花葬》シリーズの「白蓮の寺」では、明確に〝被害者は誰か〟という謎が出発点として設定され、犯人の仕掛けたトリックの対象――ある意味では〝真の被害者〟が誰だったのか、という点が強烈な構図の転換とホワイダニットと意外性を演出する。

　また「二つの顔」では〝顔のない死体〟によって〝被害者と被害者の入れ替わり〟が為されるし、これを鏡映しに逆転させると、『私という名の変奏曲』のトリックを為す〝顔のある死体〟による被害者同士の入れ替わりとなる。

　本当の被害者は誰か――これこそが、連城ミステリの多くにおいて意外性の根幹を為す要素である。これが一番明瞭に現れているのが連城の誘拐ミステリ群だ。『人間動物園』『造花の蜜』の二長編、「邪悪な羊」「過去からの声」「ぼくを見つけて」の三短編はいずれも、表向きの誘拐事件の裏にもうひとつ別の誘拐事件が進行している、という構造をもっている。それによって、真相の意外性を為すのは〝本当に誘拐されていたのは誰だったのか〟というポイントだ。そして生涯最後の短編となった「小さな異邦人」はまさに〝誘拐されたのは誰か〟という謎を出発点にしているが、これはひょっとしたら連城がこれまで書いてきた誘拐ミステリの構図についての種明かしだったのかもしれない。

　その他の短編でも、〝本当の被害者は誰か〟という点が意外性を為す作品は枚挙に暇がない。たとえば「唯一の証人」はまさしく〝本当の被害者は誰か〟という点がフィニッシング・ストロークを為す。「濡れた衣裳」はこれもまた〝被害者と被害者の入れ替わり〟テーマであるし、「親愛なるエス君へ」の真相が導き出すのは〝犯人＝被害者〟という構図だ。「夜よ鼠たちのために」の〝被害者がまだ生きている殺人事件〟は、バールストン先攻法をそのまま綺麗にひっくり返したものであると言えるし、「夜のもうひとつの顔」や「蘭が枯れるまで」では〝被害者の取り違え〟が語り手に対する罠として仕掛けられている。そしてまた、『わずか一しずくの血』や遺作長編『処刑までの十章』において、〝顔のない死体〟は全体の中核に近い謎として提出され、『わずか〜』では最終的には〝被害者が実際は殺されていなかった〟ことが犯人の常軌を逸した動機の成立条件を為す。

こうして連城は、時に物理的に被害者の顔を潰さずとも、認識やレトリックによって〝顔のない死体〟を成立させ、〝被害者当て〟という趣向を、手を変え品を変え書き続けた。この趣向は、ミステリは犯人探しの物語である、という常識を転倒させたものであるからこそ、連城は好んで扱い続けたのであろう。

5／名探偵の不在と真相の多重性

連城ミステリの特色としてもうひとつ挙げられるのが、名探偵の不在である。

連城作品には複数冊にまたがって登場したシリーズキャラクターはひとりも存在せず、シリーズ探偵と呼べるのは『運命の八分休符』に登場する田沢軍平ただひとりである。ほとんどの連城作品において、快刀乱麻に謎を解くヒーローとしての名探偵は存在しない。

名探偵の要不要については、佐野洋と都筑道夫の間で繰り広げられた「名探偵論争」が有名だが、連城が名探偵不要論者であったというわけではない。先にも引用した栗本・井沢との座談会では、こんな会話がある。

石川　連城さんは名探偵についての考えはどうですか。
連城　どちらの意見もわかりますね。名探偵が出てくるものでは、そのキャラクターでかなり読んでますし、おもしろいと思います。そうでない人の小説も、それなりにいろいろバラエティがあっておもしろいですよね。だから、栗本さんみたいに、自分のなかで、どうしても名探偵をつくりたいという気持ちのある人は、つくっていけばいいんじゃないですか。
栗本　やむをえずね。
石川　連城さんの場合は〝名犯人〟というかね（笑）、むしろ被害者のキャラクターが、いつまでも読後の印象に残るんじゃないかな。残念ながら、被害者はシリーズにできないですね（笑）。

この連城の言に沿っていえば、連城は〝どうしても名探偵をつくりたいという気持ち〟がなかったのだろう。また同じ座談会ではこんな発言もある。

連城　性格的に飽きっぽいですからね。たとえば、やくざの話を書いちゃうと、もう二度とやくざの話は書きたくないって感じになっちゃうんです。……

この飽きっぽさというのは連城の作風の変遷を考える上で重要な要素なのだが、連城と同様にシリーズ探偵をほとんど持たなかった作家である岡嶋二人も、執筆担当の井上夢人が『おかしな二人』の中で自身の飽きっぽさを告白している。同じキャラクターを起用して何作もシリーズを書くのは、単純に性格的に向いていなかったのだろう。

しかし、そういった要素を抜きにしても、連城作品には名探偵らしい名探偵――絶対的な地位としての名探偵にあたる人物がほとんどいない。それこそ田沢軍平ただひとりと言ってもいいのではないか。あたかも名探偵のように登場する『造花の蜜』の橋場警部は、犯人の蘭に完敗を喫したばかりか、最終章では読者を欺く大がかりな仕掛けの駒として用いられてしまう。そもそも処女長編の『暗色コメディ』にしてからが、終章で探偵と犯人の立ち位置が入れ替わってしまうし、『どこまでも殺されて』では、苗場直美が途中で語り手の横田から探偵役の地位を奪い取ってしまう。『私という名の変奏曲』に至っては探偵役さえ犯人の一人であるというように、連城は探偵役を絶対的な地位に置くことはほぼない。

あるいは「桔梗の宿」や『人間動物園』のように、連城作品では外側から事件を見ていたはずの語り手や探偵役が、真相が明らかになることで不意に事件の内側に取り込まれてしまう、という構図もよく見られる。

またよく指摘されることだが、連城作品では最終的に犯人の告白という形で真相が語られる作品や、探偵役を担う人物が気付いた真相を独白するのみで、世間に公表しないままで終わる作品が非常に多い。この点は、ホワイダニットが中心であるという連城作品の性質に寄るところが大きいだろう。ホワイダニットの謎と解決は、どこまでも心理の上で為される。心理の謎は物理的な証拠を伴わない以上、その絶対性を極めて定めにくい。動機などは作者の恣意でいかようにも設定できる以上推理するに値しない、という本格ミステリに対する動機不要論はまさにこの不確定性が生むわけである。
　その中で《花葬》シリーズが本格としても高い評価を得るのは、その心理自体を論理的なパズルのように扱っている点である、ということは、たとえば『本格ミステリ・ベスト100』（一九九七年、探偵小説研究会編）における田中博による『戻り川心中』のレビューなどでも指摘されている。

　この短編集を貫いているのは、真相における倒錯の論理である。これは、サイコ・スリラーなどにおける「倒錯者の論理」とは別物であり、正確にいえば「論理的な倒錯」という表現になるだろう。類似品としては、G・K・チェスタトンのブラウン神父シリーズなどに見られる「逆説」が連想される。そして『戻り川心中』に収録された作品の場合、その論理は事件や謎の解明に従属するものではない。前述した意味でいうと、道具的に使用されるものではないのだ。論理は、見出された真相の中心にあって、真相の「姿」というべきものを支えている。その論理の倒錯が読者を驚かせもし、また納得させもする。（中略）
　この「論理性」に着目すれば、連城につきまとう「文学的」「抒情的」といった冠を相対化できる。つまり、連城は、「論理」と同じように「心理」をいじくっているのではないのか。連城の「抒情」の舞台裏は、おそらく甘い液状のものではなく、冷たい硬さである。愛や憎しみや孤独という心理を解体し、その破片を拾い集めては並べ直し、様々な演算をほどこし、剰余を検算し、小数点以下を整理し、数式全体の姿を俯瞰して効果を整える。これは、曖昧な「感性」や勿体ぶった「芸術性」のタレ流しではない。皮肉で逃げ道のない打算であるし、誤解を恐れずにいえば、このような構築性こそが一級の通俗性と呼ばれるべきなのだ。

《花葬》シリーズの真相が、少なくとも作中において納得度の高い唯一の真相と見なせるのは、周到に張られた伏線と逆説的なロジックによる論理性であることは明らかだ。それ故に《花葬》は本格ミステリたり得ていると言うことはできるはずだ。

だがしかし、そもそもミステリの真相は唯一絶対のものでなければならない、という〝常識〟もまた、連城にとっては覆すための前提に過ぎなかったことは、その作品群を概観してみれば明らかである。

そもそもが『虚無への供物』に対するオマージュとしての「変調二人羽織」から出発した連城は、明らかにミステリの真相の唯一性を最初から信じていない。〝謎だけの探偵小説〟に解決をひねり出していく「ある東京の扉」、結末に両義的な解決を提示する「メビウスの環」、〝犯人の告白〟のもつ絶対性を剝ぎ取った『私という名の変奏曲』といった初期作品から、〝登場人物全員が単独の犯人〟という真実の万華鏡を成立させた『白光』など後期の作品まで——こうした作品群における〝解決〟あるいは〝真実〟の多重性は、後期クイーン的問題が広まり、多重解決が流行する現代から振り返ってみても、優れて現代ミステリ的である。

《花葬》シリーズもまた、最終的な真相の手前にある程度納得度の高い〝解決〟が置かれた上で、さらにそこからもう一捻りするという構成を持つ作品が多い。しかし「桔梗の宿」にしろ「戻り川心中」にしろ、最終的な真相は作中においてこそ正しい解釈となるように伏線が張られているものの、それが本当に確定的な真実であるのかは、探偵役には定められない。「花緋文字」のように犯人の告白で終わる作品であっても、『私という名の変奏曲』や『白光』でその特権性は剝ぎ取られており、真実は定まらない。

『敗北への凱旋』のように、暗号という唯一絶対の解答をもつ作品においてまで名探偵らしい名探偵を導入しなかったために作劇に歪みを内包してしまった作品もあるが、総じて連城作品においては真実は定まらず、不確定な真実の前に絶対的な名探偵は無力である。

そのような解決の多重性、絶対的な名探偵の不在——といった性質から連想される作家といえば、アントニイ・バークリーである。バークリーは『毒入りチョコレート事件』など一連のシェリンガムもので名探偵の特権性を剝ぎ取り〝解決〟の多重性や恣意性を突きつけたが、〈幻影城〉七八年三月号での新人作家に対する栗本薫からのアンケート「新しい影たちの声」において、連城は最も尊敬する海外の探偵作家にバークリーを挙げているのだ。

当時訳出されていたバークリー作品は『毒入りチョコレート事件』『試行錯誤（トライアル&エラー）』とフランシス・アイルズ名義の『殺意』『レディに捧げる殺人物語（犯行以前）』の計四作（厳密には他に戦前に『第二の銃声』が抄訳されている）であり、当時のバークリーに対するイメージは現在とは異なるだろうが、しかしバークリー作品と連城作品の類似性は、本来もっと指摘されて然るべきであろう。

たとえば「藤の香」は〝善行としての殺人〟という『試行錯誤』のテーマに対して〝色街の代書屋〟という説得力のある犯人像を作りだしたものだし、「眼の中の現場」は明確に連城版『試行錯誤』だ。『終章からの女』などにも『試行錯誤』の影響は見られる。また、捜査を進めるほどに容疑者が増えていき、探偵自身さえ犯人たり得る——という「孤独な関係」の愛人捜しの過程は、まるでひとり多重解決、連城版『毒チョコ』の趣きだ。『レディ』の夫婦サスペンスは、「メビウスの環」に始まる連城の一連の夫婦ものの出発点かもしれない。そして『第二の銃声』は、容疑者の誰が犯人であっても成立しうるという〝犯人〟の多重性、その上で最終的に一番最初の最有力容疑者が真犯人であるという結末が、『私という名の変奏曲』に酷似している。『変奏曲』は『シンデレラの罠』よりも、『第二の銃声』が元ネタだと言われた方がよほど納得がいく。連城が『第二の銃声』の戦前の抄訳を読んでいたのかどうかは定かでないが、もし読んでいなかったとすればこれは作家性の類似のひとつの証明ではないだろうか？

少々話が逸れたが、かように連城作品においては真相の多義性、名探偵の非特権性が特徴であり、また「桔梗の宿」や「戻り川心中」を例にとれば、たとえ名探偵がこれらの事件の謎を解いたとしても、その解決は極言すれば、解決される必要性が非常に薄いのである。

6／連城ミステリと後期クイーン的問題――「花緋文字」考

ミステリにおける謎に対する解決とは、即ち秩序の回復である。

事件が起こり、謎がある状態において、世界は秩序を失っている。そこに解決という光をもたらし、世界に秩序を取り戻すのが名探偵である。ミステリとは謎が解決される文学である以上、世界は論理的かつ整然としたものでなければならないという思想が通底する。ミステリにおいて、世界は我々が理解し納得できるものでなければならない。名探偵とはそんな世界の守護者なのだ。

ひるがえって連城ミステリを見ると、先に述べたように、殊に《花葬》シリーズにおいては、最終的な真相よりも前に、ある程度納得のいく〝解決〟が為されていることが多い。「桔梗の宿」では事件の構図は最後の手紙の前にほぼ明かされ、殺人事件を巡る犯人の正体とその犯行のみを問うならば、最後の手紙は必要ない。最後の手紙が明かす犯人の真実は、事件そのものの構図には一切影響を及ぼさず、ただ語り手の刑事のみに向けられている。

あるいは「戻り川心中」においては、苑田岳葉が本当に愛したのは誰だったのか、という当初の謎はやはり作中の第五節においてほぼ解決され、その後の第六節でさらにその裏にあった岳葉の真意が明らかにされるわけだが、語り手はその真実を封印することを選択する。岳葉の仕掛けたトリックを暴いたとして、そこに何が残るだろうか。岳葉の野望の道連れにされた女たちは、それで救われるだろうか。それはただ、苑田岳葉がその命を賭して咲かせた花を摘み取るだけの行為ではないか――。

かように連城ミステリにおいては、謎の解明が世界の秩序の回復と必ずしもイコールでは結ばれない。むしろ、常識的な構図で理解されていた事件の裏側から、常識を越えた真実が明らかになることで、それまでの物語が崩壊し、秩序が失われさえする。たとえば犯人が名乗り出るたびに謎が深まる『私という名の変奏曲』はその〝謎の解決〟の効能そのものを逆手にとったものと言えるだろう。

本格ミステリにおいて、名探偵が特権的立場から登場人物の運命を決定付けることの是非という問題があるが、連城ミステリの犯人たちは、謎が解かれるときには既に警察や司法の手の届かない場所にいることが多い。《花葬》シリーズは無論のこと、『敗北への凱旋』『終章からの女』『人間動物園』などの長編でもそうである。それは結局、心理の謎の不確定性のために絶対的な真相が確定できない以上、第三者がその不確定な真実によって犯人を断罪することの困難さ故ではないか。

さらに言えば、心理の謎に踏み込むには、対象の人物の主観に深く踏み込んでいかなければならず、客観的に全体を俯瞰する第三者でなければならない名探偵とは相反してしまう（たとえば『終章からの女』で斐子とは深い関係のない、彩木の部下でしかない白根が、彼女の異様な動機に辿り着けてしまうことの違和感もこのあたりに由来するだろう）。対象の主観に踏み込むには、探偵役は対象に近しい存在でなければならず、その時点でシリーズ探偵を設定することには無理が生じる。他作家の作品でいえば、たとえば西澤保彦の《腕貫探偵》シリーズにおいて、腕貫探偵が解き明かす異様なホワイダニットが、あくまで仮説であると前置きされるのも心理の謎の不確定性故だ。連城でいえば、『運命の八分休符』の収録作が、ホワイダニットよりも名探偵・田沢軍平の視点から見えていた構図の反転に力点を置いているのもそのためである。

そして「桔梗の宿」が象徴的に示すように、心理の謎を解くことは時として秩序の回復に繋がらず、そもそも客観的には解き明かす必要さえなくなる。「戻り川心中」で苑田岳葉の作りあげた歌は虚構であるが、しかしそれが虚構であったことを示すものは状況証拠のみであり、岳葉の歌が虚構であったことを示す決定的な証拠はない。ならばそれは一面の解釈にすぎないのであり、「戻り川心中」の語り手がその真相を封印したのも、岳葉の野望の犠牲となった女たちへの哀悼であるとともに、その真相の不確定性故だ。

真相が不確定であり、かつ解き明かす必要があるかどうかも解らない謎に対し、絶対的な名探偵は決して相容れないことを連城は理屈というよりも感覚的に理解していたのであろう。故にこそ、連城三紀彦においてはシリーズキャラクターとしての名探偵は用いられないのである。

この真相の不確定性、名探偵の不在性は、ミステリという形式そのものに対する否定のベクトルを孕んでいる。真実が確定できず、名探偵が相容れない作品世界は、果たしてミステリである必要があるのだろうか？　講談社文庫版『戻り川心中』（八三年）のあとがきに記された言葉の意味とは、即ちそういうことだったのではないか。

今の僕は当時ほどミステリという言葉を絶対的なものとは信じることができず、犯罪や事件が起こらなくとも小説が書けるのではないか、その方が自分を素直に表現できるのではないかと考えています。

あるいは『夕萩心中』単行本（八五年）のあとがきに記された、《花葬》シリーズを中絶するに至った理由もまた、その部分にあるのではないか。

「花葬」の最初の狙いはミステリーと恋愛の結合だったのですが、書き進めるうちにどんどん二つが分離していき、八作目に至って遂に、その溝は作者の乏しい才能と意志では埋められなくなってしまったものです。あと二話に予定していた桜と梅は題名通り、小さな花も開かせず、葬られる運命になりました。

「夕萩心中」が書かれた八二年の時点で、連城が《花葬》シリーズを、即ち恋愛ミステリを書くことに行き詰まりを感じていたのは間違いない。では、連城はどの段階でその行き詰まりに突き当たったのか。それを考える上で重要なのが「能師の妻」である。「能師の妻」は〈幻影城〉誌上でタイトルが予告された《花葬》の一編「桜の舞」であることが明かされているが、「能師の妻」の発表（〈別冊文藝春秋〉一九八一年夏号）は「花緋文字」（〈小説現代〉一九八〇年九月号）と「夕萩心中」（同一九八二年六月号）の間であり、この時点では《花葬》はまだ中断に至っていなかったはずなのだ。それなのに連城は、「桜の舞」を《花葬》として〈小説現代〉に書くのではなく、独立した単発短編として〈別冊文藝春秋〉に書いてしまった。それはなぜか？

案外、締切に追われて《花葬》用のアイデアをつい〈別冊文藝春秋〉の原稿に使ってしまった、というだけの話かもしれないが――しかし、この時点で既に連城が《花葬》を書き続けることに限界を感じていたとするならば、連城に《花葬》の中断を決断させた作品は「夕萩心中」ではなくその一つ前――「花緋文字」ということになる。

「花緋文字」は、連城作品における名探偵の不在性において最も象徴的な作品である。常識的な構図で理解された事件が、犯人の告白によって全て崩れ去るこの作品での、最終的な犯人の独白は、解決によってそれまで見えていた〝物語〟を完全に崩壊させるとともに、作中における名探偵の不在を嘆いているかのようだ。

蓮沼尚太郎は「第三の推理小説―ホワイダニット Whydunit―について」〈創元推理17〉掲載）において、「花緋文字」は犯人の言動に対して特に矛盾を指摘することなくどんでん返しを提示するため、〝推理小説が「読者対作者の遊び《ゲーム》」であるという本質に反するものであり、どちらが本当の解釈であるかという判断基準が無く、二通りの解釈が可能であるという事を示してみせるだけのもの〟であり、〝推理小説ではなく、単なるどんでん返しという手法を使った小説〟でしかない、と指摘している。事実、「花緋文字」は犯人の告白の前にあの真相を論理的に指摘するのはほぼ不可能だろう。しかし、だからといって「花緋文字」を単なる伏線のないどんでん返しで読者を驚かせるだけの作品、と切り捨ててしまうのは、あの作品の本質を見落としている。

先の論考「ダブルミーニングの文学」で筆者はミステリを〝認識の文学〟と定義し、謎が生じるのは第三者の視点から語るためであると述べたが、「花緋文字」は全てが当事者――即ち犯人の視点から語られる。そして全てが完璧なトリックを仕掛けた犯人の視点から矛盾なく叙述されたとき、ミステリから〝謎〟は失われるのだ。
「花緋文字」に、たとえば語り手と水沢の後輩という立場で、語り手と水沢との関係や、水沢の論文に関しての犯人の奸計を客観的に観察する第三者がいたならば、論理的に真相を見抜くことができる作品になり得ただろうし、「花緋文字」をミステリとして書くならば本来そうすべきであったはずだ。たとえば「戻り川心中」も、苑田岳葉の視点から第二の心中までを描いたあと、目覚めた岳葉が「歌集はこの心中行の前に既に完成していたのだ」と自身の犯行を独白して自害する一人称の物語であったなら、まさに「花緋文字」のような作品になっていたはずだ。ではなぜ「花緋文字」は第三者の視点を廃し、犯人の視点のみからの完全犯罪の物語として描いたのか。そしてなぜ、読者に対しあの真相を予期させる矛盾点の提示をしなかったのか?

この点について論じるならば、アガサ・クリスティー『アクロイド殺し』に触れないわけにはいくまい。「花緋文字」と『アクロイド殺し』はどちらも犯人の視点から語られながら、語り手が犯人であることが読者に対して隠蔽される作品だが、『アクロイド殺し』という作品は古くから指摘されるひとつの問題点を内包している。『アクロイド殺し』は全編がシェパード医師の手記であることが後半になって明かされるが、なぜシェパード医師は手記をまるで推理小説のように書いたのか?

ポアロにより犯人が指摘されたあと、シェパード医師は本文中で殺人場面の叙述について自ら解説してみせるが、果たして彼にとって、あの手記をあのように書く合理的必然性はあったのだろうか。逃げ切った後に推理小説として発表するつもりだったとしても、シェパード医師はあの手記を途中でポアロに読ませているのである。自分が犯人だと指摘され得るように書かれたテキストをポアロに読ませるメリットは、シェパード医師にはない。それはただいたずらにリスクを高めるだけの行為である。『アクロイド殺し』はフェアかアンフェアかで大きな議論を呼んだ作品だが、あの作品の本質的な問題とは、あのテキストそのものに、あのように書かれる（あるいはそれをポアロに読ませる）合理的必然性が欠如していることだ。犯人が己の犯行を隠蔽しながら事実を語るとき、そしてそれを事件の捜査をする名探偵に読ませるとき、そこに推理小説としての真相の手がかりを律儀に配置することには、犯人の行為としてはあまりに必然性がない。

　連城が『アクロイド殺し』に対してこの疑問を持っていたかどうかは定かでないが、連城版『アクロイド殺し』と言うべき「花緋文字」における犯人の語りに、読者が論理的に犯人を指摘する余地がないことは事実である。「花緋文字」の犯人は、自らそれを明かすまで、読者に対し己の犯行の気配を語りの中に露ほども滲ませない。そしてそれ故に、犯人はあの犯行を完全犯罪として成し遂げたとも言える。

　連城自身の企図した試みとしては「花緋文字」は――もちろん『アクロイド殺し』も念頭に置きつつ――犯人の視点からその心理を書き込むことと、犯人を読者の目から隠匿するという相反する要素を成立させようというものであっただろう。そのために連城が用意したのが、あの犯人の仕掛けたトリック――即ち、動機の捏造である。

　彼は自らの嫉妬と野心による水沢殺しが露顕したとき、その動機を〝妹の復讐〟という美談にすり替えるためだけに妹の心を利用し、妹を犯し、そして殺した。その無惨さこそが「花緋文字」の真相のインパクトを支えているが、そもそも彼のこのトリックは、自らの犯行を解き明かしてしまう存在を意識して、偽の真相へと導く証拠や証人を用意し、その認識を操ろうというトリックである。「花緋文字」の優れている点は、犯人の仕掛けたこのトリックが非常に周到かつ合理的であることだ。これによって彼が隠蔽しようとしたのは水沢殺しではなく、水沢殺しの動機なのである。水沢殺しそのものには自殺に見せかける単純な隠蔽工作に留め、万一それが破綻した場合のための保険として、彼はこのトリックを仕掛けた。複数の客観的な証人さえ用意されているのだ。第三者の立場から、彼のこのトリックを見破れるのは、彼が水沢から盗んで己の業績とした論文が盗作であることに気付ける者だけであろう。それさえ露顕しなければ、彼のこの動機の捏造トリックは決して破綻しないのだ。

そして、彼の仕掛けたこのトリックがそのまま、いわゆる後期クイーン的問題の実践であることは論を俟たない。もちろん本作の発表当時〝後期クイーン的問題〟という言葉はなく、連城がクイーンを神格化するタイプのミステリファンでもなかった（〈ミステリマガジン〉八二年十二月号のクイーン追悼特集におけるアンケートで、連城はクイーンに関心をもっていたのは大学生の頃、と答えている）以上、本作が現在的な意味での〝後期クイーン的問題〟の実践として書かれたものではあり得ない。しかし結果的に「花緋文字」は、名探偵の存在を前提とした完璧なトリックを仕掛けながら、実際には名探偵が存在せず、トリックが無意味と化してしまった哀れな犯人という、まるで麻耶雄嵩が書いたのかと思うほど、現代ミステリ的な問題意識を表明した作品になっている。

故にこそ、「花緋文字」においては名探偵の不在性が強烈に立ち現れる。彼は、自分のトリックを見破ってくれる名探偵がいないことを嘆いているのではない。自分のトリックに引っ掛かってくれる名探偵がいないことを嘆いているのだ。彼のトリックはあまりに完璧で、その完璧なトリックを彼はあくまで保険に用いた。そして彼の水沢殺しを見破る名探偵がいなかったがために、名探偵を操るための完璧なトリックは作中世界では無意味と化してしまった。

前述のクイーンに関するアンケートで、連城がクイーンのベストに『ギリシャ棺の謎』を挙げているのは、その点からしても象徴的だ。『ギリシャ棺の謎』には名探偵エラリーに向けて偽の手がかりをばらまき、誤った真相に導こうとする犯人が登場するが、「花緋文字」はそれに対して、もし『ギリシャ棺の謎』に名探偵エラリーがいなかったら、という発想が根幹にあったのかもしれない。そしてあるいは、『アクロイド殺し』に名探偵ポアロがいなかったら、という発想も――。

そしてそれ故に、「花緋文字」はその構造自体が痛烈な名探偵論、後期クイーン的問題論になっている。極言すれば、名探偵とは作者の代弁者である。作者の用意した手がかりを用い、作者の用意した論理によって、作者の用意した真相を指摘するのが、本格ミステリにおける名探偵の役割だ。作者は作中世界の全てを決定する権限を持つ神であり、名探偵はその託宣を告げる巫女なのである。ということは即ち、名探偵とは作中世界における神に等しい。名探偵とは、作品世界全てを作者の視点から客観的に眺めることができる存在ということになってしまう。

だが、名探偵が作中世界に存在する〝人間〟であるならば、そんなことはありえない。それ故に後期クイーン的問題が発生するのだ。作者の代弁者であり、神であるはずの名探偵が、その世界においては〝登場人物のひとり〟でしかないという矛盾――即ち、後期クイーン的問題とは、主観と客観の混同なのである。名探偵は神である作者と同じ立場、作中の〝客観〟を決定できる存在であるはずなのに、その名探偵が人間である限り、作中世界においては主観的な存在でしかない。故にこそ、後期クイーン的問題においては名探偵の認識の限界性が問われる。

　フェアプレイを重んじる本格ミステリにおいては、読者が名探偵と同じ論理によって犯人を指摘できることを理想とする。すなわち本格ミステリにおいて読者のするべき〝推理〟とは、名探偵が代弁する、作者の用意した論理を見抜くことである。つまり本格ミステリのフェアプレイとは、読者が名探偵と同じ論理を用いて謎が解けるのではなく、作者と同じ論理を用いて謎が解けることを意味する。名探偵＝作者であるならば、本格ミステリのフェアネスの目指す地点とは即ち、名探偵＝作者＝読者である。ここにおいて、読者は作者となり、読者は名探偵と同一化する。

　そしてだからこそ、「花緋文字」の結末は名探偵を失った孤独な犯人がただ、物語の外側にいる第三者、すなわち読者に向けてのみ真相を告白するような体裁となる。なぜなら、作中に名探偵が不在であった以上、彼の仕掛けたトリックに引っ掛かってくれるのは、もはや読者しかいないからなのだ。そう、「花緋文字」とは、名探偵の不在によってトリックが無意味となった犯人が、読者という名探偵に向けてトリックを仕掛ける物語なのだ。故にこそ、「花緋文字」には読者が論理的に真相を見抜く余地がない。なぜならそのトリックは名探偵＝読者を引っかけるためのトリックなのだから。だからこそ彼はそのトリックを最後に読者に対しても明かしてしまう。そうしなければ、彼のトリックはトリックとして完成しないのであるから……。

　同時に、「花緋文字」における〝動機の捏造〟というトリックは、即ち連城自身が直面した、心理の謎を〝解決〟することに対する限界性の表明でもある。どれほど論理的に心理を解体しようとしても、それは一面の解釈に過ぎず、あるいはそれすらも解き明かされることを前提に仕組まれた偽の解釈かもしれない。だとすれば、いわゆる後期クイーン的問題に、八〇年代前半の時点で連城は、それと知らずに既に直面していたことになる。

前述の『夕萩心中』あとがきの言葉に対して、ハルキ文庫版『戻り川心中』の解説で巽昌章は、《花葬》シリーズに〝一種の迷いが見てとれる〟とし、それは〝情念のドラマをうち壊しながら、その一方で、人々の心情のあり様を描きとどめたいという、一見矛盾した気持のあらわれ〟と分析している。この分析自体は一面の真実だと思うが、しかし連城の悩みと迷いを深めたのはその矛盾だけではなく、〝情念のドラマをうち壊〟すという行為の不確実性だったはずだ。どれほどミステリであろうとしても真相が不確定になってしまうならば、もはやミステリである必要はないのではないか……。

そう考えると、先に述べた「能師の妻」が《花葬》として書かれなかった謎にも答えが見えてくる。「能師の妻」の真相解明部分において、語り手は真相を〝自分なりの解釈〟あるいは〝私の想像〟と述べており、それが唯一絶対の真相ではないことを表明している。「能師の妻」の探偵役が、「戻り川心中」や「花虐の賦」のような、事件の当事者に近い立場ではなく、八十年後の昭和に暮らす、深沢篠とも藤生貢とも無関係な人物に設定されているのも、その真相＝解釈の恣意性に対するある種の弁解だったのではないか。そういった面で「能師の妻」は、ミステリ作家としての連城にとっては後退であったのだろう。

そして《花葬》シリーズは、中断作となった「夕萩心中」においてあくまでミステリたろうとして、再び第三者の視点からの謎解きという構図を用いて物理的な人間消失トリックや何層もの操りの構図を導入したが、それ自体が連城の抱えた行き詰まりを如実に表明している。「夕萩心中」は様々な謎と事実関係の矛盾が生む不可解性が、そのミステリ性を担保しているが、結局それによって辿り着いたのは、「夕萩の記」に描かれた心中に至る情愛の物語は虚構であり、しかし語り手はその事実を封印するという、「戻り川心中」と全く同じ結論である。ここに至って連城は、この路線の限界を見つめる他なくなってしまった。

一方で『宵待草夜情』の収録作においては、この点を何とか別の方向性で克服しようという試みが見受けられる。ただしそれは、真相の唯一性を高めるのではなく、その解釈に物語上の別の力を持たせようとする形でだった。たとえば「花虐の賦」では真相の解明によって語り手が絹川幹蔵という人物をより深く理解することで、連城作品としては珍しく希望のある結末を迎える。あるいは「宵待草夜情」も、鈴子の目の秘密という確定的な真相を設定することによって結末に希望を残す。「野辺の露」は作品全体を為す手紙そのものが、犯人に対する糾弾であり、無実の罪に落ちた青年を救おうという意志を秘めている。これらは解決によって何かを産み出そうとする、あるいは秩序の回復を求めようとする指向であり、《花葬》でも「白蓮の寺」などに見られたものではあるが、その傾向がより強まっている。しかしこれらは、連城自身の言葉を使えば〝論理〟よりも〝感性〟を重視する立場であるから、必然的にこの傾向は「恋文」や「私の叔父さん」などの恋愛短編に結実していくことになり、やはり狭義のミステリという概念からは遠ざかっていく。

このあたりの連城の創作上の行き詰まりに関しては、八四年に『宵待草夜情』が第五回吉川英治文学新人賞を受賞した際の受賞の言葉にも表れている。

小説のことでも去年半ばより、同じ坂の中途で立ちどまっている。性格の面でも運動神経の鈍い所があって、まだ六年目なのに、もう何度も転倒している。恐くなったのか、迷っているのか、原稿用紙の上で手を動かしながらも、気持ちの足は立ち往生しているのである。どこかの新人賞に他の名で応募して、やり直そうかと真面目に考えたりする。

結局のところ、ミステリが秩序の回復の物語であり、常識破りこそをミステリと考える連城はその秩序の破壊に進むしかなかった以上――またミステリが真相の唯一性を求めるものであり、心理の謎が真相を多義的にするものであった以上、連城が一度ミステリを離れようとしたのはやはり必然だったように思える。連城自身のミステリの常識さえ疑ってかかるスタンスこそが、法月綸太郎による提唱に先んじて後期クイーン的問題に直面する事態を招いたとすれば。そして連城はそもそも絶対的な名探偵という概念すら信じていなかった以上、後期クイーン的問題に折り合いをつけてまでミステリを書き続ける理由もなかったのだ。

その意味で、連城ミステリは本質的にアンチミステリなのである。ミステリであろうとするほど、ミステリを破壊する方向へと進むという意味で。『虚無への供物』は、アンチミステリであるが故のミステリに対する高い批評性から逆説的にミステリとして受容されるわけだが、連城ミステリにはそういった意識的な批評性が薄い。言ってしまえば連城ミステリにおいては、アンチミステリであることでさえ意外性を演出するための道具に過ぎず、意外性を演出することで無意識にアンチミステリ的な趣向を孕んでしまうのだ。そうした無意識的なアンチミステリ性が連城をミステリから離れさせ、また連城ミステリがミステリであると認識されなくなる事態を招いたのだとすれば——ある意味、連城ミステリこそが真の意味でのアンチミステリであったと言えるかもしれない。

7／恋愛小説への移行——八〇年代後半の連城作品

さて、そのような試行錯誤を経て、八〇年代後半に連城は一時恋愛小説にその主軸を移す。正確には、恋愛短編の発表数が激増するのは八四年からだ。これを単純に、前述した講談社文庫版『戻り川心中』の言葉などを引いて、幼稚な謎解き小説から本当に書きたかった文学への脱皮、という通俗的な認識・解釈に当てはめて済むならばこれほど楽なことはないが、事がそう単純ではないのは前節で考察した通りである。というかそもそもこの恋愛小説の激増は、この年の七月に『恋文』で直木賞を獲ったことで恋愛小説の注文が殺到したから、という単純な因果関係を無視すべきではなく、むしろ商業的要請の面が大きかったと言うべきだろう。

ミステリを書かなくなった理由について、連城はあちこちで様々な〝理由〟を述べているが、そのどれが本当の理由というわけでもなく、商業的要請から前節で考察した創作上の悩み、実生活での出来事まで種々の理由が複合的に絡まってミステリから離れるに至ったのであろうし、仮に先ほどの考察が的を射ていたとしても、やはりそれも一面に過ぎないはずだ。その面積がどの程度の割合だったのかは知るべくもないが……。

ともかく、八四年から連城は恋愛小説家として名を成すことになる。筆者は恋愛小説について論じるだけの素養も見識も持たないため、恋愛小説や近代文学の歴史的系譜の中において連城作品を論じることはできない。なので、あくまで連城恋愛小説とはいかなるものかという点に絞って、その題材や構造、連城自身の恋愛観について少しばかりまとめてみたい。これは後の九〇年代連城ミステリを論じる上でも外せないポイントだからだ。

さて、八四年から八九年にかけて書かれた恋愛短編は主に『恋文』『日曜日と九つの短篇』『もうひとつの恋文』『螢草』『恋愛小説館』『一夜の櫛』『夢ごころ』『たそがれ色の微笑』『萩の雨』にまとまるわけだが、九〇年以降にまとめられた短編集『夜のない窓』『新・恋愛小説館』『背中合わせ』『前夜祭』『美女』『火恋』『年上の女』などと比較すると、明確な違いが見受けられる。それは、後者の多くが浮気・不倫の話であるのに対し、八〇年代の連城短編はもっと多彩な恋愛模様を描いているということだ。いや、それは見方が逆で、時系列に沿って考えるならば、八〇年代に多彩な恋愛模様を書き分けた中で、連城はやがて不倫ものを軸に定めていった、と言うべきであろう。

そんな連城の恋愛小説観については、朝日新聞八六年一月二十日夕刊に掲載されたインタビュー「恋愛について」で、連城はこう語っている。

現代は恋愛小説が書けない時代です。今は命がけに恋をするという状況がほとんどなくなってしまった。身分違いの恋や親の反対による許されぬ恋は少なくなりました。恋愛小説とは、外側にかせ《ヽヽ》があって結ばれることがない状況で、男女がおのおのの倫理観で摑むところに成立します。

たとえば老婆の秘めた恋が浮かび上がる「紅き唇」、叔父と姪の純愛「私の叔父さん」、あるいは「陰火」「白蘭」などの男同士の同性愛小説……といった、いわゆる〝異形の愛〟を描いた作品群は、倫理の縛りが緩んだ現代において〝許されぬ恋〟の恋愛小説を成立させるためにそういった設定が導入されたものであるのは明らかだ。あるいは長編でいえば『花堕ちる』『褐色の祭り』などは、相手の死という絶対的な障壁に阻まれた恋愛小説と言える。

しかし、そういった〝恋〟を描いた作品が、連城恋愛小説の主流かというと、そうでもない。「手枕さげて」「改札口」「捨て石」など〝恋の成就〟を描いた佳品もいくつかあるが（そして一般的に連城恋愛小説の中で評価が高いのもそれらの作品なのだが）、連城恋愛小説はそれよりも、夫婦間のドロドロを描いたもの、というイメージがやはり強い。それは初期のサスペンスや、九〇年代の不倫ものが作ったイメージではあるが、しかし八〇年代の作品から、それこそ「恋文」や「ピエロ」、あるいは「棚の隅」「裏木戸」などが示すように、連城の描く恋愛は、結婚をハッピーエンドのゴールとするのではなく、結婚の先にある〝生活の雑事の埃と煤〟の中にあるものが中心にある。

また、〈鳩よ！〉九六年三月号に掲載された、恋愛小説の創作作法を語ったインタビューでは、連城は恋愛小説の構成について、こう語っている。

「できれば初めての出会いの場面にもサスペンスがほしいし、その後の過程もミステリーの伏線を張るように描き込んで、だんだんと結末の別れの場面に持ってくる。別れの場面がもっとも人間関係が緊張しますからね。現実の別れは意外と退屈なもので、電話がかかってきても出なかったり、それで相手があきらめて終わったりする。別れるためにわざわざ会うことはあまりない。それを小説の上では、面と向かわせ、最後の気持ちを言わせるかどうか。そのへんのサスペンスに興味があって、ぼくは小説を書いているのだと思いますね」

このふたつの証言をまとめると、連城三紀彦にとって恋愛小説とは〝成就できない恋〟を描くものであり、〝恋愛の終わり〟にこそ、連城の強い興味があったと言えると思う。

喧嘩ばかりの両親の間に生まれ、四人の姉から結婚生活の愚痴を聞かされて育ったという連城が、そもそも結婚を幸福のゴールだと考えていないのは自然なことだろう。しかし両親は離婚することなく父が死ぬまで添い遂げ、姉たちも愚痴を吐くだけ吐いて結局は結婚生活に戻っていったという。両親が喧嘩を繰り返しつつも添い遂げ、姉たちもまた愚痴ばかり吐きながらそれを捨てようとしない結婚生活というものの謎に対して、生涯妻帯しなかった連城は、原稿用紙の上で自分なりの解決をひねり出そうとしていたのかもしれない。

さて、連城作品を発表順に見ていくと、先述の通り恋愛短編の発表数が一気に増加するのは八四年からで、ここから九〇年までの七年間に連城は恋愛短編を量産した。ただ、それを発表順に細かく見ていくと、『日曜日と九つの短篇』『もうひとつの恋文』『恋愛小説館』などに収録された、ミステリ的なサプライズの演出を封印した恋愛短編は、主に八四年から八六年頃に書かれており、八六年半ばに発表された「風の矢」「離婚しない女」あたりを機に、恋愛短編にもミステリ的なサプライズの要素が徐々にではあるが、戻り始めている。

長編の方を見ると、八七年秋から『飾り火』を一年連載、その最中に『あじさい前線』の一挙掲載と『黄昏のベルリン』の書き下ろしを挟み、そして八九年夏から『褐色の祭り』を連載開始している。『あじさい前線』こそほぼ純粋な恋愛長編であるが、ミステリ界から大きく注目された『黄昏のベルリン』は言うまでもなく、『飾り火』『褐色の祭り』も広義のミステリに含めていいだろう。もちろん『黄昏のベルリン』も含めた全長編が同時に恋愛小説とも言えるわけだが、連城の指向性はこの頃から、早くもミステリへと戻り始めていた。

8／九〇年代のミステリへの回帰

発表順の全短編リストを見ていただければ一目瞭然だが、九一年、連城は突然に短編の発表数が激減する。一年で二十五編を発表した八七年をピークに、八四年から九〇年にかけて連城は年間十五編前後の短編を発表していたが、九一年は実質六編。しかもうち四編は〈ＳＵＮ・ＳＵＮ〉の連載なので、この年文芸誌に発表した短編は「裏葉」「落書きの家」の二編のみなのである。

九一年には『美の神たちの叛乱』の後半を連載しており、作品レビューに記した通り、この激減はおそらく短編用のアイデアを片っ端からあの長編に全て注いでしまったということだろう。しかし何にせよ、この九一年はひとつの転機であった。翌九二年から、連城は俄然ミステリ短編の割合が増えるのだ。九二年は『落日の門』の「残菊」から「火の密通」までの四編を始め、「夜のもうひとつの顔」「薄紅の糸」「孤独な関係」「眼の中の現場」「他人たち」「それぞれの女が……」など、明らかに連城の指向がミステリ的な意外性へと回帰している。さらに続く九三年には「顔のない肖像画」「夜の二乗」「普通の女」「喜劇女優」などが書かれることになる。

長編の方では、九〇年の頭に『どこまでも殺されて』を書き、同時に『ため息の時間』を同じく一年で連載開始、九〇年夏に『褐色の祭り』の連載終了と入れ替わりで『美の神たちの叛乱』が開始し、翌九一年夏まで連載。その秋からは『明日という過去に』が始まり、九二年春からは並行して『愛情の限界』を、秋からは『牡牛の柔らかな肉』を連載開始……と、この後九三年頭の『終章からの女』までミステリ色の強い長編を連城は書き続けることになる。

こうして見ると、一般に連城がミステリに復帰したのは『白光』『人間動物園』が刊行された〇一年とされているが、実際は八七年頃から徐々に戻り始め、九〇年頃にはほぼ完全にミステリに復帰していたことが明らかである。ではなぜ連城は、一度離れたミステリへと戻ってきたのか？

ひとつの転機は、八八年に書き下ろしで刊行された『黄昏のベルリン』が好評を博したことだろう。『青き犠牲』の雑誌発表時（〈オール讀物〉一九八六年一月号）に〝これがぼくの最後の本格推理小説になるだろう〟と語っていたが、『黄昏のベルリン』は講談社の叢書《推理特別書下ろし》から声がかかって書いたのであろうし、その好評で単純にミステリの注文がまたくるようになった、というのはあるはずだ。少なくとも〈小説推理〉に掲載された『どこまでも殺されて』や『終章からの女』は狭義のミステリの注文を受けて書かれたもののはずである。しかし、九〇年代の連城ミステリを見れば、注文を受けたから書きたくないものを無理に書いたとは思えない。明らかに連城の指向自体がミステリ的なものに戻ってきている。

その要因を何かに求めるとすれば、非常に単純な話になるが、前述の飽きっぽさが大きな要因のひとつではないだろうか。『恋文』での直木賞受賞時、水上勉は〝推理をはなれて、人間を描くところにこの人の世界はもっともっとひらけるだろう〟と選評に記したが、おそらく連城は〝推理をはなれて、人間を描く〟ことに、数年で飽きてしまったのだ。少なくとも、『恋文』以降に求められるようになった、人情話的な男女の恋愛譚を書くことには、八六年か八七年頃には飽き足らなくなってきたのだろうし、八九年頃には大っぴらにそれを匂わせる発言をしている。たとえば〈アサヒ芸能〉八九年三月十六日号の『あじさい前線』著者インタビューでは〝もう男と女の話は限界にきた〟と言っているし、日本経済新聞八九年一月九日夕刊の記事では〝いつも男女の愛ばかり書いているでしょう。もっと違ったもの、例えば『二十四の瞳』のような小説も書きたいですね〟と語っている。このあたりの発言は、当時同性愛ものである「白蘭」の舞台化を進めていたことから出た言葉という側面も強いのだろうが、ともかく連城は、恋愛小説を指向しながらも、〝ただの恋愛小説〟には飽き足らない自分に気付いていたのだろう。

この点、ある意味で連城の作家的経歴そのものが〝常識破り〟のようになっているのが面白い。文学指向の作家が商業的要請でミステリを書き、キャリアを積んでミステリを離れ、本当に書きたかった文学的な作品を書く……という例は水上勉から高村薫まで枚挙に暇が無いが、連城の場合、ミステリでデビューしながら、非ミステリ色の濃い『恋文』が直木賞を獲ってベストセラーになったために、ミステリ指向の作家が商業的要請で文学的恋愛小説を書き、キャリアを積んで本当に書きたかったミステリに戻っていく……そんな逆転現象にも見えてしまうのである。もちろん、連城自身の認識は必ずしもそうではなかっただろうが、結果的にそう見えてしまうというのは、連城という常識破りの作家の背負った宿業のようなものだったのかもしれない。

9／中期連城ミステリ概観

ともかく、『どこまでも殺されて』に始まる九〇年頃から、連城は明白にミステリに復帰している。同年夏から連載を開始した『美の神たちの叛乱』の驚異的なアイデアの密度は、それまで恋愛小説で使う機会の無かったミステリ的アイデアを片っ端から投入していったと考えれば納得がいく。また同年には『ため息の時間』の連載も開始しているが、この三作に——さらに言えば九〇年代の連城ミステリの多くに共通するのは、虚構と現実の境界が扱われているということだ。

暴露小説に擬態したメタミステリである『ため息の時間』は言うに及ばず、『どこまでも殺されて』は作中の手記の虚実を巡る物語であるし、『美の神たちの叛乱』は贋作がテーマである。『どこまでも殺されて』の手記、『美の神たちの叛乱』の絵画、そして『ため息の時間』という小説そのもの——この三作は現実を映し出し、同時に隠蔽する虚構についての物語だ。そして、その虚構性を遊び倒した物語である。

虚実の境界を徹底的に曖昧化して、存在したかもしれない事実さえも虚構化してしまった『ため息の時間』は論ずるまでもないし、『美の神たちの叛乱』はマダム・ランペールをはじめ、連城作品としては異色なほど漫画的に強烈なキャラクターが次々と登場する。そして『どこまでも殺されて』は苗場直美の鼻持ちならない性格や、言葉遊びでの叙述の虚実など、あまりにも〈新本格〉的な青春ミステリだ。これらは明らかに、〝推理をはなれて、人間を描く〟ことを指向する作家の書くものではない。むしろその対極にある、ミステリの虚構性と遊戯性に淫しようという指向を示している。

そしてこの虚構性は、その後の長編でさらに押し進められる。嘘だらけの書簡を積み重ねていく『明日という過去に』はまさしくそのひとつの到達点であるし、連続ドラマ的な通俗性に満ちた『牡牛の柔らかな肉』も、驚天動地のホワイダニットの大技が炸裂する『終章からの女』も、その指向性は作り物の世界に遊ぶことである。そして恋愛小説である『花塵』は、架空の人物の評伝形式という「戻り川心中」の世界に戻ってきていた。

〝人間を描く〟ことに飽きた連城は、あたかも〝人間を描かない〟作品を目指すかのように、九三年までの四年間、どんどん虚構性の強い作品を発表していく。短編でも九〇年に発表した「落日の門」を九二年に連作化して「残菊」「夕かげろう」「家路」「火の密通」を続けて発表し、虚構の二・二六事件を作りあげた。あるいは「落書きの家」「夜のもうひとつの顔」「眼の中の現場」「顔のない肖像画」などの初期作品を思わせる短編群も、読者を驚かせるために全てが組み立てられた虚構性の作品群に他ならない。

当時の連城三紀彦は、おそらく宮本輝のような純文学寄りの大衆恋愛小説家と見なされていたのだろうが、連城自身は〝筋はこびより人間の面白さ〟（第九十回直木賞での『宵待草夜情』に対する水上勉の選評より）をあっさり捨て、この頃には完全に〝人間より筋はこびの面白さ〟を再び追及し始めていた。その実態と受容のギャップが九〇年代に入ってからの人気の低下の一因ではなかったかとも思うが、ともかくこの時期の連城作品の虚構性の追求は、〈小説すばる〉九三年八月号に発表された「喜劇女優」に集約されていく。

『明日という過去に』刊行時の著者インタビュー「ブックトーク　往復書簡で綴る二組の夫婦の愛憎」（〈オール讀物〉一九九三年八月号）で連城は、〝今は自分の作家生活の中の冒険期で、いろいろな小説の方法に挑戦してみたいと思っています〟と語っている。〝人間を描かない〟小説の究極を追及したような実験小説である「喜劇女優」もまた、その挑戦の一環であったのだろう。

全てが嘘と演技という虚構の中に溶けて消え、最終的には誰もいない舞台だけが残される、詭弁と言葉遊びで成立した虚構性の遊戯の到達点たるこの作品を、連城がこの時期に書いたことは、ここに至るまでの流れを見ればひとつ象徴的だ。

振り返れば〝虚実の境界〟というテーマは連城作品に初期から通底したものである。「戻り川心中」「花虐の賦」「夕萩心中」の三作は言うに及ばず、記憶の捏造が根幹にある「白蓮の寺」や、その境界を読者側の認識にまで波及させる『敗北への凱旋』などは、虚構の物語を現実に見せかける、というテーマとしてまとめられる。それはあたかも、九〇年代の連城作品に対する実態と受容のギャップそのもののようである。

ともかく、嘘と演技――九〇年代以降の連城作品はこのテーマを追及していき、その結果として果てしない虚構性に淫していくことになる。しかし、いったい何が連城をその方向へと向かわせたのだろうか。

10／嘘と演技への傾斜――後期連城恋愛小説と「操り」テーマ

中期連城作品を概観すると、八七年の『飾り火』を端緒として、八九年頃から連城作品は急速に浮気・不倫の物語へと傾斜していく。先に述べたように、八〇年代後半までは『もうひとつの恋文』や『たそがれ色の微笑』、『恋愛小説館』のように多彩な恋愛模様を描いていたが、九〇年代以降は『夜のない窓』『前夜祭』『年上の女』など、短編集はほぼ浮気テーマで統一されていく。この要因のひとつは、やはり『飾り火』のドラマ化に伴うヒットだろう。調べた限りにおいて『飾り火』の単行本は十刷以上に達しているのが確認でき、『恋文』には及ばないにせよ、他の単行本と比べてもかなり売れたことは間違いない。これにより、不倫ものの注文が多くくるようになったというのは、ありそうな話だ。

ただ、それだけなら生来の飽きっぽさで、連城は五、六年ほどで創作の中心を不倫の話以外のものに移していたはずである。しかし連城は、結局初期から最晩年に至るまで不倫の話を書き続けた。

なぜ連城は不倫の話にそこまでこだわったのか。先に連城の恋愛小説観について〝恋愛の終わり〟にこそ興味があったから、とまとめた通り、まずそれが第一に考えられる。不倫の恋は成就しにくいし、成就した場合にも夫婦関係の終わりを導く。不倫とは、連城の恋愛小説観に合致した題材だったと言える。

また、考えられることのひとつとして、連城自身が作家デビュー以前に不倫の恋をしていたらしいことが挙げられよう。〈ＭＩＮＥ〉八九年十二月十日号のインタビューでは、それについて、

> ずーっと若い頃。恋愛関係はありました。ひとつ。最初から結婚できない状態でしたから、最終的な結論を出すのに七年かかったんです。ぼくのほうが、切られたんでしょうね、結局。そこで一回突き抜けてしまったんです。それでもう嫉妬する付き合いはやめようと思った。めんどくさいでしょう。自然に怒りっぽくなったり、やっぱり独占欲とかが出てきて。それを押し殺すいちばんいい方法は、近づかないことだった……

と語っている。二九歳から三〇歳の頃に結婚したい女性がいた、という話は他でもしており、大学卒業後の連城が人妻との恋愛関係にあったことはどうやら確かなようである。想像を逞しくすれば、『運命の八分休符』に登場する五人のヒロインが全て「しょうこ」と読める名前であるのは、この人妻こそがまさしく「しょうこ」だったのではないか。

ただ、そう安易に連城の過去と作品を結びつけるのは危険であろう。実体験があったからこそ不倫の話を書きやすかったという部分はいかにもありそうな話だ。しかし、先の〝恋愛の終わり〟への興味も含め、それだけでは九〇年代の連城作品が、不倫の話の割合が増えるほどに過剰なほどの虚構性――嘘と演技の物語に傾斜していったことへの説明にはならない。

そう、嘘と演技である。不倫の話へと傾斜していった九〇年代連城ミステリは、それによって嘘と

演技の物語を追及していき、九三年にその最終到達点とも言うべき「喜劇女優」に至った。もちろん、嘘をつくこと、演じることとは最初期から連城作品には見られるモチーフである。「変調二人羽織」「菊の塵」「戻り川心中」「花虐の賦」「観客はただ一人」『私という名の変奏曲』など具体的なタイトルを挙げるまでもない。しかし、それにしても九〇年代作品のこのテーマに対するあまりにも急速な先鋭化はどこか異様だ。

さて、嘘と演技に共通するのは、どちらもそれを見せる対象があってこそ成立するものであるということ――そして、それによって、対象の認識を操ろうという指向性である。操り――そう、嘘と演技というテーマに傾倒していった連城は、即ち〝操り〟というテーマに傾倒していったのだと言い換えてもいい。

操り。そのテーマに関して、先にも引いた〈鳩よ!〉九六年三月号のインタビューの中で、連城はこう語っている。

……ぼくが考える恋愛小説は、男は彼女が好きでも好きとは言わず、女の側も好きだけど好きと言わないという形で、たえず男女がミスディレクションしながら互いの気持ちをつかもうとするドラマなんです。……

この言葉はそのまま、当時の連城が恋愛小説を〝操り〟のドラマだと認識していたことを示していると言っていいだろう。真意を隠すだけでなく、積極的に嘘や演技で相手の認識に介入し、操ることで相手の思考や感情を制御しようとするドラマであると。

そういう観点から見ていくと、八〇年代の連城恋愛小説の登場人物は、九〇年代の作品群に比べると、随分と素直である。たとえば「恋文」の夫婦にしろ、「私の叔父さん」の叔父と姪にしろ、本心を隠すことはあっても、嘘や演技によって相手の気持ちを操ろうという指向は薄い。それらの要素はむしろ、初期では《花葬》シリーズをはじめとした、『恋文』以前のミステリ系の作品の方に色濃く出ている。

そもそも、操りというテーマは、人間性を否定するベクトルを内在している。相手の認識や感情に介入し、己の都合のいいように操るとき、対象となった人物の自由意志は否定され、彼あるいは彼女は、他者の糸によってのみ動かされる人形と化す。

操りテーマを好んで書いたミステリ作家といえば山田風太郎だが、その山風がミステリから徐々に忍法帖シリーズへと軸足を移していったことは象徴的だ。時の権力者の意向により、馬鹿げた目的の戦いに駆り出され、無意味に死んでいく忍者たち。忍法帖が残す寂寞たる読後感は、連城作品で「花緋文字」や「野辺の露」、「花衣の客」などの作品を読み終えたときの愕然とし途方に暮れる感覚によく似ている。「花緋文字」「野辺の露」「花衣の客」の三作はいずれも〝犯人〟の演技によって認識を操られた人物が、その生を、あるいは死を、あまりにも無意味に費やした様が、荒涼たる読後感を残すわけだが、それは忍法帖で無為に死んでいく忍者たちの姿のようではないか？

この山風の操りテーマの到達点に『妖説太閤記』がある。『妖説太閤記』の前半部では、秀吉は竹中半兵衛・黒田官兵衛と組んで歴史の流れを思うままに操っていく様が描かれる。そこでは本能寺の変に至るまでのあらゆる歴史的事実が、全て秀吉の謀略という形に再構成されていくことになる。水鏡子は『乱れ殺法ＳＦ控』（青心社文庫）内の風太郎論でこれを評して、

ここでは秀吉は世界の内的存在でなく、世界が秀吉に従属し、彼の内宇宙と化すのである。世界を一人の登場人物の内宇宙として捉えなおすということは、個性を持ち、自由意志で動いているはずの人間たちが、実際には現実にありえない完璧さで、ある人間の立てたプログラムを実践していくということである。そうして生み出される小説世界はめまいがするような非現実感に覆われる。

と述べているが、この非現実感とはまさしく人間性の剝奪、登場人物の自由意志の否定というベクトルによるものだろう。操りテーマの中においては、人間の自由意志の存在が否定される。もっとも、極言すれば小説の登場人物はそもそもが作者という神に操られた存在であり、それを自由意志を持った人間のように受け取る時点で読者は作者に操られているとも言える。このあたりを考え出すと、作者の手を離れて勝手に動き出した登場人物に自由意志はあるのか、という話に発展しだすのでここではこれ以上突っ込まないが、ともかく操りテーマが小説の非現実感を顕在化させるのは、その作者という神の操りの糸を作品世界内に顕現させてしまう行為だからではないか。

「戻り川心中」や「花虐の賦」が連城作品の中でもさらに一頭地を抜く傑作であるのは、その作者→読者に対する操りの糸の存在そのものを作品のテーマとして、創作物の受容における操りの構図への

自己言及を含んでいる面があるだろう。苑田岳葉や絹川幹蔵は、自らの創作物によって受け手の認識を操る。岳葉の短歌も、絹川の舞台も、事実を基にしたものに見えるそれの内実は空虚であったわけだが、彼らは受け手の認識を操ることでその空虚に実を持たせようとした。それは操りテーマの空虚さに抵抗するベクトルを内包しているとも言える。

ともかく、かように操りというテーマが人間性を破壊し、作品に空虚を内包させ、作品の非現実感を加速させるものである以上、〝推理をはなれて、人間を描く〟ことに軸足を切り替えようとしていた八四年頃の連城が、演技という概念、操りというテーマから一度距離を置いたことは自然なことだったと言える。

だが、八九年頃を境に、連城は再び嘘と演技、操りの世界に急速に舵を切る。最初の契機はやはり『飾り火』であろう。ひとりの女の狂気がひとつの家庭を破壊する過程、妻の反撃によって始まるコン・ゲーム、そしてその裏に隠されていた真実――いずれも明瞭な操りテーマを見てとることができる。そうして『飾り火』の連載が終わった八八年には「白蘭」が書かれ、翌八九年、『飾り火』が刊行されるとともに、連城は「白蘭」の舞台化を自ら進めることになる。

連城不倫サスペンス長編の嚆矢である『飾り火』の刊行およびドラマ化に伴うヒットと、「白蘭」の舞台化がほぼ同時期であることは注目に値する。浮気・不倫は、配偶者に隠れて行うものである以上、必ず嘘と演技の要素を持つ。そして連城は「白蘭」の舞台化で、俳優たちの演技を演出担当という最も間近な場所で見ることになる。

このふたつのタイミングの偶然の合致が、その後連城を急速に嘘と演技の物語へと傾斜させていったのではないだろうか。「白蘭」のあとも、連城は舞台の演出に数回取り組んでおり、かなりこだわりを持っていた。そもそも連城は映画の脚本家を目指していたのだから、舞台演出に熱意を持ったのもその延長線上のことだろうが、スクリーン越しではなく、生身の役者による演技の世界と間近で関わったことが、連城の作風に強い影響を与えたとしても不思議ではない。

一度、嘘や演技によって人間を操る世界から離れた連城は、舞台に接したことと、『飾り火』のヒットにより不倫ものの需要が生じたことによって、再び嘘と演技の世界に魅力を覚えたのだろう。さらにそこに『黄昏のベルリン』によるミステリの発注の再開も加わった。嘘と演技による操り合いによって、読者をどれだけ翻弄することができるか。九〇年代の連城が目指した〝実験〟というのが即ちそれなのだとしたら、『どこまでも殺されて』『ため息の時間』『美の神たちの叛乱』『明日という過去に』『愛情の限界』と続いていく九〇年代長編の流れが容易に理解できる。

『どこまでも殺されて』『ため息の時間』『明日という過去に』の三作はいずれもある種のメタ構造をもち、活字によってどれだけ嘘がつけるか、どれだけ読者に罠を仕掛けられるかということに挑戦している。これらの作品のテキストは、読者——作中でそのテキストを読む登場人物であり、同時に小説を読んでいる我々読者自身の認識を操る書き手あるいは作者の糸そのものだ。その演技の糸を張り巡らせるに相応しい舞台として連城が見つけ出したのが、嘘や演技と切り離せない浮気・不倫という人間関係であったのだとすれば。ダブル不倫と書簡体という、嘘で嘘を塗り固め、演技に演技を容易に重ねうる設定を突き詰め、嘘と演技の迷宮で砂上の楼閣を築き上げた『明日という過去に』は、まさしく九〇年代連城ミステリのひとつの到達点であることは疑いない。

嘘と演技による操りが人間性を剝奪するものであることを、連城は当然、過去の経験からも理解していた。故にこそ連城は九〇年代に入り、語り＝騙りの虚構性を突き詰めたような作品群に突き進んでいったのだ。役者が舞台の上でこそ輝くように、虚構は虚構の中にあってこそ輝く。人形の舞台で為されなければならない――。

かくして連城作品は〝人間を描かない〟方向へと突き進み、そして「喜劇女優」へと至る。こう理解していくことで、連城がなぜあんな話を思いつき、実際に書いてしまったのかということが理解できるはずだ。連城は自分の書いているものが人間性を否定する小説であることを理解していた。だからこそ、連城は一度あそこまで人間性の否定を、虚構性を完全に突き詰めてしまわなければならなかったのだ。その虚構性が〝人間を描く〟ものとは相容れないことを、連城は既に知っていたのだから。

11／事実と虚構のあいだで――『恋』『誰かヒロイン』考

そうして〝人間を描かない〟小説を突き詰めた「喜劇女優」が九三年夏に書かれたあと、連城は不意に再び、ノンミステリの恋愛長編を立て続けに書き始めた。九三年末か九四年にかけて、『恋』『虹の八番目の色』『隠れ菊』『誰かヒロイン』の四長編が連載を開始する。先んじて九三年一月からは『花塵』の連載も始まっており、『花塵』の終了と『誰かヒロイン』の開始が同じ九四年六月のため、九四年の連城は十一月の『恋』の終了までノンミステリ四作を同時進行していたことになる。

『花塵』を除いた四作は、恋愛の駆け引きに特化したもの（『恋』『誰かヒロイン』）と、入り組んだ人間関係による家庭ドラマに軸足を置いたもの（『虹の八番目の色』『隠れ菊』）に分類できるが、「喜劇女優」に至る虚構性という観点から見ると注目に値するのが、前者の二作である。特に『恋』は、人間性を剝奪する〝操り〟テーマを純然たる恋愛小説に導入したものであるからだ。

個別レビューの項でも述べたが、『恋』に登場する四人の人物——奈緒子と達夫、悠二と郷美——は皆、ひどく生活感のない人物に設定されている。辛うじて年齢や職業といった最低限の設定は付与されているが、彼女たちの日常生活も、仕事も、四人の間以外の人間関係も、そして過去も、作中ではほとんど描写されない。その結果、どうなるのか。読者には、奈緒子も悠二も、達夫も郷美も、どんな人物なのか、どんな風に育ち、どんな風に過ごしているのか、そういった〝人間的なふくらみ〟を感じ取ることはできない。そこにいるのはただ、四角関係を演じるためだけに存在する四つの人形だと言っていい。

生活も、過去も、人間関係も剝ぎ取られた〝人物〟が、ただ恋愛の駆け引きだけを繰り広げる——『恋』で展開されるのは、そんな異様な舞台である。さしずめ〝純粋恋愛空間〟とでも呼ぼうか。己の望む結果を手にするため、互いを操り合う四人。そもそも〝人間性〟の欠如した人物たちが、さらに相手の〝人間性〟を奪い合うという、あまりに空疎な舞台。『恋』で繰り広げられる恋愛ゲームの空虚さは、まさにこれに由来する。

そこに存在するのは、ただ〝恋愛〟をするためだけの——〝恋愛機械〟とでも呼ぶべきものだ。謎を解くためだけに存在する名探偵が〝推理機械〟と呼ばれるごとくに。恋愛という人間心理の綾〝だけ〟を描きながら、それ故にこそ、『恋』には人間が存在しないのだ。

なればこそ、この作品のタイトルが『恋』の一文字だけである理由も了解されよう。ここに描かれるのはただ利己的な〝恋愛の駆け引き〟のみでしかなく、そこには一切の余分もない。登場人物の人間性すらも存在しない。フランス・ロワールという日本の読者には遠すぎる舞台が選ばれたのもまた、その空疎さを引き立てるための装飾だ。ここには何もない。ただ〝恋愛の駆け引き〟だけが、絢爛にして荒涼たる無人の舞台で繰り広げられている――。

こうしてみると『恋』という長編は、「喜劇女優」の終幕の持つ果てしない空虚を、長編として再演する試みだったのではないかと思われてくる。〝人間の登場しない恋愛小説〟――しかしその目標ゆえに、『恋』は初めから恋愛小説としては完全に崩壊している。たとえどれだけそこで冴えた恋愛心理の描写を積み重ねたとしても、それは予め失われた空虚でしかないのだから。

そして、その空虚さは『誰かヒロイン』にもつきまとう。平成の若い女子三人がひとりの男を奪い合うこの長編は、個別レビューでも述べた通り明らかに失敗作だが、しかしその構造を見ると、『恋』との関連を見出さずにはいられない。

『誰かヒロイン』に登場する三人のヒロインには、『恋』の四人と同様、人間的魅力はほとんど感じられない。そればかりか、三人が奪い合う男に至っては、中盤まで名前すら出ず、ただ〝M〟という記号のような名称でしか呼ばれない。これでは三人がなぜこの男にそこまで執着するのかは、読者には理解しようもない。

ここでもまた、繰り広げられるのは〝恋愛機械〟による恋愛の駆け引きだ。名前すら奪われ、人間性をそもそも最初から与えられていない〝M〟という存在を巡って恋愛ゲームを繰り広げる三人の争いはどこまでも空疎である。『恋』が〝恋愛機械〟同士の恋愛ゲーム、即ち〝人間の登場しない恋愛小説〟だったとすれば、『誰かヒロイン』はさしずめ、〝恋愛の相手が存在しない恋愛小説〟だろうか。だとすればやはりこちらも、恋愛小説としては初めから完全に破綻している。『誰かヒロイン』というタイトルは〝三人の中の誰かがヒロイン〟という意味ではなく、〝「誰か」と「ヒロイン」〟という意味だろう。ヒロインの相手は〝誰か〟――顔のない〝誰か〟でしかない。ここにも人間はやはり存在しないのだ。

ここで八〇年代の連城恋愛小説に戻ってみると、『恋文』や『もうひとつの恋文』は、連城三紀彦が身近な人々の見せた日常の断片を元に物語を作り上げたものであるということが、あとがきで明かされている。これを、現実を虚構に組み替える作業と読み解けば、それは即ち、連城が身近な人物を直接のモデルとして起用した長編『あじさい前線』へと繋がり、そして自らの恋愛事件を前提にしたという形式の『ため息の時間』へと至る。

そしてまた『明日という過去に』で繰り返される嘘だらけの書簡を、そのまま作中作と解釈すれば、この作品内で弓絵と綾子が行っているのもまた、事実をテキスト化することによって現実を虚構へと組み替える作業に他ならない。

だが『ため息の時間』の背景である恋愛事件が本当にあったことなのかは、読者には判りようもない。それらは『恋文』や『あじさい前線』にも同様のことが言える。そして同様に、『明日という過去に』の中で現実に起こったことの手掛かりはやはり虚構の書簡の中にしか存在しない。だとすれば読者には全てが予め虚構である可能性を決して否定しきることはできないのである。そう、そこには何の実もないかもしれない。「喜劇女優」の空虚な舞台のごとくに――。

これは即ち、創作の中に描かれる〝現実〟に対する懐疑だ。先にも引いた八四年のエッセイ「推理小説と短歌のあいだ――『戻り川心中』創作ノート――」で、斎藤茂吉の有名な短歌〝のど赤き玄鳥ふたつ屋梁にゐて足乳根の母は死にたまふなり〟を引き、連城はこんなことを書いている。

見事な絵です。

しかしこうも完璧な絵を見せられると、そこに計算と技巧が感じられないでもなく、こんな疑問が浮かんではこないでしょうか――母の臨終の場に、本当に二羽の燕がいたのか？　これは実景を詠んだ歌なのか？

また、『ため息の時間』の刊行時、〈青春と読書〉九一年七月号に寄せたエッセイ「嘘のような本当のような……」の中では、こんなことを書いている。

小説はいい。最初から嘘という大前提があるから、むしろ巧く嘘をつけない時に編集者や読者に後ろめたさを覚えるが、エッセイを書いている時がいけない。

一応実体験をもとに書くものの、実話どおりに話を進めたり本音の全部を語りつくすだけの枚数がもらえないし、そんなことをしていては読者を退屈させる。ハショったり話をふくらましたりで事実を曲げるのはしょっちゅうである。三人の旅が一人旅になったり、場末の居酒屋で飲んだ焼酎が高級フランス料理店のワインに変わる。坊主も裸では暮らせないから法衣を着る、同じように自分の書く貧弱な現実に多少の見栄を着こませたくなったりもするのだ。

極端な例では、離婚寸前の夫婦を実話では仲直りしたのにエッセイの中で別れさせてしまったこともある。これは絶対に僕だけではない。あの、巧みな語り口で本音を語りつくしているとしか思えない林真理子さんのエッセイの中で、「断言するが多くの作家は小説の中でよりエッセイの中での方が嘘をついている。」とかの一文を読んだことがあるし、僕もまた機会あるごとに、「僕の場合エッセイは実話を基にしたフィクションと思ってもらった方がいいほど嘘つきで、小説の方が正直です」と弁解し続けてきた。（中略）

書いている当人がわからない以上、僕の書いたものが活字になった時、嘘と事実の間を揺れ動いてしまうのも当然だが、僕にはどうも活字自体が勝手に嘘をついたり事実を語ったりする生き物だという気もする。活版印刷の活字は凹凸から産みだされるが、その凹凸に似た嘘と事実の表裏一体をもった困った生き物である。最初に「嘘つき」と断定したが、嘘が書かれていても事実のような気にさせ、事実が書かれていても嘘の可能性を残してしまうわけのわからない生き物、と言った方が僕の感じとっているものに一番近くなる。

創作の中における写実や、エッセイが本当に事実をそのまま書いているのかどうかは、読者には判断のしようがない。書かれたことは書かれた瞬間に虚構と化す。八〇年代、身近な人々を題材に小説を書き、事実を虚構に組み替えていく中で、連城は事実を知る自分と知らない読者の間にあるすれ違いを徐々に自覚していったのではないだろうか。

『あじさい前線』は荒井晴彦・高田純・一色伸幸ら〈メリエス〉のメンバーをモデルにした、連城とその周囲の人々にとってはある種の冗談小説だが、しかし読者にはそんなことは判らない。文庫版『あじさい前線』の解説で斎藤博が述べている〝ミーハー連城の遊び心〟は大多数の読者には伝わらない。創作の向こう側にある現実は、読者にはどこまでも確定しようがない――その問題意識が、連城に『ため息の時間』という小説を書かせたのではないか。

そうして連城は、虚構性の物語へと傾斜していく。九〇年代長編の、細かいどんでん返しを執拗に積み重ねる作劇手法は、連載の各回ごとに驚きを提供しようというサービス精神の発露であることは間違いないが、連城がそうした読者サービスを強く意識するようになったこと自体、初期のミステリ群のような虚構性への回帰を示している。

嘘と演技を積み重ね、操り操られる心理の駆け引きに純化していくほど、作品世界が作り物になっていくことを連城は理解していた。しかしどれだけ事実を元にしても小説は作り物でしかない以上、あとはそれをどれだけもっともらしく書けるかという話でしかない。それならば、徹底的に小説を空虚化し、それをどれだけもっともらしく〝人間を描いている〟ように見せかけられるか――連城の常識破りの指向は、そんなアンビバレントな挑戦を目指したのではないか。

かくして〝演技〟に純化した「喜劇女優」が書かれる。そしてそれに続いて連城は〝恋愛の駆け引き〟だけに純化した『恋』を書き始めた。即ち、「喜劇女優」を長編化する試みとして。しかし

「喜劇女優」がどう考えても成功するのはずのない趣向を成功させてしまった作品であるが故にこそ、『恋』はあらかじめ失敗することが確定していた作品であった。

そしてまた『誰かヒロイン』は、『本の窓から』で小森収が指摘しているように、平成の女子に対する意地悪な皮肉として書かれているが、恋愛模様の虚構化を突き詰めていった結果、連城はアンチミステリならぬ、アンチ恋愛小説という境地に至ったのかもしれない。

その傾向は『隠れ菊』や『白光』にもどこかしら通底する。これらの作品の、不倫関係を中心とした人間関係の二転三転は、果たして〝人間を描いた〟ものだろうか。『隠れ菊』の波瀾万丈のドラマは、人間関係の変転によって為されるのか、それとも波瀾万丈のドラマを駆動するために人間関係が作者の手によって操られているのか？　『白光』の中で語られる〝愛〟は、ただミステリとしての趣向を成立させるための装置に過ぎないのではないか？

かつて〝人間が書けていない〟という言葉がミステリ批判の常套句として用いられた時代があった。論理に純化した本格ミステリに、今や〝人間が書けていない〟という常套句を向ける評論家はいないだろう。では、恋愛に純化した恋愛小説は、果たして〝人間を書いている〟のだろうか？　恋愛心理や恋愛関係さえ書かれていればそれは〝恋愛小説〟たり得るのか？　そもそも〝人間を書く〟ということはいったいどういうことなのだろうか？

九〇年代前半の連城作品たち、そしてその果てにある『恋』『誰かヒロイン』というふたつの失敗作と、その後の連城作品は、そんな問いかけを我々に投げつけてくるのだ。

12／名古屋への帰郷――九〇年代後半の連城作品

九五年、連城は実母の世話のため、東京の事務所を閉鎖し名古屋へと帰郷した。これを境に、連城は短編の発表ペースが目に見えて低下する。九七年こそ半分以上が掌編とはいえ十九作を発表しているが、それ以外の年は五～九作。これは実母の世話の影響もあるだろうが、単純に五十歳が近付いて、体力的に若い頃ほど書けなくなったということもあるだろう。〈週刊ポスト〉九六年五月二十四日号のインタビューでは、体力が落ちてきたので来年から仕事を減らそうと思っている、という発言をしている（実際には九七年は前述の通り短編十九作を書いているが）。

しかしそれと同時に、それまで連城作品の中心を担っていた単発の読み切り短編というものが、文芸誌から求められなくなってきたのではないだろうか。代わりに、初めから本にしやすい連作短編が求められるようになってきたものと思われる。実際、この頃から連城短編は、最初から本にまとめるときの形を意識した連作が中心になっていく。たとえば『火恋』にまとまった香港ものは、それで一冊作ることを前提に香港へ取材旅行に行ったという話を、〈映画芸術〉四四六号での追悼特集で香山二三郎と荒俣勝利（文藝春秋の編集者）が語っている。『夏の最後の薔薇』にまとめられた恋愛短編は当初《恋愛小説館》の第三期シリーズとして書き始められており、タイトルのしりとり趣向も明らかに一冊にまとめる連作の形を意識している。〈ＳＵＮ・ＳＵＮ〉の連載も、九五年の雑誌リニューアルとともに『さざなみの家』にまとまる連作となる。単行本未収録になっている「ひとつ蘭」と「紙の別れ」も同一キャラクターの連作で、これも本来はあと三作ほど書いて一冊にまとめる予定だったのだろう。

長編では九五年頭に『人間動物園』を〈小説推理〉に発表し、同年春からは『わずか一しずくの血』を連載開始、九六年からは『女王』を、九七年からは『流れ星と遊んだころ』を、九八年からは『白光』を連載開始と、どちらかといえば狭義のミステリと言っていい作品の方が中心になっていく。だがこれらは単行本化の手直しがなかなか進まず、刊行が大幅に遅れていく。九九年頃からは本格的に実母の介護に追われるようになり、そのため連城と連絡のつかなくなった出版社が多かったようで、九九年『火恋』、〇〇年『秘花』『ゆきずりの唇』、〇一年『夏の最後の薔薇』と単行本は出続けていたにもかかわらず、連城の存在感は薄くなり、作家廃業説なども流れたらしい。

ともかく、九五年以降の連城作品には、それまでに比べると統一的な指向性が薄い。九〇年代前半の虚構性の追求は「喜劇女優」とそれに続く『恋』『誰かヒロイン』で一段落し、連城は何か決まった方向性を何作にも渡って試したり追及するよりも、求められる範囲でその時の興味に応じて書きたいものを書く、というところに落ち着いたのだろう。だからこそこの時期には、連城ミステリの技巧の到達点である『白光』と、恋愛長編の最終作『ゆきずりの唇』とを並行して書いていたりする。

しかし、九〇年代前半のような実験期が終わったからといって、連城の作風が丸くなったかと言えば、もちろんそんなことはなかった。蛮勇の誘拐ミステリ『人間動物園』、歴史ミステリの体裁でとんでもない奇想を展開した『女王』、どんでん返しの連続に大胆極まりない大技を融合させることに成功した『流れ星と遊んだころ』、そしてその技巧性を突き詰めたような『白光』といったミステリ系の長編群は、相変わらず連城の尖りに尖った発想と技巧の精華を示している。
そんな九〇年代後半の連城作品に、恋愛大衆小説路線も含めてのある種の共通項を見出すとすれば、長短編とも（先の『虹の八番目の色』『隠れ菊』も含め）家庭のドラマ、夫婦だけでなく祖父母や子供の世代も含めた家族関係を描いたものが多いということだろう。『秘花』『ゆきずりの唇』『さざなみの家』などの普通小説路線がまさにそうだし、ミステリ系でも『女王』や『白光』がそうだ。『人間動物園』や『わずか一しずくの血』もメインではないがそういった要素が感じ取れる。先に挙げた〈週刊ポスト〉のインタビューは『虹の八番目の色』の著者インタビューなのだが、その中で連城はこう語っている。

「……僕の家は嫁姑、親子、親戚など家系図のいろんな糸が、ごちゃまぜにこんがらがっていた。それを目の当たりにしてきたことも家庭を持つ気をなくした理由のひとつですが、自分が家庭を持たないと決心して、はたから眺めるようになってからは、逆にそういう家庭ドラマがものすごく面白い」

ともかく、様々な試行錯誤を経て連城は九〇年代後半、ひとつ作家として落ち着きを得た節がある。ただその落ち着きは、己がこれから書き続けるものをひとつに定めるのではなく、どこまでもマイペースなものであり、それがまた連城三紀彦という作家の実像をぼやけさせてしまったのかもしれない。
また、この時期の連城の落ち着きは、文学的な意味での〝作家的成熟〟というようなものでもなかった。『隠れ菊』が第九回柴田錬三郎賞を受賞した際、選評では〝『隠れ菊』は、如何にも連城氏らしい小説で、仕掛けや細工に凝っている。（中略）ただ後半部は、少し安易に人間を動かし過ぎている。そのため前半部の効力が薄れ、読後の余韻が伝わり難いのが気になる。〟（黒岩重吾）といったように、技巧に走りすぎている点を指摘され、今後の飛躍に期待する、というコメントが並んでいる。『恋文』から十二年が経過していても、選評で言われていることが、直木賞を落とされていた頃からあまり変わっていない。連城はどこまでいっても技巧派であり、一般的な意味での〝文学的〟な方向に進化していった作家ではないことを、この評価は示している。敢えて言えば、連城はそういう〝作家的成熟〟という常識にすら背を向けていたのだろう。

13／真実の恣意性――『白光』試論

さて、ここまで見てきた連城の作風の変遷を眺めていくと、その要素がひとつの作品に集約されていくことに気付かれた方もおられるのではないか。

初期から連城ミステリに通底する、真相の絶対性に対する懐疑から生まれる解決の多重性。九〇年代前半に連城が傾倒した嘘と演技、虚実の境界というテーマ。そして、九〇年代後半に増加した家族というテーマ――それらの集大成と位置づけられるのが、九八年から〇〇年にかけて〈小説トリッパー〉に連載された『白光』である。

個別レビューの項ではネタバレ回避のために歯切れの悪い書き方になったが、『白光』の狙いとは即ち『私という名の変奏曲』を死体入れ替えトリック抜きで再演することである。より具体的に言えば、登場人物全員が単独の犯人という趣向を、物理的なトリックなしに成立させることである。

具体的に検討してみよう。『白光』の中で最終的に明かされる直子殺害事件は、直接に直子の首を絞めたのは桂造、直子を庭に埋めたのは立介、そして埋められた時点でまだ生きていた直子の上に立って完全に窒息させたのは佳代である。聡子、幸子、そして物語の開始時点で既に死んでいる昭世の三人は、それぞれ桂造の中にある直子への殺意を知り、桂造が直子を殺すように仕向けているという点で、いずれも紛れもなくこの事件の犯人だ。そしてまた被害者である直子自身も、桂造に自らを殺すように仕向けている……。

ここで想定される反論は、「しかし少なくとも武彦と平田は犯人ではないだろう」という指摘だ。確かに武彦は警察に自首して出たが、その告白が虚偽であることはその他の登場人物の告白から考えても明らかであるし、平田は直子に人工呼吸をしていただけである。だが、しかしこの二人も犯人たり得るのだ。なぜか?

まず平田だが、平田の場合において重要なのは、立介が平田犯人説を採用して自首しようとしていることだ。立介は本心では桂造が犯人だと思っているが、途中までは平田が犯人だと考えていたし、自身が直子を埋めた件で自首するにあたって、幸子と平田の共犯説を警察に告げようとしている。そして平田が現場から逃走する姿を目撃されている以上、平田犯人説には一定の説得力がある。

そして武彦だが、武彦の自首を覆したのは聡子から警察へとかけられた電話であり、その証拠は立介の指紋と土の残ったコップである。しかし、逆に言えばその電話と証拠さえなければ武彦の自首は真実として成立したのではないだろうか？　武彦には直子殺害の動機があり、自白をしている。ならば、武彦が犯人という結論でこの作品が終わってしまっても差し支えはなかったのだ。立介の指紋と土の残ったコップという証拠が出現したのは、言ってしまえば作者の恣意である。連城は武彦が犯人という結論で物語を閉じることもできたが、そうしなかった。それだけのことでしかないのだ。

だとすれば、『白光』の真のテーマとは〝認識〟である。

Aという人物が殺害され、Bという犯人がいる。我々はミステリの〝真相〟とは——〝事実〟とはそういう風に動かしがたいものであると素朴に信じている。だが、連城は『白光』で、それすらも主観的な〝認識〟の問題でしかないことを喝破しているのだ。

聡子たち登場人物それぞれが〝認識〟する、直子殺害事件の〝真相〟は、それぞれ微妙に異なっている。武彦は幸子と平田の犯行だと思っている。立介は幸子にそそのかされた桂造の犯行だと思っている。幸子は立介がトドメを刺したのだと思っているし、聡子は自分が桂造をそそのかして殺したのだと思っている。佳代の犯行は誰も知らない。そして桂造は昭世と直子に導かれての犯行だと……だが、最後に直子が桂造に言った言葉は果たして現実なのか、桂造の妄想ではないのか……。

直子の首を絞めたのは桂造で、埋めたのは立介、完全に窒息させたのは佳代。この事実は動かないはずだ。それなのに、視点の置き所によって、〝真相〟は容易く姿を変える。だとすれば、いったいどれが〝真相〟なのか？　それは我々読者にすら、見定められないのだ。

この『白光』の構造は、後期クイーン的問題に対する鋭い指摘を内包している。後期クイーン的問題における、名探偵の知り得ない証拠の存在を否定できないという問題は、即ち名探偵も作中世界においては主観的な存在でしかないということだ。名探偵の喝破する〝真相〟とは、名探偵の目に見える真相でしかない。それが作中世界における絶対的真実たり得るのは、ただ名探偵は作中世界の〝客観的真実〟を確定させる特権的存在――即ち、作者の代弁者である、という作者と読者の間の暗黙の了解が故でしかない。その暗黙の了解が失われ、登場人物全員が〝主観的な真実〟しか見ていないことが暴かれた『白光』においては、客観的に物語を見つめているはずの読者にさえ、客観的な真実がどこにあるのかは見定めがたいものとなる。

そして、『白光』が暴き立てる何よりも重大な指摘は、即ち本格ミステリの真相とは結局は作者の恣意でしかないということだ。ミステリにおける〝真相〟とは極言すれば、作者がそれを真相であると定めただけのものでしかない。たとえば連城作品でも、この後の作品論でも触れるが、『私という名の変奏曲』のトリックは現実にはかなり無理筋である。現実には実行不可能なトリックを真相に定めた本格ミステリの〝真相〟の正しさは、作者がそれを作中において真相として定めているから、というメタな視点においてしか保証され得ないし、それは《花葬》シリーズのようなホワイダニット作品にも大なり小なり同じことが言える。

つまるところ本格ミステリとは、客観的に絶対的な真実を解き明かすものではなく、作者が恣意的に定めた真実を解き明かすものであり、作者の主観的な認識を解き明かすものである。

この問題意識は、『ため息の時間』や『明日という過去に』における、虚実の境界というテーマに接続する。『ため息の時間』の背後に存在する〝現実の出来事〟は読者には見定められない。『明日という過去に』における書簡の外側で起きていた〝作中の現実〟もやはり、読者には見定められない。それはつまり〝客観〟に対する懐疑だ。小説の中の〝客観的事実〟はどこにあるのか？ いや、そもそも我々読者が認識しているこの世界にさえ、絶対的な〝客観〟は存在するのだろうか……？

その〝客観〟に対する懐疑こそが、連城作品に通底する真相の不確定性、解決の多重性の本質であり、九〇年代作品の虚構性への傾倒の本質であり、嘘と演技による〝操り〟テーマの追及の本質であったのではないか。

だからこそ、『白光』は連城三紀彦の集大成であり、連城ミステリの本質、そしてミステリという文学のコアに斬り込む傑作なのである。

14／遺されたものと受け継ぐもの

二一世紀に入ってからの連城作品は、作品単体での意図や意義はともかく、それらの全体像や変遷から何かを探ろうとするには、年月に比しての作品数が少なすぎる節はある。ただ、数少ない作品から何かを見出すとすれば、その実験精神が挙げられるのではないだろうか。

たとえば『小さな異邦人』に収められた短編には、どこか語りの実験を試みている節が見られる。「無人駅」の叙述スタイルは他の連城作品とは明らかに毛色が異なるし、「蘭が枯れるまで」の三人称と有希子の独白が並行する形や、「冬薔薇」の幻想ホラーめいた語り口、そして「小さな異邦人」のユーモラスな一人称も、どこか手慣れた語りのスタイルを封印して書こうという意図を感じさせる。

あるいは、異様に島田荘司的な「ヒロインへの招待状」も、まるで別人の手になるかのようだ。

長編でいえば、エッセイと小説が混濁し、事実と虚構が等価と化していく未刊行作『悲体』は、『ため息の時間』と並べて考えずにはいられない実験作である。そして先のレビューで述べた『造花の蜜』の最終章に関する考察や、この後の『処刑までの十章』論にまとめたこの遺作の結末の意図も、その実験精神そのものであると言えよう。

この二一世紀作品の実験色は、介護に追われ、執筆の機会が激減する中で、僅かな時間をぬって新作を書くからには、何か新しいことを試してみよう、ということだったのかもしれない。


ともかく、連城は最晩年まで常に新しい試みに挑み、我々の常識を打ち破らんとし続けていた。そして連城は、『白光』や『造花の蜜』の高評価により、その〝常識破り〟を自らの作品歴においてすら実践してのけたと言える。

本格ミステリはアイデアの新鮮さが尊ばれるが故に、江戸川乱歩の時代から現代に至るまで、作家の代表作は初期に集中するものである。晩成型本格作家というべき横溝正史も、主だった代表作が書かれたのは作品歴全体を見ればその中期だ。ほとんどの作家は小説技術が向上する代わりに新鮮なアイデアを使い果たし、後年の作品は影が薄くなるものである。

だが連城は、もちろん初期作が綺羅星のごとき傑作であることは事実だが、その晩年に至ってなお、ミステリの代表作を何作も書いた。ミステリ作家の輝きは初期であり、どんな作家でもアイデアは枯渇するものであるという〝常識〟を破らんとするがごとくに。

『宵待草夜情』が第五回吉川英治文学新人賞を受賞した際の選評で、井上ひさしはこう述べている。

これはこっちの勝手な思い込みかもしれないが、「宵待草夜情」の作者は仕掛けに対する猛烈な愛情の持主らしい。原稿用紙を企みの場ときめて、そこへ仕掛けを仕掛けて仕掛けて仕掛け抜く。まことに壮烈である。ときには自分の仕掛けた仕掛けに自分が振り回されて自滅してしまうこともあるが、それもまた仕掛け人の栄光というもの、これからもその仕掛けでわれわれ読者を思う存分に振り回していただきたい。この仕掛けの道は行けば行くほど先細りになるはずであるが、この作者には、目の詰んだ緻密な文章を紡ぎ出すことができるという武器もある。その武器で難敵の先細りの道を広く拓いていただきたい。

そう、連城のような奇想の大技を軸にした語りの仕掛けはいつかアイデアが尽きて先細りになるはずだった。だが連城は井上ひさしに言われた通りに、その道を広く拓いていったのだ。アイデアの枯渇という〝常識〟さえも、連城は打ち破り、我々にその最晩年まで驚きを与え続けてくれた。最後の短編となった「小さな異邦人」を編集者に渡したとき、連城はまだまだこういうアイデアはたくさんある、と語っていたという。まさに連城の生涯そのものが、我々の常識に対する反抗であり、逆転であったのだ。

本稿を閉じるにあたり、ここまで雑然と述べてきたことに一応の結論めいたものを見出すとすれば、つまるところは〝常識破り〟という言葉に集約される。

それ自体は千街晶之が「再演の背景」で指摘していたことではあるが、法月綸太郎がハルキ文庫版『変調二人羽織』で鋭く指摘しているように、連城の〝常識破り〟はミステリの構造そのものに及び、そして何よりも、連城の作家としての生涯そのものが〝常識破り〟そのものであるということだ。

それは巧まずしてそうなったという結果に、こちらが過剰な意味を見出しているだけかもしれない。だが、ミステリであることさえ破壊せんとばかりに常識を疑い続けた連城が、小説巧者はミステリを離れるものという常識、ミステリ作家は代表作を初期にしか残せないという常識さえも打ち破り、転倒させていく生涯を送ったことこそ、連城三紀彦という作家の背負った宿業であり、運命であったのだと思う。

また、〝顔のない死体〟の数多のバリエーションを考案し、法月綸太郎による提唱に先んじて〝後期クイーン的問題〟に直面し、名探偵の絶対性や真相の唯一性を疑い、〝人間を描く〟という概念にすらも疑問符を突きつけ、最終的には我々の見る〝客観〟の絶対性を揺るがす。連城がその〝常識破り〟の結果として辿り着いたさまざまな問題意識――連城自身が認識していなかったと思われるものも含め――が今なお優れて現代的であることも、改めて声を大にして言っておきたい。

狭義の本格マニアでもなく、評論家気質でもなかった連城は、ただただ〝常識〟に対する懐疑と意外性の追求のみをもって、現代ミステリのさまざまな問題に先んじて辿り着いていた――そして評論的マニアでないが故に、ただ作品のみをもってその問題意識に挑んでいった。これまで発見されることのなかったその先駆性を、我々はもっと見つめ直すべきなのだ。ジャプリゾ風の心理ミステリ作家、チェスタトン風の逆説の使い手、そして何より、流麗な美文で男女の情愛にミステリを絡めた文学的ミステリ作家——そのような類型的な見方に囚われることなく、連城ミステリが開拓し、作品として遺していった様々なものを、我々はこれから、もっと深く掘り下げていかなくてはならない。そのためにも、竹本健治が〈ジャーロ〉47号の追悼文で述べたように、連城三紀彦の作品群を、ミステリのメインストリームで再評価していくことが必要となってくるのだ。

綾辻行人、伊坂幸太郎、米澤穂信、道尾秀介など、連城ファンであることを表明する作家は多いが、それぞれに連城三紀彦の遺伝子を受け継いだ部分は見受けられても、それがその作家の全てではない。連城の編み出した、叙情的な美文で男女の愛憎に絡めたホワイダニットを描くという作風は、真似をしようとしても〝連城の真似〟にしかならないからだ。そして何より、衰えを知らなかったその過激すぎる発想は、真似ようと思っても真似られるものではない。

論理も、トリックも、雰囲気作りも模倣はできる。ミステリは模倣とマイナーチェンジによってバリエーションを増やすことで発展していったジャンルである。だが、連城ミステリ的なものは、連城が完成させてしまったが故に模倣のしようがない。だからこそ、連城三紀彦は唯一無二の作家なのであり、同業の作家たちが憧れるのだろう。

連城的な文体で、連城的な発想を書いて、連城を超えることは著しく困難だろう。連城ミステリを模倣するとき、あの文体を模倣しても連城らしくはならない。連城ミステリの根幹は全ての常識を疑う過激な発想にあり、あの文体はそれを成立させるための手段に過ぎない。——それすらも、連城三紀彦が我々に仕掛けたトリックかもしれない。

もちろん、連城ミステリ的な過激な発想を受け継ぐ作家はいる。たとえば横山秀夫の『64』は、ある人物の異様な執念や、過去の事件を〝再演〟する趣向など、まるで連城三紀彦が書いたかのような奇想誘拐ミステリであり、連城三紀彦を乗り越えた作品の一番手に挙げられるべき大傑作である。横山秀夫はその奇想を、組織のパワーゲームを描く警察小説という舞台で成立させた。思えば「陰の季節」や「第三の時効」のような本格色の強い横山作品の発想は、それ自体が非常に苛烈である。過激なアイデアの人工性をいかに隠蔽するかという点において、連城三紀彦と横山秀夫は選んだ文体が違うだけで、その性質はよく似ているのだ。

『64』のような、連城ミステリを乗り越え、その先を見せる作品が、これから続々と書かれていくことを望みたい。そうすることでこそ、連城三紀彦の遺した作品群の価値もまた、よりいっそう見直されていくことだろう。

『私という名の変奏曲』推理——犯人は誰か

※『私という名の変奏曲』の完全なるネタバレです。ご注意ください。

連城三紀彦の長編代表作である『私という名の変奏曲』は、七人の犯人がひとりの被害者を別々に七回殺した——という抜群に魅力的な謎が光る傑作ミステリ長編である。
本作の単行本に、連城三紀彦は「作者のことば」として以下のように記している。

他の多くのミステリーと同じように、この物語でも殺人事件が起こります。しかし。普通のミステリーでは最後まで隠しておいた方がいいことが、この作品では第一章で明かされています。事件は、他殺と自殺が同時に起こっていて、加害者と被害者の二重奏ともいうべきものかもしれません。その、重要な真相の一部が、最初から読者に提示されています。
もうひとつ——。この物語には、確かに女主人を死にいたらしめた犯人と言える人物が存在していますが、それが登場人物のうちの誰なのか、作者自身が知らずにいます。従って、この作品には〝犯人〟の章がありません。

二つのルールを破って、それでも、謎があり、解決があるミステリーを書くことが可能か。
──それに挑んでみたかったのです。

これは文春文庫版の解説で千街晶之が挙げている、〝わたしはその事件の探偵です。／そして証人です。／また被害者です。／さらには犯人です。／わたしは四人全部なのです。いったいわたしは何者でしょう？〟（平岡敦・訳）というキャッチコピーを掲げたセバスチアン・ジャプリゾの代表作『シンデレラの罠』が下敷きだろう（実際、連城はジャプリゾの愛読者で、創元推理文庫『新車のなかの女』には優れた解説を寄せている）。そして『シンデレラの罠』がある種のリドル・ストーリーとして幕を閉じるのと同様、『私という名の変奏曲』も、美織レイ子を実際に殺害したのが誰だったのかを明示することなく幕を下ろす。

犯人が誰なのか、作者自身が知らない──著者のことばとしてそう明記されてしまっているため、本作はフーダニットについてはリドル・ストーリーとして誰からも受け取られてしまっている感がある。だが、本当に本作の描写から真犯人を指摘することは不可能なのだろうか？

それぞれの犯人── 〝誰か〟の章における描写から、それを検討してみたい。

さて、本作の〝七回殺された女〟という不可能状況を成立させたのは、整形手術によって生み出された、全く同じ顔をした身代わりの死体との入れ替わりトリックである。レイ子は二晩にかけて、七人の相手にそれぞれ全く同じ演技を繰り返し、その七回目に本当に殺された。このトリックは、魅力的な不可能状況を単純な方法で鮮やかに解決する優れたものだが、多くの読者が指摘している通り、現実的にはある一点において、非常に大きな難点がある。死体に発生する、死後の変化をどう誤魔化すのか――という問題だ。

作中には吐瀉物が乾いてきたので、水で湿らせておくという描写はあるものの、死体そのものの体温の低下や死後硬直については考慮されていない。身代わりの死体となる石上美子は、レイ子の芝居が始まる直前の六時過ぎに殺されている。一日目の終わり頃には、死体はおそらく冷え切り、死後硬直も進んでいたはずだ。果たして真犯人以外の六人の犯人に、この問題を気付かれずに済んだものだろうか。

だが、作中での現実問題として、犯人たちは全員が〝自分がレイ子をこの手で殺した〟と信じている以上、ここではその問題には皆気付かなかった、として処理すべきであろう。このトリックを仕掛けたレイ子と笹原がその問題を全く考慮しなかったのか、という疑問は残るものの（特に医師の笹原がこの問題に気付かないはずはない）、そもそも〝レイ子と全く同じ顔をした女がもう一人いる〟という事態は、レイ子の本当の顔を破壊し新しい顔を与えた浜野靖彦を除いた六人の〝犯人〟にとって全く予想不可能なことであろうから、多少の死体の冷たさや硬さは、目の前の死体がレイ子の顔をしているという現実の前には打ち勝ちようもあるまい。ましてレイ子がそんな入れ替わりトリックを使うとまでその場で冷静に見抜ける〝犯人〟はいないだろう。〝犯人〟は笹原に罪を着せるために、すぐに現場の指紋を処理して逃げ出さなければならないのだから。

さて、この死体状況の変化は、同時に犯人の正体を解き明かす大きな手掛かりである。逆説的に言えば、他の六人の触れた死体が身代わりのものである以上、最も新鮮なレイ子の死体に触れている人物こそが真犯人ということになるのだから。

この考え方を軸にして、それぞれの〝犯人〟の章の描写を検討してみよう。以下、本文を引用する際のページ数の記載は全て、現在入手できる文春文庫版のものを用いる。

まず最初の〝犯人〟、繊維メーカー社長・沢森英二郎である。沢森は五章で遺書を残して猟銃自殺するが、その遺書にはこう記されている。

……寝室に駆けこみ、ベッドに倒れているレイ子を見つけた。それはもう死体だった。とびだすように見開いた目や歪んだ唇だけで死んでいることはわかったが、私は手首の脈を確かめた。生命の音が絶えた手首はひどく冷たかった。炎は燃えつきると同時に氷山の青白い一片と変わったのだった。(99ページ)

この描写だけで、少なくとも沢森が真犯人ではないことに気付かれるだろう。〝生命の音が絶えた手首はひどく冷たかった〟とあるからだ。レイ子が本当に死んだ直後ならば、その手首はまだ体温を残していたはずである。冷たくなっていたということは、それが身代わりの死体であったことの証拠だ。これにより、まず沢森が容疑者リストから消えた。

続いて、デザイナー・間垣貴美子の章（六章）を見てみよう。間垣はこう述懐する。

……わたしが部屋に入った時、あの娘は確かに生きていた。そして一時間半後、わたしがその部屋を出た時には死んでいた。寝室で倒れている娘の心臓に耳をあてて確かめたのだからそれは間違いなかった――そう、わたしが殺したのだ。（121～122ページ）

〝心臓に耳をあてて確かめた〟とある。二章で、死体は〝青と白の縞模様のセーターと灰色の膝下までのスカート〟を着ていたと描写されているから、間垣はセーター越しに死体の胸元に耳を当てたということになるので、体温の低下には気付かなかった――と考えられる。それは同時に、レイ子の死体が身代わりだったか否かも確定できないということになる。よって、間垣が真犯人か否かはこの段階では保留とする。

続く七章は医師・浜野の章だが、ここではレイ子の死体に関する描写がないため飛ばし、八章のカメラマン・北川淳を検討しよう。北川の章にはこうある。

……まず居間に戻り、持っていた商売用のカメラのレンズの一枚をとってくると、レイ子の唇に近づけた。二分近く経ってもレンズは曇らなかったので完全に死んでいるとわかった。（155ページ）

北川はレイ子の死体に直接触れていない。なので、体温低下や死後硬直の具合はこの描写からは確認できない。よって間垣に続き、北川も保留である。

続く九章の犯人、デザイナーの稲木陽平は、真犯人として有力な容疑者である。

……レイ子が身体をうねらせ、荒波のように寝室へ倒れこむと同時に、彼はゆっくりと歩きだし、三秒後には、寝台の上に倒れ、既に息絶えているレイ子を、同じ微笑で見おろしていた。
口から黄褐色の液が流れだし、条をひいて首につたい落ち、青と白の縞のセーターの襟の中に消えた。（中略）
だが、それもすべて終わったのだ。彼はレイ子の死体に唾を吐きかけてやりたい衝動を何とかため息にすり替えて口から吐きだし、寝室を出ると、後片づけを済ませた。（167〜169ページ）

北川と同様、レイ子の死体に直接触れていない。だが、〝口から黄褐色の液が流れだし、条をひいて首につたい落ち、青と白の縞のセーターの襟の中に消えた〟という描写は見逃せない。この死体が冷え切った身代わりのものなら、その口元から新たに黄褐色の液が流れ出すことが果たしてあるだろうか？

一方、十章のモデル・池島理沙は容疑者から明確に除外できるひとりだ。十章の冒頭部の描写から、それは明らかとなる。

死んだあの子のセーターをたくしあげ、私はその左胸の黒い蝶々に、自分の右胸の赤い蝶々を押しあてた。生きている頃よくそうして、私たちはベッドの上で戯れた。あの子の体は生きている頃でも冷たかったから、その時も私は氷の蝶々に触れたような気がした。（174ページ）

〝氷の蝶々に触れたような気がした〟というのは、既にその死体が冷え切っていたことを示していると見ていいだろう。池島理沙がその不自然さに気付かなかったのは、おそらくレイ子と笹原にとっては僥倖だったのだろうが（若い女性の理沙は気味悪がって死体には触れようとしないと踏んでいたのではないか）、ともかくこの描写によって理沙は容疑者から消えた。なお、実際に発見されたレイ子の死体の胸元ははだけられていなかったが、理沙が死体の胸元を直したか否かは描写されていないので、この点は判断材料とするには微妙なところである。

十三章の音楽プロデューサー・高木史子は、やはりレイ子の死体に直接触れていない。

……何度も倒れかかり、足をもつれさせながら、寝室に入り、既に事切れてしまったレイ子を見つけた。激痛に押され飛びだしそうになったその目を、ぶるぶる震える視線で覗きこみ、何とか本当に死んでしまったことを確かめ、その瞬間から彼女はもう罪の意識に苦しみ始めていた。（229ページ）

これだけの描写では、やはり高木も容疑者から排除するには至らないだろう。

ここまで容疑者から排除できたのは沢森英二郎と池島理沙の二人のみ。描写からすれば稲木陽平が有力だが、死体を巡る描写の消去法では本作の真犯人には辿り着けそうもない。

では最後のひとり、本作の探偵役も務めた浜野靖彦である。浜野については十二章で、

沢森は手首の脈を調べて死んだのを確かめたという。だが彼自身もまた、レイ子の手首の脈を調べたのだ。そして彼は目の前にいる笹原同様、医師なのだし、その死の確認を間違えるはずはなかった。(214～215ページ)

とある。さて、ここで肝心なのは、医師の浜野が死体の硬直や体温低下の不自然さに気付いていない点である。それはつまり、浜野が調べたレイ子の死体は死亡直後だったということになる。では、浜野こそが真犯人なのか。

浜野についてはレイ子自身が計画を立てた段階で「警戒しなければならないのは浜野ひとりよ」と語っている(297ページ)。そう、レイ子と笹原の計画において、最も真相に近付く怖れがある存在が浜野だった。浜野はレイ子の顔が人工物だと知っていたのだから。

この入れ替わりトリックの最大の問題——死体状態の問題に、少なくとも医師の笹原は気付いていたはずである。そして浜野が殺人者候補に入っている時点で、それを見破る可能性が最も高いのが浜野であることも。

だとすれば、レイ子と笹原のとる手段は二通りだ。レイ子を本当に殺させるのを浜野にするか、もしくは身代わりの死体がまだ新鮮なうちである、最初の殺人者に浜野を選ぶか。ただ後者には若干の危険性が残る。時間経過的に、石上美子が殺されたのが六時過ぎ、最初の殺人者が部屋を訪れるのが七時で、レイ子の芝居では殺されるのはその約一時間後である。となると最初の殺人者が死体を確認するのは、身代わりの石上美子が殺されてから約二時間後。死後二時間が経過すれば若干の体温低下や、室温によっては死後硬直の開始が見られるだろう。浜野がそれに気付いてしまう可能性は否定できない。

となれば、確実にこの計画を遂行しきるには、必然的に浜野が最後のひとりでなければならないことになるのだ。

一章でレイ子は、〝私が最終的にこの人を殺人者として選んだのはただの気まぐれのようなものだった〟と述懐している。だが、この凝りに凝った七度の自殺劇を演じるにあたって、それが破綻する可能性は細心の注意を払って排除したと考えるべきであろう。最終的に浜野は真相に到達したわけだが、これは笹原が浜野に脅迫者の役割を振ったからである。レイ子の死が完遂された後、笹原は七人の犯人全員を殺すつもりだったのだから、浜野がレイ子を殺して逃げたあとでなら真相に辿り着いてしまっても構わなかったのだろう。最も大事なのは他の六人の際に死体が身代わりであると気付かれないことだったのだから。

では、稲木の死体描写はどうなるのか。これは作中の描写で説明が付けられるのではないか。先も触れたとおり、吐瀉物が乾いてきていることに対して、笹原は「明日の晩、五人目の客が来る少し前に死体の口元を水で濡らしておけばいい」（293ページ）とアドバイスしている。稲木が五人目の殺人犯だったとすれば、稲木が見た黄褐色の液とは、このとき濡らした水が吐瀉物と混ざって流れ落ちたものではないだろうか。

もうひとつ、浜野真犯人説をメタな視点から補強するとすれば、本作がジャプリゾ『シンデレラの罠』の影響下にあるという点である。『シンデレラの罠』は、語り手が探偵であり、証人であり、被害者であり、犯人であるという一人四役を売りにしている（作品を読むと、実際の狙いはそこには無く、一人四役の謎は中盤で解けてしまうのだが）。本作を書くにあたって連城の念頭に『シンデレラの罠』が無かったはずはない。だとすれば——。


浜野靖彦は、レイ子と笹原の仕掛けた罠を調査する探偵である。

浜野靖彦は、レイ子の顔が人工物であることを知る証人である。

浜野靖彦は、最終的に笹原に殺害されてしまった被害者である。

そして、浜野靖彦は、美織レイ子を実際に殺害した犯人である。

そう、ここに『シンデレラの罠』と同じ一人四役が完成するのだ。この条件は、浜野靖彦以外の人物では成立しない。他の六人は探偵ではなく、またレイ子の真実を知らない以上証人にもなり得ない。連城が『シンデレラの罠』をさらに高度化したミステリとして本作を構想したとすれば、真犯人はやはり、浜野靖彦以外にあり得ないのである。

——だが、待って欲しい。本当にそれが真相でいいのだろうか？　それではあまりに、連城ミステリの真相としては、当たり前の結論すぎはしないだろうか？　本当に、浜野靖彦以外の真犯人はあり得ないのだろうか？　また、連城は『シンデレラの罠』と同じ一人四役という趣向を完成させただけで満足するような作家だろうか？

浜野靖彦と同様に一人四役を為す人物が、この物語にはもうひとり存在するのではないか？

——そう、レイ子の共犯者、笹原信雄もまた、一人四役を——否、笹原は一人七役を演じたのではなかったか？　即ち——。

笹原信雄は、浜野靖彦の奇妙な行動の謎を追う探偵である。

笹原信雄は、レイ子の死が自殺でもあることの証人である。

笹原信雄は、レイ子に狂い人生を棒に振った被害者である。

笹原信雄は、レイ子の偽装殺人劇に協力した共犯者である。

笹原信雄は、七人の犯人を殺して回っていく加害者である。

笹原信雄は、七人の犯人の罪へ裁きを与える裁判官である。

そして、笹原信雄は、美織レイ子を殺害した真犯人である。

そうだ。この殺人劇の計画がレイ子と笹原によって立てられた以上、レイ子をこの殺人劇という形で〝殺す〟ことを決定したのは、他の誰でもなく、レイ子自身と笹原なのだ。

だからこそ、七人の犯人たちは、〝犯人〟ではなく〝誰か〟に過ぎないのだ。最終的にレイ子に毒杯を与えた浜野靖彦さえも、結局はレイ子の言う通り、気まぐれに選ばれた犯行手段ゆえの必然というだけの〝誰か〟に過ぎない。十八章で笹原自らが「自殺と他殺がいりまじり、被害者と加害者の重なり合ったこの奇妙な事件で、唯一犯人という名に値する人間がいたとすれば、それは私なのかもしれない」と独白している通り、レイ子を真に殺したのは、笹原信雄に他ならないのだ。

故にこそ、笹原の章である十八章だけは〝誰か〟ではなく〝共犯者〟なのである。レイ子が七度の殺人劇で一人七役を演じたのと同じく、笹原もまた一人七役を演じていた。故にこそ、笹原は真の意味でレイ子の共犯者だったのだ。

七人の犯人が、一人の女を別々に七度殺した。『私という名の変奏曲』は、そんな強烈な謎を扱ったミステリである。だが、それ自体が既に本作に仕掛けられた罠だったとすれば。七人の犯人の誰ひとりとして犯人ではなく、八人目の真犯人が存在していながら、あくまで七人の中の誰かが犯人であるかのようにリドル・ストーリーとして幕を下ろす結末そのものが、連城三紀彦の仕掛けた罠であったとするならば。最終章で真犯人が自白しているにもかかわらず、彼が共犯者であったために、読者にはその人物が真犯人だと解らないという究極のフーダニットが完成するのである。

もちろんこれはメタレベルの謎解きであるので、作中のテキストのみから導きだせる推理ではない。あくまで作中テキストのみから読み解く限りにおいては、真犯人は浜野靖彦とするのが妥当だろう。浜野か笹原か、どちらを採るかは読者それぞれの判断に任せたい。あるいはまた別の真相を推理された方がおられたら、是非聞かせていただきたいと思う。

『ため息の時間』読解――苑田岳葉と連城三紀彦

※本稿は「戻り川心中」および『ため息の時間』の趣向・真相に触れています。

『ため息の時間』レビューにおいて、筆者はあの怪作を「連城三紀彦の人生そのものをホワイダニットミステリへと変貌させる」ものであると評した。未読者向けのガイドという都合から、あの項では踏み込んだ話をし損ねたので、本稿ではネタバレを解禁し、より踏み込んで『ため息の時間』を読解してみたい。

さて、『ため息の時間』を読解するにあたっては、どうしても外すことのできない作品がある。言わずと知れた「戻り川心中」だ。連城三紀彦が生み出した天才歌人・苑田岳葉――その才能のみによって、空想のみで作り上げた歌に命を吹き込むべく、歌に沿った心中行という童謡殺人を決行した、あの歌人の生き様は、連城三紀彦という作家自身の姿に重なり合ってくる。

人間嫌いを自称し、世俗の煩わしさから距離を置くために得度したという事実からも明らかであるが、連城三紀彦は決して社交的な人物ではなかったようだ。『恋文』や『もうひとつの恋文』、『あじさい前線』といった作品では身近な人物をモデルにしていることを明らかにしているが、そこに幾重もの想像の衣を被せることで、連城はそれを虚構の物語に組み替える。その極北こそが、暴露小説に擬態したメタ・ミステリ『ため息の時間』だろう。またそれと同系統の作品として、エッセイと小説を混濁させた未刊行長編『悲体』は、その創作過程を露《あらわ》にしたものとして興味深い。また、連城は取材をあまり行わず、ほとんどの作品をその想像力だけで作り上げていたことが、近しい人物からの証言で明らかになっている。

　連城三紀彦は直木賞を受賞して人気作家となって以降、女性読者から「どうしてこんなに私のことを解っていらっしゃるのですか」という意味合いの手紙がしょっちゅう届いていたという。人嫌いの中年男性であった連城三紀彦が、想像力で作り上げた女性像には、少なくとも昭和の終わりから平成の初めの頃にかけて、女性読者の心理を摑む真があった。その真は、普通に考えるならば幼少期、実家の営んでいた旅館にやってくる女たちの姿や、四人いた姉たちの姿から学び取った経験から生み出されたものと見なすべきだろうが――本当にそれだけなのだろうか？

　初期から晩年まで連城作品全体に見られる傾向だが、連城作品は掲載媒体を非常に強く意識して書かれているものが多い。特に中期の長編群に顕著で、婦人誌には中年女性の自分探し小説『あじさい前線』を掲載し、若者向けのファッション誌連載の『誰かヒロイン』では二十代の女友達三人を主役にし、静岡新聞連載の『隠れ菊』は浜松が舞台、ＪＡの農家向け雑誌に連載した『虹の八番目の色』は農家の話だ。一方〈小説推理〉には『どこまでも殺されて』『終章からの女』『人間動物園』のように狭義のミステリ作品を書いている。それぞれ、媒体に合わせた題材が選ばれたのはもちろん編集者からそういう発注があったということだろうが、逆に言えば連城はそのように、オーダーに合わせてストーリーや設定を考えるタイプの作家であったと言えよう。これは〈幻影城〉で書かれた《花葬》シリーズが、編集長・島崎博から題材を指定され、それに合わせて書いた、というデビュー当初の経験に基づいていると考えていいだろう。そういう意味で、連城は注文に応じて器用に書けるタイプの作家であったとも言える。

この〝注文に応じて器用に書ける〟という連城の性質を、苑田岳葉に引きつけて考えてしまうのは、筆者の考えすぎだろうか。技巧に走りすぎて実が無いと評された初期の苑田岳葉の短歌。もちろん現代の文学で、実生活の実感に基づかない小説は価値が劣る、というような考え方は存在しないだろう。ただ、連城三紀彦自身が、想像力だけで作り上げた自作のことをどう考えていたのか——ということになると、一時期のあとがきに顕著な「自作が好きではない」という愚痴を想起せざるを得ない。

しかし、苑田岳葉のように、自らの作品に実を持たせるためだけに心中行を行うようなことは、どだい現実には無理な話だった。自らの恋愛小説に実を持たせるために、たとえば華々しい恋愛遍歴、ゴシップでワイドショーを騒がすというような演技も、人間嫌いの連城には到底行い得なかっただろう。しかし——できないからこそ、連城にはあるいは、そういう生き方への憧れが燻っていたのかもしれない。その憧憬の表出が、苑田岳葉をはじめとした〝破滅型の天才〟というモチーフだったのではないか、と考えるのは深読みが過ぎるだろうか。

さて、それらを踏まえて『ため息の時間』である。

エッセイ「試写室のメロディー」にも、『ため息の時間』の題材となった〝恋愛事件〟の存在を匂わせる記述があるので、少なくとも八九年の連城に、何らかの恋愛事件——少なくとも本人にとっては事件と呼ぶに値する何かがあったのは間違いないだろう。しかし、そこから生み出された『ため息の時間』は、虚実の境界があまりにも複雑怪奇に絡み合い、いったいどこまでが事実に即しているのかは、一読者の目には謎としか言いようがない。

『ため息の時間』の作中で、連城は登場人物の口を借りて「まず事実の方を先に提示すべきだった」と自らツッコミを入れている。そして連城はあの作品に対する取材をシャットアウトしており、何が事実だったのかが不明である以上、暴露小説としてはやはり『ため息の時間』は最初から破綻している。作品を破綻させてまで、いったいなぜ連城はあそこまで執拗に虚実を曖昧にして事実を隠さねばならなかったのか？

エッセイなどから窺える連城三紀彦の人間関係から、〝恋愛事件〟の相手——〝センセイ〟もしくは〝平野敬太〟のモデルが誰なのか、というのを想像すると、まず最有力の容疑者は、やはり作中でも「シナリオライターのA氏」として名前が挙がる脚本家の荒井晴彦だろう。実際、作中の〝センセイ〟の振る舞いの数々は、エッセイ集『一瞬の虹』を読めば荒井晴彦をモデルにしているのは一目瞭然だ。

もうひとり、容疑者を挙げるとすれば俳優の奥田瑛二になる。何しろ瀬戸内寂聴の『死に支度』の中に、連城が奥田瑛二とともに瀬戸内寂聴と会ったエピソードが挙げられ、〝私はその一夜で、連城さんが奥田さんに真剣な恋を抱いていることを見ぬいた。〟と書かれているのだ。エッセイからも、連城にとって奥田瑛二が特別な存在であったことは容易に窺い知れる。

　さて、連城三紀彦と〝恋愛事件〟を起こしたのは荒井晴彦なのか、それとも奥田瑛二なのか。ここでそれぞれの年齢に着目してみたい。『ため息の時間』第一回で、〝センセイ〟の年齢が当時四十一歳であったことを、〝僕〟はこの作品の中では珍しく〝事実〟して強調している。『ため息の時間』の連載開始は九〇年で、〝恋愛事件〟はその前年のこととされているから、八九年に四十一歳であった人物こそが〝センセイ〟ということになるわけだが――。

　荒井晴彦は四七年一月生まれ。奥田瑛二は五〇年三月生まれ。いずれも八九年に四十一歳ではないのだ。――では、八九年に四十一歳だったのは誰か？　答えは、四八年一月生まれの連城三紀彦だ。

　やはり連城三紀彦は『ため息の時間』の第十一回の謎解きで明かしているように、〝僕〟であり同時に〝センセイ〟であったということになる。一人二役――あるいは二人一役。しかし、それをそのまま現実に敷衍すれば、連城三紀彦は自分自身に恋をし、自分自身と別れたことになってしまう。では、『ため息の時間』は連城の過剰な自己愛の発露だったのか？

　発想を転換する必要がある。連城三紀彦は『ため息の時間』で、〝誰よりも自分自身を騙したかった〟としている。しかしこの〝自分〟というのが〝僕〟であり〝センセイ〟でもある以上――それこそが嘘であるならば、連城が本当に騙したかったのは、やはり恋愛事件の相手ということになりはしないか。

　つまり、やはり恋愛事件の相手――〝彼〟は実在し、そして連城三紀彦は、〝彼〟に絶対に気付かれないように、〝彼〟との恋愛事件を小説という形で書かねばならなかった。連載の第二回で言っている通り、やはりこの作品の主眼は〝彼〟に、〝彼〟との恋愛事件の話だと気付かれないようにすることにあったとすれば——。

だがここで筆者は根本的な疑問に立ち戻らざるを得ない。〝恋愛事件〟が実際にあったとすれば、〝彼〟が誰であれ、連城三紀彦が「実際の恋愛事件」を題材に小説を書いている時点で、その〝彼〟にとっては自分の話だと絶対に解らなくするのは不可能なのではないのか？

この問題も、ひとつの発想の転換で解決に至る。本作の元となった〝恋愛事件〟は実際にあり、また〝彼〟も実在する——だが、その〝恋愛事件〟を〝彼〟自身は一切関知していなかったとしたら？

そうだ。連城三紀彦はつまり、苑田岳葉と本質的に同じことをしようとしたのだ。

連城三紀彦が『ため息の時間』の題材とした〝恋愛事件〟は確かにあった。確かにあったのだが、それは連城三紀彦の内面の中だけで起こった事件だったとすれば。だとすれば、連城三紀彦が執拗なまでに〝彼〟が誰なのかを隠さねばならなかった理由が明らかになる。連城は、自分が〝彼〟を愛していることを、誰よりも〝彼〟に知られたくなかったのだ。おそらく、『ため息の時間』を書き始めた時点で、その愛は〝彼〟の知らぬうちに終わっていたのだから。

つまり連城は、空想の〝恋愛事件〟をモデルに小説を書くことで、それが本当にあったことだと見せかけた。ただし、連城がそれによって為そうとしたことは、苑田岳葉のように、己の作品に実を持たせ、評価を得ることではなかった。

連城が為そうとしたこと。それは、この『ため息の時間』という作品が〝実際の恋愛事件〟を基にしたものであると、そう〝彼〟に思わせることで、誰よりも当事者である〝彼〟にこそ、自身を部外者だと思わせたかったのだ。それは〝彼〟にとっては、全く身に覚えのない物語なのだから、そこに鉄壁のアリバイ――恋愛不在証明が成立するのだ。連城と〝彼〟の間に〝恋愛事件〟が存在しなかったという事実によって、絶対に〝彼〟には届くことのない恋文としての『ため息の時間』は完成されることになるのだ。

ここまで書けば、〝彼〟の正体は明らかであろう。やはり荒井晴彦だ。

連城が荒井晴彦に、〝センセイ〟のモデルとして使わせてもらうという了解をとっていたのは事実だろう。それにより、『ため息の時間』は一見、連城三紀彦が荒井晴彦に宛てた恋文のように読める作品になり、文庫版の解説によれば実際当時はそう思われていたらしい。

しかし、連城三紀彦と荒井晴彦の間に、少なくとも荒井晴彦から見て〝恋愛事件〟は存在しなかったとすれば、荒井晴彦からすれば単に自分は身代わりとしてモデルになっただけで、連城が〝恋愛事件〟を起こしたのは自分以外の誰かであるはずだ、という極めて強固なアリバイが成立する。そのアリバイこそが連城の欲したものだったとすれば。

嘘で本当のことを語ることもあるんですね――とは「野辺の露」に登場する台詞だが、まさしく連城は『ため息の時間』で、嘘によって本当を語ったのだ。荒井晴彦宛の恋文を装うことで、決して本人には届かなくなった荒井晴彦宛の恋文を書くこと。嘘だよ、と断った上で本心を伝えるという、本当に連城の小説の登場人物のような、あまりに迂遠な愛情表現。つまりそれこそが『ため息の時間』という小説だったのだ。

だとすれば、あの作品が最初から失敗作を目指して書かれた理由も自ずと明らかになる。作中の〝僕〟が〝センセイ〟に捨てられるために〝センセイ〟を手に入れようとしたように、連城三紀彦は荒井晴彦に捨てられるためだけにあの作品を書いたのだ。恋文だと認識されないことを目指した恋文は、恋文としては最初から破綻しているのだから。

――そして、本作が荒井晴彦にだけ届かない荒井晴彦宛の恋文ならば、同時にこうも言えるのではないか。即ち、本作はまた同時に、奥田瑛二宛の恋文でもあったのだと。

『ため息の時間』は終盤まで〝僕〟が〝センセイ〟と〝奥さん〟を同時に愛してしまったドラマとして進む。それは作中においては嘘なのだが、それもまた嘘で本当のことを語っていたとすれば――〝奥さん〟の地位にいるのが、奥田瑛二だったのだとしたら……？

〈CRITICA〉9号に掲載された、横井司による「連城三紀彦さんを偲ぶ会」レポートに、そこでの荒井晴彦の挨拶が紹介されている。ここに一部を引用しよう。

> で、ある時、連城さんはなぜ女を書くのが上手いのかと考えていると、ふと気づいたのは、「連城が女なんだ」ということだったそうです。話の流れからすると、連城さんの好意の寄せ方

に女性的な感覚を感じたということになるかと思いますが、これはこちら（引用者註…横井）の深読みかも知れません。

そしてまた『映画芸術』二〇一四年冬号に、「我々の独特な友情について」と題して、奥田瑛二が追悼文を寄せている。これも一部を引用する。

「オール讀物」の追悼特集で瀬戸内寂聴さんも書いているから言えるんですけど、連城さんは多分、僕に惚れていたんですよ。ある種、独特な友情関係ですよね。

『ため息の時間』のラストで〝僕〟は〝センセイ〟と別れ、〝奥さん〟と結婚する。それが連城三紀彦の内心の中だけで起こった恋愛事件ならば、連城は心の中で荒井晴彦を諦め、奥田瑛二を選んだということだったのかもしれない。もちろんそれは連城の心の中だけの出来事で、荒井晴彦も奥田瑛二も、この作品に描かれたのが自分だとは知らないままだったのだろうが――。

いや、本当にそうだろうか。ふたりは本当に何も知らず、気付いてもいなかったのか？

〝平野敬太〟の名前のモデルになった映画プロデューサー、平埜敬太は「連城三紀彦さんを偲ぶ会」の後に、ツイッターでこう呟いている。

（男の台詞）連城三紀彦氏を偲ぶ会へ打ち合わせで遅れ、トイレで荒井晴彦氏と遭遇。荒井さんスピーチ辞退したいというので、映像業界代表で文学界にがつんと響くスピーチしてくださいよ、とお願いする。「死ぬ時ぐらい知らせてくれよ」と荒井さんの涙声を初めて聞く。奥田瑛二さんと三人でワイン飲む。

連城三紀彦が幾重もの嘘を重ねて偽装した『ため息の時間』という恋文は、荒井晴彦、そしてあるいは奥田瑛二に届いていたのだろうか。

もちろんこれは一読者のただの妄想に過ぎないのだけれども、筆者はそんなことをぼんやりと考えるのである。

謎解きは終らない――『処刑までの十章』論

※本稿は以下の作品の真相・趣向に触れています。
連城三紀彦『処刑までの十章』「変調二人羽織」／中井英夫『虚無への供物』
城平京『虚構推理』／アントニイ・バークリー『毒入りチョコレート事件』

二〇一三年十月、連城三紀彦は六十五歳でこの世を去った。翌二〇一四年十月に刊行された『処刑までの十章』は、〇九年から一二年まで足かけ四年にわたって〈小説宝石〉に連載された、連城の生涯最後の小説となった長編である。

しかし、この遺作を読んだ読者には、結末まで辿り着いたとき、おそらくなんとも言い難いモヤモヤとした消化不良な気分を抱いたか、あるいは不意にあらぬところへ放り出されて途方に暮れたような気分を抱いた者が多かったのではないか。

何しろ本作は、最後の最後に、その直前に提示されたあまりにも魅力的な〝解決〟を自ら否定し、直行と純子にとって、そして読者にとっての最大の謎――靖彦がどこへ行ったのかという謎を解き明かさないままに終わってしまうからである。

確かに殺人事件の謎は解かれる。だが、それははっきり言ってしまえば、靖彦・直行・純子の三人とは全く無関係なところで、作中にほとんど登場しない人物によって起こされた事件に過ぎない。読者が迷宮を彷徨いながら追いかけ続けた靖彦の失踪の謎は、その全貌を明らかにしたと思った瞬間、ふいとどこかへ飛び去ってしまう。

第九章で提示される、バラバラ事件は西村靖彦の緩慢な自殺であるという〝解決〟はあまりにもパラドキシカルかつ奇怪な論理による、連城らしすぎるほどに連城らしい、魅力的な真相のはずだった。なぜ連城は、この優れた解決を自ら否定してしまったのだろうか？

この謎を解き明かすには――三十年以上の時を遡る必要がある。

そう、一九七八年、第三回幻影城新人賞を受賞した連城三紀彦のデビュー作「変調二人羽織」が、まさしく本作と同じ、優れた解決を自ら否定するという構造を持っているのだ。

「変調二人羽織」は落語家が高座で二人羽織を演じている最中に怪死した事件の謎を追う本格ミステリであり、しょぼくれた中年刑事である亀山刑事が、警察を辞めた探偵小説マニアの元部下・宇佐木へと宛てた手紙の中で推理を繰り広げていく。衆人環視の中、誰も落語家に近付いた者はいないのに、誰がどうやって彼を刺殺したのか？

この不可能犯罪に、亀山は最終的に、非常に魅力的なトリックを提示し、それによって殺人事件は解決したかに思わせる。――だが、それは実は、事件が自殺として解決したあとに、亀山が探偵小説マニアの宇佐木を楽しませるために考案した机上の空論であったことが明かされる。

先輩の言う解決篇だけの探偵小説、楽しく拝読致しました。現実には自殺事件だった、だからこそ絶対に他殺は不可能だった仮想上の犯罪に取り組み、探偵小説的論法で一つの仮想上の解決を導き出した、先輩の偽ホームズぶりには正直驚きました。

探偵小説マニアの僕にはこの上ない贈り物です。先輩の言うように、去年の夏、無言で僕を見送ってくれたその優しさの、形での餞別として一生の記念にさせて貰いましょう。そのために先輩は事件が終わって猶数日間まだ終わっていない仮想の犯罪に取り組んで下さったのですから。でもいったいどこからが先輩のフィクションだったのでしょうか。あの鶴の話、あれは本当なんでしょうね。自殺事件ならその鶴は破鶴自身が開演前に東京の空に放ったことになりますが……。

「変調二人羽織」では解決済みの事件に仮想上の解決を与えた行為を指して〝解決篇だけの探偵小説〟と呼んだ。アントニイ・バークリー『毒入りチョコレート事件』や、あるいは西澤保彦『聯愁殺』、深水黎一郎『ミステリー・アリーナ』などのように、多重推理・多重解決もののミステリでは、ひとつの事件に対して無数の仮説が組み立てられるという構造上、小説の大部分が解決編であるかのような構成となるが、これはそういう次元の話ではない。「変調二人羽織」の目指したものは、そもそも謎の存在しない場所に解決をもたらすことであったと言うべきだろう。

法月綸太郎はハルキ文庫版『変調二人羽織』（九八年）の解説で、「変調二人羽織」の語り口や構成、〝解決篇だけの探偵小説〟という言い回しやエピローグに置かれた〝アリョーシャ〟という人名から、中井英夫『虚無への供物』へのオマージュを見出している。そして、謎のない場所に解決をもたらす——という指向性そのものもまた、『虚無への供物』の中に見出しうる。たとえば、序章の第六節にある以下のような会話だ。

「それにね、君が期待しているような殺人が、必ず起るときまったわけでもないだろう。事件もないのに探偵だけがしゃしゃり出るなんて話、きいたこともないよ」

「殺人を期待してるなんて、いってないわ」

莨を灰皿にねじりつけて体を起すと、

「あたしの考えてるのは、こういうことよ。そりゃ昔の小説の名探偵ならね、犯人が好きなだけ殺人をしてしまってから、やおら神の如き名推理を働かすのが常道でしょうけれど、それはもう二十年も前のモードよ。あたしぐらいに良心的な探偵は、とても殺人まで待ってられないの。事件の起る前に関係者の状況と心理とをきき集めて、放っておけばこれこれの殺人が行われる筈だったという、未来の犯人と被害者と、その方法と動機まで詳しく指摘しちゃおうという試み……。〝白の女王〟のいいぐさじゃないけど、それで犯人が罪を犯さないならなおのこと結構だろうじゃありませんか。むつかしい仕事ですけど、氷沼家をとっこに、それをやってみせようというわけ。登場人物は少ないんだから、何とか出来る筈よ。さあ、見てきただけのことを話して頂戴」

これこそまさに、〝謎〟——事件のない場所に〝解決〟をもたらそうという指向性だ。

事件を解決するということは、本質的に秩序の回復を意味する。謎は混沌であり、推理はその整理の過程だ。バークリー『毒チョコ』では作中で起きた毒殺事件に対し、「犯罪研究会」のメンバー六名が推理合戦を繰り広げるわけだが、そこで行われる推理は遊戯的側面が強いとはいえ、一応は警察が捜査を打ち切った事件を解決しようという秩序の回復を求める側面がある。だが、『虚無への供物』では実際に事件が起こる以前から素人探偵たちは事件を解決しようとし、その推理合戦は、秩序の回復よりも推理そのものを楽しむ遊戯性に淫している。

杉江松恋は『毒チョコ』新版（二〇〇九年、創元推理文庫）の解説でその歴史的意義として、〝犯人を推理するという推理の工程自体を特権的なものとして採り上げた。実際の犯人が誰であろうと（極言すれば犯人なぞいなくとも）推理は可能であるという可能性を示した〟と述べている。そして『虚無』の素人探偵たちはその通りに、まだ謎のない場所に謎を求め始める。秩序の回復を求めるのではなく、娯楽として事件を求めるということは、究極的には前提となる混沌――すなわち〝謎〟の存在さえ不要となるということを中井英夫は喝破していた。もはや謎さえも存在しない場所――〝虚無〟に仮想上の解決――〝供物〟を捧げる。探偵小説から謎が失われるとき、それこそが中井英夫の視た〝探偵小説の終焉〟だったのではないか。

　この路線の極北として、第12回本格ミステリ大賞を受賞した城平京『虚構推理』がある。『虚構推理』において発生した事件に、探偵および読者の視点から謎は一切なく、探偵の推理は謎ではなく〝事態〟を解決するために用いられる。そんな『虚構推理』はミステリか否か、という問題がマニアの間で議論を呼ぶことは非常に象徴的である。

『虚構推理』は謎の代替物として《鋼人七瀬》という物理的な力を持った都市伝説という怪異を設定し、謎の存在しない場所に秩序の守護者としての探偵を投入した。その秩序の回復――〝虚構推理〟は、一見して〝虚無への供物〟であるが、しかし探偵と犯人と読者以外の人物たちにとっては紛れもなく〝謎の解決〟なのである。〝謎〟が存在するか否か、それが〝解決〟かどうかは、視点の置き場所の違いに過ぎないことを城平京はそこで示しており、故にこそ『虚構推理』はミステリである。

一方、連城三紀彦は「変調二人羽織」とよく似た構造を採用した遺作である『処刑までの十章』で何を目指したのか？

その答えは――〝問題編だけの探偵小説〟ではなかっただろうか？

……今回これらの作品を再読してあらためて気づいたのは、連城三紀彦という作家がその出発点から、探偵小説の構成そのもの、すなわち「問題編―解決編」という相互補完的な一対の組み合わせからなる物語の図式を反転させてしまうことを、何よりも強く望んでいたのではないか、ということだった。処女作で「解決篇だけの推理小説」という言い回しを用いていること、あるいは「謎だけの探偵小説には金は払えんな」（「ある東京の扉」）といった台詞にも、そうした見果てぬ夢（？）の一端がのぞいているように思えるし、「メビウスの環」に見られる両義的な結末は、問題編が解決編であり、解決編が問題編であるようなミステリーをなんとか具現化しようとするための第一歩のように見える。あるいは「白い花」のような作品を例に引いてもいいだろう（一種の安楽椅子探偵物といえるこの小品は、再読した時、初めてその奇妙なたたずまい――解決編だけの推理小説？——を明らかにする）。

最後の頁を読み終えた瞬間に、問題編と解決編がそっくりそのまま反転してしまうような探偵小説。それこそが、終りが始まりであり、始まりが終りであることを宿命づけられた連城三紀彦という作家の目指す「究極の探偵小説」の形なのだと私は思う。


法月は『変調二人羽織』の解説をこう締めているが、これはまるで『処刑までの十章』のことを予言しているかのようだ。法月の言う、〝問題編と解決編がそっくりそのまま反転してしまうような探偵小説〟——それこそが、連城三紀彦の目指したミステリであったとするならば。デビュー作「変調二人羽織」が、作中の言葉の通りに〝解決篇だけの探偵小説〟であったとすれば。連城三紀彦の最後の小説である『処刑までの十章』は、当然の帰結として〝問題編だけの探偵小説〟であるはずだ。

そう、「変調二人羽織」と並べることで『処刑までの十章』はその真の姿を露《あらわ》にする。優れた〝解決〟を自ら拒絶し、肝心の謎を宙に浮かせてしまった結末は、決して捻りすぎたが故の着地失敗ではない。それは〝問題編だけの探偵小説〟を目指したが故の必然的な結末であった。連城は、最初からこの真相を目指して本作を書いていたはずだ。

だが、「ある東京の扉」の中の「謎だけの探偵小説には金は払えんな」という台詞が示す通り、〝問題編だけの探偵小説〟はそれだけであれば普通は不完全な作品でしかない。では連城は、最初から失敗作であることが運命付けられた作品を遺作として書いてしまったのか？

本作は中盤以降、直行の疑念が純子へと向かう。純子が靖彦を殺したのではないか、と。最終的に直行は純子が本当に何も知らずに右往左往していただけであったと気付くわけだが、そのとき「では靖彦はなぜ失踪したのか？」という謎に対して、直行はこう気付く。

『じゃあ兄貴はどうして家を出たんだ』

胸に湧き上がったその質問を、だが直行は口に出さなかった。その答えは、すべてが始まった十月二十八日の午後、銀座の喫茶店で直行が自分自身の口で義姉に語った……。

ここで示されている箇所は、第一章、文庫版でいうと33ページから45ページにかけての銀座の喫茶店での直行と純子の会話シーンのことになる。靖彦が直行と純子の浮気を疑っていた――六百ページ近く読者が直行・純子とともに追いかけてきた靖彦の失踪の謎の答えは、第一章に記されていたのだ。さらに言えば、そもそも純子が犯人でないことは作品の冒頭で明かされているのだ。この物語は純子の視点から、失踪する靖彦を見送るところから始まるのだから。長い迷宮を彷徨ううちに読者はそれを見失い、直行と同様の疑心暗鬼に囚われ――そして真相に辿り着いたとき、本作の解決編は一番最初に書かれていたということに気付く。靖彦の失踪と放火殺人事件という謎を提示する物語の始まりが、即ちこの物語全体の解決編であったのだと――。

かくして本作は〝最後の頁を読み終えた瞬間に、問題編と解決編がそっくりそのまま反転してしまう〟。だとすれば本作こそが、連城が目指した〝究極の探偵小説〟のひとつの形、その実践だったのではないか――。

そう考えると、本作のラストシーンはひどく象徴的だ。

　直行の声は、だが、そこで途切れた。絵葉書の竹林が視界いっぱいに広がった……先刻、兄の顔を呑みこんだ陰画の闇が緑一色に染まり、一羽の蝶が青い翅を光らせながらどこまでも飛んでいく……幻想とは思えない鮮やかさで直行にはそれが見えた。

　義姉が何か言ったが、その声をひどく遠くに聞き、自分がどこにいるのかも忘れ、直行はただ、果てしない闇を流星のように貫いて、どこまでも……燃えつき、力つきるまでどこまでも飛んでいく一羽の蝶を追い続けた。

——『処刑までの十章』

　誤って薄墨でも滴り落ちたかのようにゆっくりと夜へと滲み始めた空を、その鶴は、寒風に揺れる一片の雪にも似て、白く、柔らかく、然しあくまで潔癖なひと筋の直線をひきながら、聴て何処へともなく飛び去ったのだと言う——と言ってもお伽話めいた郷愁の里の出来事ではない。昭和五十×年という時代の先端、日本の首都、つまりは東京の、それも丸の内界隈と言うから、そう、謂わば高層ビルのてっぺんが四次元に突き刺さったような超近代的空に起こった現実である。

——「変調二人羽織」

本作のラストで闇の中を舞うアサギマダラのイメージは、そのまま「変調二人羽織」の冒頭、東京の夜空を舞った鶴のイメージに重なり、読者はまた終りが始まりであり、始まりが終りである地点へと舞い戻っていく。

かくして『処刑までの十章』は、終りであるが故にそこから始まり、始まりであるが故に解決編である「変調二人羽織」へと至る。連城作品では『女王』などに典型的に見られるように、時として詭弁すれすれの論理によって時間の流れさえ作中で逆流してしまう。その逆流は、終りと始まりが繋がることによって円環を為す。解決編から問題編へ至り、また解決編へと向かう探偵小説のメビウスの環が閉じられるのだ。

読者の常識をひっくり返すことにこだわり続けた連城三紀彦というミステリ作家は、その生涯、作家歴さえも、ミステリの常識を覆す――解決から始まって謎に至る探偵小説であろうとしたのかもしれない。

そのメビウスの環の上にいる我々にとって、謎解きは決して終らない。

連城三紀彦という〝謎〟を追いかけ続けることこそが、連城三紀彦の去った後に残された我々に託された〝虚無への供物〟なのかもしれない。

同人誌初版あとがき

筆者の連城三紀彦作品との出会いは二〇〇五年。大学の図書館で借りた文春文庫版『暗色コメディ』であった。当時の筆者は井上夢人にハマっており、井上の『プラスティック』や『メドゥサ、鏡をごらん』のような最後まで酩酊感のある話を期待して読んだため、眩惑的な謎に対するミステリ的解決に不満を覚えるという不幸な出会いであったことを記憶している。そのためそれ以降、しばらく連城作品に手を伸ばすことはなかった。

四年の月日が流れ二〇〇九年、筆者は『戻り川心中』で連城作品と再会する。その美しい文章とミステリとしての完成度に一読驚倒したものの、恋愛小説の作家であるという予備知識から、この時点ではまだ積極的に他の作品を集めようとは思わず、思い出したように新品で手に入る作品を拾い読みしては、短編の完成度の高さや、晩年の長編の意欲的な構成に唸っていた。

二〇一三年春、『恋文』を読んでそのミステリ・スピリットに感嘆したものの、この時点でも作品の大半が絶版であるという事実の前に、作品蒐集に二の足を踏む。十月、訃報を受けて絶版本の蒐集を検討するも、折悪しく近所のブックオフが閉店してしまい断念。

そうして蒐集を先延ばし、先延ばしにし続けた筆者が完全に連城三紀彦に打ちのめされたのが、二〇一四年三月に読んだ、文庫版『流れ星と遊んだころ』によってであった。ミステリとしての興奮と驚愕、恋愛小説としての美しさを兼ね備えた傑作長編に、これは全作品を読まねばならぬと、五年越しの決断を下し連城作品の蒐集を開始。九月、復刊された『夜よ鼠たちのために』宝島社文庫版の購入をもってその時点での全六十作品のコンプリートを達成。十月頭に全作読破を完了した。以降も単行本未収録作の収録アンソロジーを買い求め、雑誌発表のみの短編も図書館に足を運んで読むなどして、現在に至る。

連城作品を本格的に集め始めてからの自分のツイッターでの呟きを見返すと、呆れるほどに連城三紀彦の話ばかりしている。寝ても覚めても連城作品のことが頭から離れず、見境なく周囲に連城作品を薦めては、新品で買える作品の少なさを嘆いた。言ってしまえば、その感情はほとんど恋のようなものである。二〇一四年の自分は、間違いなく連城三紀彦に恋をしていた。

それは『褐色の祭り』の石木律子のように、あまりに遅すぎた恋である。連城三紀彦は既に鬼籍に入ってしまった。もはや新作を待つことは叶わない。そして作品の大半は絶版で、他人に薦めて語り合うこともままならない。しかし、だからこそ自分はここまで連城三紀彦に惚れ込み、こんな本まで作るに至ったのだと思う。恋は障害多ければこそ燃え上がるのだ。未入手の連城作品を探して回り、読んでは唸り、啞然とし、嬉々として感想を書き、迷惑を承知で周囲に薦め続けた。その甲斐あって、周囲でも連城作品を読み始めたという報告をいくつも得られた。この恋は遅すぎたが、不毛ではなかったと思いたい。

まえがきで、本書は遅すぎたファンレターだと記したが、自分自身の気持ちからすれば、むしろ本書は遅すぎた恋文である。連城作品の全てを愛せるわけではないものの、いくつかの不満もひっくるめて、自分が連城三紀彦という作家に惚れ込み、その作品に対して恋に落ちた、その気持ちを正直に書き記した、本書は自分の生まれて始めてのラブレターだ。

本来、ラブレターなど赤の他人に読ませるものではない。だが、自分は本書を書かずにはいられなかったし、連城三紀彦の魅力を他人に伝えずにはいられなかった。このラブレターから、連城三紀彦という作家に、その作品に興味を持ってくれる人がひとりでも出てくれれば、望外の喜びである。


連城三紀彦作品を愛読されてきた方にとっては、連城作品に対し、これはミステリだ、これはミステリではない、といったジャンル分けは無粋である、意味がない、というご意見をお持ちの方もおられるかもしれない。純粋に一読者としての立場では、その意見は全くもってその通りであると筆者も思う。連城三紀彦の恋愛ミステリは、敢えて分類すれば「連城三紀彦」というジャンルであるというのが、最も適切かもしれない。

だが、その曖昧さ、分類不能性こそが、連城三紀彦がこれまで読み逃され、現在に至っても読まれていない原因であることも、否定しきれぬ事実であろうと思うがゆえ、本書では敢えて無粋な分類を試みた。かつての自分がそうであったように、恋愛小説に興味のないミステリ好きの読者にとっては、その本を手に取るきっかけとして、それがミステリであるという保証が必要なのだと思う。

無論のこと、恋愛小説というジャンルをミステリというジャンルの下に置くわけではない。本書がミステリに力点を置くのは、ミステリに対する興味の強い読者へ向けた連城三紀彦ガイドであるという性質の問題でしかない。

多くの人に連城作品の魅力を知ってもらいたい。筆者の願いはただそれだけである。筆者は恋愛小説方面は門外漢に近いため、恋愛小説としての連城作品の魅力を語るのは、どなたか他の方に任せたい。我こそはという方の、素敵な恋文を一連城ファンとしてお待ちしている。

また、本書で筆者が高く評価しなかった作品も、決して誰しもが首を傾げる駄作ではない（特に『恋』や『秘花』はミステリ方面でも高く評価する読者を見かける）。本書はあくまで筆者の個人的な評価に基づくものである。実際の作品評価は、あなた自身で確かめてもらいたい。

どんな作家も、どんな作品も、いずれは読まれなくなり、忘れ去られていくものかもしれない。だが、連城三紀彦作品は、忘れ去られるにはあまりに早すぎる。現代ミステリに、連城三紀彦の既に通った領域に辿り着いているものさえ、どれほどあるだろうか。

しかし、連城作品が時の流れに埋もれていく一方で、現代にも連城三紀彦のミステリ・スピリットは確実に受け継がれているはずだ。連城三紀彦が不世出の天才作家であったことは論を俟たないが、その志を受け継ぐ作家たちがいる限り、連城三紀彦が目指したミステリの境地は、いずれ新たな作家たちによって切り開かれていくはずだ。

そのとき、自分はその新たな作家たちに熱狂する今の読者へ、そっと囁きかけたい。連城三紀彦という作家が、既にその境地に手を伸ばしていたという事実を。そうして、かつての自分のように、連城三紀彦という作家を〝発見〟する新たな読者がひとりでも増え、連城三紀彦の遺した作品を読み継いでいってくれることを願いたい。

本書を執筆するにあたって、連城三紀彦の経歴、書誌情報、作品の初出情報などは、各作品の解説や著者紹介などのほか、Wikipedia 等の連城三紀彦の項目および、「幻想ミステリ博物館」様の子サイト「花葬の館　連城三紀彦の世界」（www1.odn.ne.jp/ci100110/renjyou/kasouhome.htm）と、「探偵小説専門誌「幻影城」と日本の探偵作家たち」様（www.ac.auone-net.jp/~jino/geneijyo）を大いに参考にさせていただきました。

この場を借りてお礼申し上げます。

最後に、未刊行の長編三作の単行本化と、単行本未収録短編の書籍化、『連城三紀彦レジェンド』のシリーズ化、そして『宵待草夜情』を筆頭に品切れとなっている数多くの傑作の復刊を祈って、本書の締めくくりとしたい。

連城三紀彦というひとりの天才作家がいたことを、ひとりでも多くの人に思いだし、新たに知っていただくために。ミステリの世界に美しい花を咲かせ続けた、連城三紀彦という流れ星は消えてしまったが、その作品が読み継がれる限り、私たちは彼と遊び続けることが、彼の咲かせた美しき造花の蜜を味わうことができるのだから。

二〇一四年十二月　浅木原忍

増補改訂版のための追伸

二〇一四年からの連城三紀彦再評価の波は、二〇一五年五月、満を持して『宵待草夜情』が復刊されたことで一段落した気配がある。宝島社文庫から復刊された『夜よ鼠たちのために』はスマッシュヒットとなり、十月には『私という名の変奏曲』が天海祐希主演によりSPドラマ化された。『敗北への凱旋』『落日の門』など未だ入手困難な傑作は中期を中心にいくつもあるものの、一時期に比べればその傑作群は相当に入手しやすくなった。まずはその事実を言祝ぐとともに、それらがまた品切れにならぬように読者として買い支えていかねばならないだろう。

二〇一五年も、筆者の連城三紀彦熱は冷めやらない。未単行本化の長編、未収録短編を全て読破し、著作の全判型のコンプリートを達成し、未読の連城三紀彦の文章を探し求めてエッセイを漁り、また誰かが連城三紀彦に言及した文章を見つけるだけでも幸せになる。

知れば知るほど連城三紀彦のことがもっと知りたくなり、天才作家が六十五年の生涯に遺した痕跡を宝物のようにひとつひとつ拾い上げていくような、我ながらいよいよもって度しがたい泥沼に足を踏み入れている気がする。そのことに悔いは全くないのだが。

人間嫌いを自称し、ごく近しい人たちにのみ心を許し、仕事場に引きこもって原稿用紙に想像の世界を書き続ける。喧噪や人目の多い場所が苦手で、誰かと一緒にいれば聞き手に回る側。表面的には温厚で人当たりが良いが、その温厚さは余計な煩わしさを避けるための処世術に近い。それ故に、強く押されると流されてしまい、だからこそ孤独に安らぎを見出す……。エッセイなどから垣間見える連城三紀彦の人物像は、概ねそんなイメージである。もちろん筆者は生前の連城三紀彦に会ったことはないし、連城三紀彦を直接に知る人から話を聞いたこともない。だからこれは勝手な自分の妄想に過ぎないのだけれど、自分が似たような生活をしているだけに、そんな人間・連城三紀彦のイメージには、なんとなく親近感を抱いてしまうのだ。

さて、本書は「ミステリ読者のための」をタイトルに冠する通り、ミステリを中心に読む読者を想定してレビューを書いている。だが、一口にミステリといっても、現代においてその意味がどこまでも拡散している以上、筆者のミステリ観は表明しておかねばなるまい。

あるいは既にレビューから察されているかもしれないが、筆者は本格愛に欠けるミステリ読者である。ハウダニット、フーダニット、フェアプレイ、論理の厳密性……といった本格ミステリの構成要素には、ほとんど愛着を持っていない。そもそも翻訳物が苦手なため海外を中心に古典的名作の読書量が圧倒的に少なく、本来ミステリに関して偉そうなことを言えるようなマニアとは到底言えない。それでミステリ読者を名乗るのかと本格ファンの方からはお叱りを受けそうだが、どうかご寛恕願いたい。

そんな筆者がミステリに求めるものは、叙情的なロマンと奇想と驚きである。どう解決するのか想像もつかないような魅惑的な謎、こちらの予想を超えるアクロバティックな発想。それらが生み出す驚きによって、物語がより深く心に刻まれる。物語の原動力として謎があり、それが解決することで物語がくっきりと浮かび上がる。それこそが筆者の求めるミステリである。たとえば泡坂妻夫のベストはどれかと言われれば、長編なら『11枚のとらんぷ』でも『乱れからくり』でもなく『湖底のまつり』。短編集なら『亜愛一郎の狼狽』でも『煙の殺意』でもなく、人情小説とミステリの最良の融合である『ゆきなだれ』を挙げたい。

だからこそ、連城三紀彦のミステリは筆者にとって理想なのである。そこには魅惑的な謎があり、ロマンに溢れた物語があり、何よりひっくり返るような奇想と驚きがあり、それによって物語はいっそう豊穣を増す。見えていた物語が鮮やかに反転し、真の姿が露《あらわ》になることで、連城ミステリは物語のもつ多面性を活写する。視点を置く角度によって物語は全く別の顔を見せ、ひとつひとつの描写がまるで違った意味を持つ。その両面を見せることで驚きを為す連城ミステリは、筆者を惹きつけてやまないのだ。

もちろんこれは連城作品が非論理的だとかアンフェアであるとかそういう意味ではない。狭義の本格とは見なされにくい作風であり、筆者はそれが好きであるというだけのことである。本格としての連城三紀彦の価値を語るのは、より本格を愛する読者の方に任せたい。連城三紀彦を論じる切り口は筆者が本書で取り上げた意外にもいくらでも存在する。是非、もっと多くの方に連城三紀彦を網羅的に読んでいただき、語っていただきたい。

今年、二〇一五年は〈幻影城〉が創刊されて四〇年になる。八五年生まれの筆者は、連城のデビュー時どころか、直木賞を受賞した時にも生まれてすらいない。そして筆者がミステリを読み始めた頃には、連城はもはや作品をほとんど発表しなくなってしまい、その作品も大半が入手困難になっていた。

だから二〇〇九年に『戻り川心中』に出会うまで、連城三紀彦という名前は筆者にとっては忘れられた過去の人という認識に近かった。そもそも当時は新本格以前の作品に対して興味が薄かったのもあり、とあるブログで『戻り川心中』が大絶賛されているのを見ていなければ、手に取ることさえなかったかもしれない。

今、連城三紀彦の名前は、その傑作群は、その存在を思い出されつつある。だが、作品が読まれなければ、いずれまた時の流れに埋没していってしまうだろう。連城ミステリは、時の流れによって陳腐化するものであろうか？　忘れ去られて然るべきものだろうか？　否。断じて否である。初期作品は既に三〇年以上の時を閲しているが、その輝きが色褪せぬものであることは、『戻り川心中』や『夜よ鼠たちのために』が今もなお新たな読者に高い評価を得ていることから証明されよう。そしてそれは、ごく一握りの代表作だけではない。埋もれてしまった作品たちも、それらと同等の輝きを放っていることは、なおいっそう広く知られねばならない。そして、長く読み継がれていかねばならない。連城三紀彦という天才の存在は、決して忘れ去られてはならない。

国産ミステリの歴史において、連城三紀彦はたとえば江戸川乱歩、松本清張、横溝正史、島田荘司、綾辻行人、北村薫、京極夏彦などのように、ミステリというジャンルそのものに多大な影響を与えた里程標的存在ではなかっただろう。〈幻影城〉編集長・島崎博はデビュー当時の連城にそのような作家になるよう期待を寄せていたようだが、本人はそれを目指さなかったし、これといったフォロワーが現れることもなかった。そして別ジャンルに去ったと見なされたことで、山田風太郎のように、ミステリ史の傍流に追いやられた存在と言うべきだろう。

だが、山田風太郎の傑作ミステリ群が九〇年代後半以降に再評価されたように、歴史に残されるべき作品は、必ず誰かに見出され、その真価を認められるはずだと信じたい。

在野の一ファンに過ぎない筆者にできることはほとんどない。だから、本書を手に取られ、連城三紀彦に興味を示された方がおられたら。あるいは、連城三紀彦の傑作群の価値を思い出された方がおられたら。今新品で手に入る連城作品を、是非とも買い支えていただきたい。初読の方は無論のこと、既読の方でも、再読することで新たな発見があるはずだ。そして、面白いと思えたら、何らかの形でその面白さを伝え、連城作品の輪を広げていってほしい。商業出版物である以上、売れなければいずれまた品切れとなり、入手困難になってしまうのだから。

語られなくなり、読まれなくなったものはどんな傑作でも忘れ去られていく。『宵待草夜情』が長きにわたって入手困難であったことはその端的な証左であり、連城三紀彦の価値を語り継ごうとする者が少なかったことはミステリ界の大きな不幸である。フォロワーが生まれにくい作風だけに致し方ない面はあろうが、故にこそ読者がまず率先して語り継いでいかねばなるまい。もし本書がその一助となれば、それに勝ることはない。

最後に、増補改訂版を発行するにあたって、単行本未収録作のコピーを提供してくださった根岸哲也氏と野地嘉文氏に感謝いたします。特に野地嘉文氏には小説以外の文章について非常に多くの情報提供を頂きました。ありがとうございました。

旧版に対しては「全作品の初出情報が欲しかった」というご意見もいただきましたが、紙幅の都合で今回も見送りとなりました。ウェブサイト「花葬の館　連城三紀彦の世界」様および「探偵小説専門誌「幻影城」と日本の探偵作家たち」様によって網羅されておりますので、是非そちらをご覧ください。

本書がひとりでも多くの読者にとって、連城三紀彦とのよき出会い、あるいは再会のきっかけとなり、連城作品の世界への道しるべとなることを祈ります。

二〇一五年十一月　浅木原忍

本書のためのさらなる追伸

二〇一六年二月、何の前触れもなく届いたメールに、筆者は目を疑った。それは、『ミステリ読者のための連城三紀彦全作品ガイド【増補改訂版】』が、第一六回本格ミステリ大賞の候補作となったことを連絡するものだった。

初版四〇〇部、流通ルートの極めて限られた同人誌が、よもやそんな晴れがましい場に拾い上げられてしまうとは、全く想像だにしなかったことである。そもそも筆者は、普段は二次創作小説を書いている身であり、評論系の同人誌を出したこと自体、この『連城ガイド』が初めてのことだ。開票式までの三ヶ月間、本業の小説原稿を書きながら、常にそわそわした気分を味わっていた。

そうして五月の開票式、東京の会場に出向いてその様子を見守ったが、結果が確定したときには思わず顔を覆って椅子からずるずると滑り落ちた。在野の一ファンが、情熱だけで作った本がこんなことになろうとは……。人生、何が起こるか解らないとはまさにこのことである。

何しろ本格ミステリ大賞は、連城三紀彦が候補になって落選した（第九回）賞でもある。その場の記者会見から翌月の贈呈式まで、「本当に自分が貰ってしまっていいのか」と言い続けたが、今でも本当に、過分な評価に畏れをなしているというのが正直なところだ。

ともあれ、かくして本書は論創社様より商業出版の提案をいただき、こうして同人誌版から数えると三度目のお目見えである。増補改訂版のあとがきで述べているように、筆者のミステリの読書量もジャンルに対する見識も、そもそも評論という行為や概念に対する学識も、本業の評論家の方々には到底及ばない、吹けば飛ぶような貧弱なものだ。あちこちに見えている無知無学ゆえの綻びを果たして取り繕えているものか……と、連城三紀彦のようなことを言いたくもなってしまう。そもそも、増補改訂版が本格ミステリ大賞をいただけたのは自分の文章の力というより、同人誌からの候補入りという目新しさや、何より連城作品の持つ魅力と価値ゆえのことであろう。

とはいえ、ただ一つ胸を張れることがあるとすれば、たぶん自分は今でも、日本で一番連城三紀彦が好きで、連城三紀彦のことばかり考え続けている読者だろうということだ。貧弱な読書歴と知識で考えられることには限りがあるにせよ、連城作品について、連城三紀彦という人物についてのことで、今もなお筆者の頭の中は占められ続けている。

病膏肓に入るというか、考えすぎで暴走している気もしないでもないが、連城作品を読むこと、連城三紀彦について調べること、そして考えることが何よりの楽しみである以上、この本が世に出てからも自分は連城三紀彦について考え、調べ続けるだろう。

ひとつのジャンルのマニアになることは、後発世代になるほど困難になっていく。

八五年生まれの筆者にとっても、ミステリという海はあまりにも広大で、今でも途方に暮れている。ミステリを読み始めたのが大学生からと、普通のマニアよりも十年遅かったせいもあるが、自分が読み始める前に積み重なった膨大なアーカイブと、これから刊行されていく膨大な作品群を前にしては、時間も体力も記憶力も、ついでに言えば懐具合も足りない。年月が過ぎるほどに未読の過去作は雪だるま式に増えていき、先行する世代の読書量に追いつくのは著しく困難だ。

初めて連城三紀彦の作品に触れた大学生の頃、新本格以降だけを読めばいいと思っていたのも、たぶんにその膨大さから目を背けていたのだ。リアルタイムで書かれているピカピカの作品、遡っても新本格以降だけでも読みきれないほどの面白い作品があるのに、どうしてそれ以前にまで手を伸ばす必要があるだろう？　まして今の感覚からすれば古びてしまっているであろう古典など――。実際、当時いくつか手に取った新本格以前の名作は、あまりピンとこなかったのだ。

しかし、そんな自分の偏見を、連城三紀彦の作品は木っ端微塵に粉砕した。自分が見ないようにしていたものは、神棚で埃を被った古臭いガラクタではなく、今現在の作品も及ばぬような、眩いばかりの輝きを放っているものだと、そう教えてくれたのだ。

そうして今、自分は他人がそうするより十五年ほど遅れて、ミステリの歴史を遡っている。江戸川乱歩の初期短編に感動したのも、横溝正史『獄門島』に打ちのめされたのも、四大奇書に目を回したのも、天藤真『大誘拐』のあまりの面白さに喫茶店の席から立ち上がれなくなったのも、鮎川哲也『りら荘事件』や高木彬光『刺青殺人事件』の力強さに感嘆したのも、恥ずかしながらごく最近のことである。普通のミステリマニアが中高生の頃に通過するだろうアガサ・クリスティーやエラリー・クイーンまでもが、つい最近になっての初体験であるのだから、これはもう恥じ入るばかりであるが、この歳になってレーン四部作や国名シリーズを、大きなネタバレを踏むことなくまっさらな状態で読めているのは、とても幸運なことかもしれない。

そうして、連城以前の名作群に触れるたびに、それまで解らなかった影響関係や繋がりが見えてきて、自分の中の連城三紀彦像も変質していく。横溝正史やアントニイ・バークリー、アガサ・クリスティーの諸作を読んで、そこに連城三紀彦を感じるというのは、こういう逆回しの読み方をしなければあり得ないことであろうし、それによって連城ミステリの新たな側面が見えてくる過程がまた、非常にスリリングな読書体験なのだ。

そして、黄金期の翻訳ミステリにも、新本格以前の国内ミステリにも、あるいは連城がミステリと同じように愛した近代文学・海外文学にも自分はまだまだ未読を抱えている。それはこういう本を書く者としては恥ずべきことなのだろうが、しかし一読者としては、そして連城マニアとしては楽しみで仕方ないのだ。まだまだ自分の知らない連城三紀彦の側面を教えてくれる作品が、膨大なアーカイブの中に眠っている。それによってこれからも、自分の中の連城三紀彦という概念は変質を繰り返し、新たな顔を見せ続けてくれるだろう。それが続く限り、自分はきっとこの連城沼——連城マニアであることから抜け出せないと思う。

昨年の春で一旦途切れていた連城作品の再評価の流れも、二〇一六年秋、『顔のない肖像画』の復刊、未刊行だった長編『わずか一しずくの血』の単行本化などで再度の盛り上がりを見せようとしている。『隠れ菊』はBSプレミアムでドラマ化され、既刊の電子書籍化も順調に進んでいる。

本書もまた、微力ながらその一助となれるなら、それ以上のことはない。市井の一ファンに過ぎない自分の文章にそれだけの力があるのかどうかはさておき、連城作品にはそれだけの力と価値——これからも末永く読み継がれていくだけの力と価値があるはずだと、そう信じている。

最後に。同人誌版を本格ミステリ大賞の俎上にあげてくださった予選委員の方々と、入手方法の限られた同人誌を入手して読了し投票してくださった本格ミステリ作家クラブの会員各位。この商業版への加筆修正に多くの情報や示唆を与えてくださった方々。そして何より、いち早く本書に商業化のオファーをくださり、本書の刊行に尽力してくださった、論創社の黒田明氏に海よりも深いお礼を申し上げます。

本書に収録しきれなかった書誌情報などのデータ面は、「連城三紀彦データベース（仮）」という個人作成の Wiki（http://www65.atwiki.jp/renjodatabase/）にまとめてありますので、そちらも併せてご参照いただければ幸いです。

本書が貴方の連城三紀彦読書の良き道しるべとなることはもちろん、連城三紀彦という特異な、そしてその特異性を見落とされてきた作家が遺していった作品群の真価が、本書をひとつの叩き台として、より深く掘り下げられていき、活発な議論や研究が行われるようになることを願います。そして、連城三紀彦という作家が、今後永きに渡って広く読み継がれていき、その作品群をステップボードに、ミステリというジャンルがさらなる可能性を切り開いていく――そんな未来こそを夢見ています。

連城三紀彦よ、永遠なれ！

二〇一六年十一月　浅木原忍

浅木原 忍（あさぎはら・しのぶ）

1985年、青森県生まれ。北海道大学文学部卒。2007年より同人小説サークル「Rhythm Five」として活動、主に《東方project》の二次創作でミステリー小説を発表している。2016年、同人誌として発行した『ミステリ読者のための連城三紀彦全作品ガイド【増補改訂版】』で第16回本格ミステリ大賞評論・研究部門を受賞。

ミステリ読者《どくしゃ》のための連城《れんじょう》三《み》紀《き》彦《ひこ》全作品《ぜんさくひん》ガイド

2017年3月30日　初版第1刷発行
2017年4月30日　初版第2刷発行

著　者　浅木原忍
発行者　森下紀夫
発行所　論 創 社

東京都千代田区神田神保町2-23　北井ビル（〒101-0051）
tel. 03（3264）5254　fax. 03（3264）5232　web. http://www.ronso.co.jp/
振替口座　00160-1-155266

装幀／奥定泰之
印刷・製本／中央精版印刷　組版／フレックスアート

ISBN978-4-8460-1579-4　